Amor e Outras Conspirações

Amor e Outras Conspirações

Mallory Marlowe

TRADUÇÃO DE HELEN PANDOLFI

Copyright © 2024 by Mallory Marlowe
Todos os direitos reservados, inclusive o direito de reprodução total ou parcial em qualquer formato. Esta edição foi publicada mediante acordo com Berkley, um selo da Penguin Publishing Group, uma divisão da Penguin Random House LLC.

TÍTULO ORIGINAL
Love and Other Conspiracies

COPIDESQUE
Lara Freitas

REVISÃO
Júlia Moreira
Camila Carneiro

PROJETO GRÁFICO
Shannon Nicole Plunkett

DIAGRAMAÇÃO
Inês Coimbra

DESIGN DE CAPA
Vikki Chu

CIP-BRASIL. CATALOGAÇÃO NA PUBLICAÇÃO
SINDICATO NACIONAL DOS EDITORES DE LIVROS, RJ

M298a

Marlowe, Mallory
    Amor e outras conspirações / Mallory Marlowe ; tradução Helen Pandolfi. - 1. ed. - Rio de Janeiro : Intrínseca, 2025.

    Tradução de: Love and other conspiracies
    ISBN 978-85-510-1237-6

    1. Romance americano. I. Pandolfi, Helen. II. Título.

25-98169.0   CDD: 813
                              CDU: 82-31(73)

Gabriela Faray Ferreira Lopes - Bibliotecária - CRB-7/6643

[2025]
Todos os direitos desta edição reservados à
EDITORA INTRÍNSECA LTDA.
Av. das Américas, 500, bloco 12, sala 303
22640-904 – Barra da Tijuca
Rio de Janeiro – RJ
Tel./Fax: (21) 3206-7400
www.intrinseca.com.br

Para todos aqueles que acreditam.

NOTA DA AUTORA

Amor e outras conspirações é uma comédia romântica cheia de humor, trapalhadas, e com um "felizes para sempre" garantido, mas que também aborda temas como superação de relacionamentos tóxicos, assédio no trabalho por um ex-parceiro, perda de um dos pais por doença terminal, cuidados com familiares enfermos, depressão, uso recreativo de álcool e maconha e linguagem e conteúdo de teor sexual. Caso esses tópicos sejam delicados para você, recomenda-se cautela durante a leitura.

CAPÍTULO 1

Los Angeles é a cidade daqueles que acreditam. Tanto dos que acreditam que vão servir a mesa do produtor de cinema certo na hora certa e descolar aquela grande chance quanto dos que acreditam que, por um milagre, não vai haver trânsito na rodovia 405. Seja o que for, todo mundo tem uma crença de corpo e alma em *alguma coisa*.

Quase todos que trabalham no Skroll vieram para cá acreditando que teriam a oportunidade de conseguir os quinze minutos de fama na internet que a empresa praticamente promete. Para eles, é só mais um dia de trabalho como todos os outros. Os estagiários estão batendo papo na hora do almoço, e de repente um membro da equipe de audiovisual passa de skate pelo escritório todo branco de conceito aberto.

E eu? Eu acredito do fundo do meu coração que estou prestes a ser demitida.

Podemos conversar?

Poucas frases despertam tanta ansiedade em mim quanto "Podemos conversar?". Já não é coisa boa quando vem de um namorado ou dos meus pais, mas é ainda mais aflitivo quando vem da minha chefe. Mais do que "chefe", Chloe é tipo uma amiga mais velha e descolada que às vezes me oferece um aumento e mantém meu nome nos organogramas quando o Skroll passa pela milésima reestruturação. Ela até sai para beber com a gente, os produtores, sempre elogia meu cabelo azul e repara quando eu retoco a raiz ou tento fazer alguma coisa diferente.

Só que Chloe *também* tem o poder de me demitir.

E hoje eu não ficaria muito surpresa se ela fizesse isso. Depois de um mês e meio de trabalho inútil em vez das atividades de produção que fui contratada para fazer, me tornei dispensável.

— Que hashtag fica melhor para vender esses trecos? LambidasDaNora ou NoraLambidas?

Eu faço o que posso para me recompor do tremor nas mãos e da repentina vontade de vomitar e foco em responder minha companheira de trabalho e nova colega de apartamento, Nora. Ela digita de maneira hesitante no teclado, escrevendo e apagando as hashtags várias vezes. Olho de relance para a tela. Na terra sem lei que é a cultura millennial das startups, decidir como promover e comercializar línguas falsas de borracha usadas para lamber gatos requer séria reflexão. Só que, neste momento, meu cérebro é um disco arranhado que fica repetindo as mesmas frases: "Podemos conversar?", "Junte suas coisas e libere sua mesa" e "Você tem experiência com vendas no currículo?".

— Nossa... Não imaginei que essa pergunta fosse te deixar tão nervosa — diz ela ao notar minha expressão. — Tá tudo bem, Hallie?

No computador de Nora, vejo uma *thumbnail* em que ela e Amita, uma de nossas colegas de trabalho, estão com as línguas de borracha entre os dentes, cercadas por um batalhão de gatinhos. Para mim, os gatos parecem mais assustados do que qualquer outra coisa, mas pelo menos Nora tem algo com que se ocupar. Enquanto outros produtores e funcionários passam o dia de trabalho fazendo vídeos caça-clique e criando listas engraçadinhas, passei o último mês e meio registrando estatísticas de vídeos e relatórios de tráfego on-line porque é a única coisa que tenho para fazer. Isso está muito abaixo do meu salário e do meu cargo de produtora, mas, como meus planos de produzir um dos programas mais bem cotados do Skroll foram por água abaixo, tenho é sorte de continuar na folha de pagamento deles, ainda que por um fio.

— Hum... Chloe quer falar comigo.

— Ah.

Nora morde o lábio inferior e traça a tatuagem florida em seu pulso com o dedo, algo que faz quando está nervosa. Ela tem orgulho das tatuagens estilosas nos braços e está sempre pintando as pontas do cabelo castanho com cores fortes e vibrantes. Nunca a vi de roupa social, ela está sempre usando croppeds modernos e shorts de cintura alta, macaquinhos despojados e sapatos extravagantes. Nora não tem um pingo de medo de ser ela mesma.

Eu, por outro lado, tenho sentido que cada pedacinho de quem eu sou é uma roupa que precisa ir urgentemente para a máquina de lavar com muito amaciante.

— Vai ver ela achou outro programa para você.

— Duvido muito.

Nora não retruca, pois sabe que tenho razão. Em vez disso, ficamos em silêncio até que eu decido encarar a situação.

Claro. Tô indo!!

O segundo ponto de exclamação exala desespero, mas vou culpar o tremor das minhas mãos.

Fico de pé e olho para o escritório todo moderno à minha frente. Aqui é tipo minha casa, e não só por causa da quantidade tenebrosa de tempo que passo neste lugar.

Ou melhor, *passava*.

Oito anos atrás, o Skroll era pouco mais que um site de notícias sobre cultura pop que postava listas e testes de personalidade. Agora é um conglomerado multimídia capaz de tornar millennials aleatórios em famosos na internet com um único vídeo viral.

Não entrei no Skroll para ficar famosa, e sim para ser a pessoa que mexe os pauzinhos nos bastidores. Eu queria trabalhar com produção, e o Skroll me deu isso: os últimos anos foram tomados por diárias de gravação até tarde, em que a equipe de audiovisual se virava para conseguir comida após o expediente, além de jogos malucos de totó enquanto a gente debatia ideias. Agora, passo os dias no escritório matando tempo, tudo porque uma pessoa decidiu que eu não era importante o suficiente.

Nos últimos quatro anos, subi na hierarquia da equipe de audiovisual e passei de assistente que buscava café e pedia comida para o pessoal do escritório a produtora júnior e, por fim, produtora propriamente dita. Quando o Skroll começou a se aventurar em conteúdo audiovisual e séries mais longas, viramos tipo um estudiozinho de cinema. Eu fazia brainstormings, participava do desenvolvimento, organizava cronogramas, reservava estúdios e equipamentos e garantia que todo mundo chegasse na hora. Assumi o comando de muitos vídeos que lançaram carreiras no ambiente digital. E eu mandava muito bem nisso.

Passo pelas mesas brancas e cadeiras ergonômicas superfaturadas a caminho da sala de Chloe, ao lado da de reuniões. Ela me diz para entrar depois de duas batidinhas, e eu me esgueiro pela porta. Na sala dela, qualquer comida esquentada no micro-ondas tem cheiro de cozinha cinco estrelas com toques de sândalo. Eu inspiro, sentindo o aroma calmante de lavanda soprado pelo umidificador em formato de cacto.

Mas não estou calma.

Sou só tremeliques, suor debaixo dos seios e espasmos na pálpebra de tanto nervosismo.

Eu me sento em uma das cadeiras em formato de cogumelo que Chloe jura que ajudam a manter a postura, mas acabo ficando toda torta mesmo assim.

Ela gira o monitor para tirá-lo da frente quando dou um aceno tímido.

— Oi.

— Oi, Hal. Que bom que você tinha um tempinho livre. Quero falar uma coisa com você...

Não consigo decifrar sua expressão. Ela vai me demitir? Vai me colocar em um plano de melhoria de desempenho e me forçar a registrar todos os minutos do meu dia, incluindo as idas ao banheiro?

— Claro, claro. Pode falar.

— Bom, seu programa...

Eu franzo a testa.

— É... eu tenho um programa e não sei? Porque...

Ela morde o canto da boca.

— Pois é... É sobre *isso* que eu quero falar.

— Beleza — digo.

— A Grade de Conteúdo do Skroll está a todo vapor, e Kevin está direcionando boa parte do dinheiro do departamento para os orçamentos dos programas. As equipes de todas as nossas séries em andamento já estão completas.

— Então estou sendo demitida?

Chloe respira fundo. Isso não me tranquiliza.

— É isso que estou tentando evitar. Você é uma produtora sensacional, Hallie, e não quero te perder. Mas, se eu não tiver nada para te passar, vai ser difícil justificar sua permanência caso aconteça uma redução de equipe. Preciso que *você* pense em um programa para a grade.

A Grade de Conteúdo é tipo uma temporada piloto para webséries. Todo ano, produtores e atores apresentam suas ideias e gravam um episódio piloto que, se for bem recebido internamente, ganha uma temporada de teste. Os programas escolhidos recebem um orçamento mixuruca e um grupo enxuto de produtores e assistentes, e as estrelas são lançadas sob os holofotes digitais na tentativa de obter engajamento máximo com o conteúdo. Os fãs do Skroll são uma audiência assídua e engajam em disputas de fandom — com curtidas, comentários e inscrições — na esperança de que seus programas favoritos ganhem uma segunda temporada com um orçamento melhor, mais divulgação e até ações publicitárias, se as coisas forem *muito bem*.

Teoricamente, esse ano seria meu primeiro na competição como produtora-chefe. Eu já havia preparado os cronogramas, as ideias de episódios e pensado no estilo e nos recursos visuais para a equipe. *Os Amadores* seria sobre um grupo de novatos no mundo do RPG se virando em sua primeira campanha. Eu daria as ordens nos bastidores e a vitória seria minha, mesmo estando atrás das câmeras. Meu prêmio não é ser o centro das atenções.

Cade Browning, o membro principal do projeto, viralizou uma vez e nunca mais saiu de evidência. Um vídeo bobo em que ele fazia depilação a cera no peito o transformou no grande caça-cliques do Skroll, e o motivo é óbvio: ele é um jovem tipicamente americano com uma pitada de ousadia. Cabelo loiro, olhos azuis e um sorriso estonteante. Consegue mudar de personalidade em um piscar de olhos: calculista e ponderado em um segundo, modesto e charmoso no outro.

Todo mundo caiu na lábia dele. Até eu.

Eu deveria ter previsto que isso aconteceria quando Cade apareceu feito uma ave de rapina poucos dias depois que o primeiro curta-metragem que produzi viralizou. Mas quando se tem vinte e dois anos, acabou de se formar, está determinada a subir na vida e se o galã do trabalho começa a prestar atenção em você, você presta atenção também.

Quando se tem vinte e dois anos e o tal galã fica dizendo que você é genial, flertando até sugerir que você deve dormir com ele, é o que você acaba fazendo.

Quando se tem vinte e cinco anos e já não é mais a carne fresca e bonitinha do pedaço, você acaba sendo jogada para escanteio e fadada a lidar com relatórios de tráfego em vez de produzir qualquer coisa.

Dois meses atrás, eu tinha um programa e uma função garantida por pelo menos seis meses. Aí Cade me deu uma facada nas costas. Ele pensou que uma noite juntinhos com uma garrafa de vinho e minha comida favorita amenizaria o fato de que ele não me queria mais no programa, mas, depois que terminei com ele por causa disso, ele não hesitou em fazer minha caveira para a equipe.

Não é fácil trabalhar com você.

Você simplesmente não se destaca.

Preciso de pessoas interessantes neste programa. Pessoas que façam a diferença.

Agora sou uma produtora à deriva, sem um programa para me ancorar.

Minha caneta cai e rola para baixo da mesa de Chloe.

— Eu? Hã... um programa?

— Sim. O que vou dizer ainda não veio a público, então fique de bico calado, mas Eric foi preso por atentado ao pudor no Denny's aqui perto, então vamos cancelar o programa dele.

Que pena. O mundo precisava muito de uma websérie em que um boy lixo tenta calcular quantos baseados são necessários para explodir certos objetos. Era tipo *Os Caçadores de Mitos* para maconheiros.

— Então quer dizer que temos uma vaga.

Eu nem paro para me perguntar se vai ser minha. *Já é* minha. Desde o começo havia uma vaga para mim, com a minha assinatura criativa todinha nela. Se eu tiver meu próprio programa, não só vou poder reivindicar o que é meu como também vou competir diretamente com Cade. Nesse caso, posso acabar com ele. *Preciso* acabar com ele.

— Não temos muito tempo, Hal. Preciso de uma ideia até o fim da semana, e, se gostarmos, você vai ter que dar um jeito de criar um piloto para mostrar para a diretoria. Se for escolhido para esta temporada, terá o orçamento de produção do Eric e passe livre para usar nossos estúdios de produção.

É pouco tempo para criar uma ideia do zero, encontrar o talento certo e ainda convencer a pessoa a embarcar em um projeto que nem saiu do papel.

Que merda. Vou ter que me virar.

Já posso ir me despedindo da minha cama pelo resto da semana. Mas pela chance de enfiar meu programa tão fundo na bunda do Cade que vai acabar saindo pela boca eu ficaria sem dormir pelo máximo de tempo possível. Vou me vingar e provar para o Skroll que sirvo para muito mais do que apenas registrar metadados (embora eu goste de pensar que sou boa nisso também).

Meu coração acelera, e minhas mãos começam a suar.

— Combinado.

— Era o que eu queria ouvir!

Programa. Vencer. Derrotar Cade. Só que ainda não faço ideia de como começar.

Saio da sala de Chloe meio zonza. Meu cérebro está funcionando a mil, como uma roda de hamster desenfreada. Nem sequer pensei sobre a oferta, simplesmente *aceitei*. Agora tenho que dar um jeito.

Quando volto para minha mesa, o hamster que estava correndo na rodinha do meu cérebro já saiu dando cambalhotas pelos ares. Eu desabo na cadeira.

— Tá tudo bem? — pergunta Nora, fazendo um gesto com o polegar para cima e depois para baixo.

Balanço a mão no ar em um gesto que diz "mais ou menos".

— Tá, mas preciso ter uma ideia para um programa.

Nesse momento, percebo que não peguei minha caneta no chão da sala da Chloe. Merda. Eu gostava daquela caneta.

— Uma ideia para um programa? — repete ela, animada. — *Sério?*

— Sério. Até sexta...

Nora murcha na mesma hora.

— Caramba... que merda.

— Vou dar um jeito — digo, mas nem eu acredito nisso.

Não sei por onde começar.

— Sabe o que a gente deveria fazer?

— O quê?

— Fumar um e ver *O Agente Teen*. Frankie Muniz sempre aflora minha criatividade.

Nós *de fato* fumamos um vendo *O Agente Teen*. Algumas horas e meia garrafa de vinho barato depois, Nora vai dormir, e mergulho de cabeça no esgoto tóxico da internet.

Ouvi podcasts, assisti a vlogs, virei o Instagram do avesso em busca de influenciadores com carisma. Tenho a impressão de que consumi todos os tipos de mídia existentes, mas não cheguei nem perto do que preciso.

Levo um pouco de ramen à boca com os hashis, de repente sentindo o efeito do álcool. O relógio do computador diz que são duas da madrugada. Vou ter que lidar com as consequências disso de manhã, mas não tenho tempo para ficar de ressaca. Tiro os fones de ouvido e vejo que a TV à minha frente mergulhou na esquisitice da programação da madrugada. Daqui a uma hora devem começar os comerciais de fraldas para adultos.

Começo a prestar atenção quando o programa volta do intervalo.

Conspirações Cósmicas.

É, sem dúvida é a típica programação questionável da madrugada. No momento, uma animação mostra planetas rodopiando pela tela e alienígenas de cabeças enormes oscilando de um lado para o outro como pinos de boliche.

— Há relatos de criaturas simiescas sendo avistadas em quase todos os continentes da Terra — informa um narrador exageradamente teatral. — Desde o Abominável Homem das Neves, no Himalaia, até o *Skunk Ape*, na Flórida, e o mais famoso de todos, o Pé Grande, culturas do mundo inteiro têm histórias sobre coisas vistas à espreita na floresta que simplesmente não têm explicação...

Pelo amor de Deus.

— Em gravuras antigas, vemos criaturas grandes e peludas em meio aos humanos. — As imagens cortam para um homem britânico grandalhão. — Observando as pegadas, notamos que não são tão diferentes das nossas. Será que estamos mais próximos do Pé Grande do que imaginamos? Será que o Pé Grande poderia até mesmo ser um extraterrestre?

— Que porra é essa? — murmuro, com a boca cheia.

Entretanto, consigo entender na hora por que as pessoas ficam viciadas em programas como esse. Não quero mudar de canal. O Pé Grande não é real, alienígenas também não, mas *preciso* saber o desfecho disso.

Então, um homem atraente demais para estar falando *qualquer coisa* sobre o Pé Grande aparece na tela. Ele é novo, provavelmente está perto dos trinta anos, e seu cabelo escuro cai sobre o rosto, as mechas bagunçadas. Ele tem a mandíbula bem definida, está com a barba por fazer e usa óculos de armação preta e quadrada. Os olhos dele são de um verde intenso e estão tomados de entusiasmo. O sujeito emana uma seriedade que não dá para simplesmente fingir.

— Vamos pensar no Pé Grande — começa ele, com a voz mais sexy e gostosa que já ouvi. É um barítono suave, reconfortante e ao mesmo tempo imponente. Ele gesticula de maneira exagerada durante a explicação. — Para nós, se trata de uma criatura de carne e osso, não muito diferente do que somos. Quando pensamos em alienígenas, pensamos em humanoides cinzentos de olhos amendoados ou em serzinhos verdes. São duas coisas que parecem muito diferentes. Mas considerar a possibilidade de o Pé Grande ter vindo de outro lugar, isso é, que não seja nativo deste mundo, nos leva à seguinte questão: se compartilhamos laços genéticos com o Pé Grande, como é o caso com os macacos, o que isso faz de nós?

O ramen escorrega da minha boca, e eu me engasgo com o *moyashi*. O homem mais gato que eu já vi acabou de sugerir na televisão que o Pé Grande é um alienígena e que, na verdade, *nós* também somos. E eu ainda quero ouvir mais. Volto um pouco o vídeo para ver o nome dele na tela.

HAYDEN HARGROVE
APRESENTADOR, *O DESCONHECIDO*

Digito "O Desconhecido" no Google e encontro um site. Eu esperava um show de horrores em HTML da década de 1990, mas o site é bem-feito, profissional e funciona muito bem. Tem links para uma página ativa no Reddit e para alguns artigos, além de uma aba com o título "Avistamentos", na qual fico com medo de clicar. Descubro que *O Desconhecido* é um podcast de longa data sobre criptídeos e teorias da conspiração com um número impressionante de fãs, dentre eles muitas garotas adolescentes. Dou uma olhadinha na hashtag do podcast no Tumblr e encontro várias fotos do apresentador charmoso editadas com filtros e coraçõezinhos. Com base na foto de Hayden no rodapé do site, dá para entender o porquê de tanta atenção. Ele está sentado em um estúdio de gravação pequeno e mal iluminado, falando em um microfone. Para alguém que praticamente só existe em voz, ele transmite um fervor e um gosto pela coisa que se transformam em magnetismo na frente da câmera.

É disso que o Skroll precisa.

De um caçador de monstros gostoso.

O DESCONHECIDO
EP #187: "Visita dos Homens de Preto"

No episódio desta semana de O Desconhecido, Hayden investiga o mistério dos lendários Homens de Preto. Ele destrincha os mitos e boatos que pairam sobre este tema e conversa com um informante anônimo que teve um encontro recente com os sabotadores de terno.

HAYDEN
Então a pessoa que importunou você não foi o Will Smith?

[CONFIDENCIAL]
Não. Garanto que o homem em questão não era a estrela de nenhum filme famoso.

HAYDEN
E imagino que...

[CONFIDENCIAL]
Também não era a estrela de nenhum filme desconhecido.

HAYDEN
Perfeito, era a minha próxima pergunta. Sempre que alguém passa por experiências misteriosas, gosto de conferir se não houve envolvimento de alguma celebridade, grande ou pequena. Para quem está chegando agora, Homens de Preto são supostos agentes do governo que aparecem após contatos alienígenas ou avistamentos de OVNIs com o intuito de silenciar as testemunhas. Eles geralmente fazem uso de técnicas de intimidação, mas, em alguns casos, usam métodos um pouco... questionáveis, digamos. Como foi sua experiência, [CONFIDENCIAL]?

[CONFIDENCIAL]
Eu estava voltando para casa uma noite quando vi um disco cheio de luzes voando no céu, acima do meu carro. Eu nunca tinha visto

nada parecido. A princípio, achei que poderia ser um avião caindo, então pensei em ligar para os bombeiros. Parei o carro e comecei a tirar fotos. Nenhuma excelente, mas algumas estavam com qualidade suficiente para postar na rede social Facebook.

HAYDEN
Pode dizer só Facebook. Não precisa dizer "rede social Facebook".

[CONFIDENCIAL]
As fotos foram tiradas do ar bem depressa, aí, no dia seguinte, um homem apareceu na minha casa. Ele estava usando terno, gravata, chapéu e suspensórios.

HAYDEN
Além da roupa, como ele era? Existem algumas teorias de que os Homens de Preto são, na verdade, alienígenas. Algumas descrições mencionam olhos brilhantes, pele pálida, outras dizem que eles não têm cabelo e que suas feições parecem ter sido pintadas na carne. Você teve essa impressão também?

[CONFIDENCIAL]
Não, ele não tinha aparência de alienígena. Parecia ser um homem normal. Arrumado. Na hora, me disse para deletar as fotos do meu celular e nunca mais falar sobre o que vi. De início, eu recusei, porque sabia que isso significava que eu tinha visto algo relevante, sabe? Aí ele começou a aparecer com frequência. No quintal da minha casa, no trabalho...
Minha esposa não entendia por que aquele homem estava sempre lá em casa, querendo saber de mim. Eu não sabia como explicar a situação a ela e isso afetou muito o nosso casamento. Acho que ela pensou que eu estava tendo um caso.

HAYDEN
É... Bom, se eu tivesse que explicar isso para uma esposa hipotética, também não contaria muito com a possibilidade de ela acreditar em mim.

Ainda mais porque se trata de alienígenas, não é mesmo? Mas, sabe, quando recebi uma visita de um dos supostos Homens de Preto, acho que o afugentei sem querer.

[CONFIDENCIAL]
Então se considere muito, muito sortudo, meu caro.

[MÚSICA-TEMA DE *O DESCONHECIDO*]

HAYDEN
Oi, pessoal. Bem-vindos a mais um episódio de O Desconhecido. Tenho algumas novidades para contar antes de começarmos...

Pesquisei um pouco mais sobre a aparição do Criptídeo de Fresno que me mandaram na semana passada, mas não consegui encontrar outra testemunha ocular ou notícias de avistamentos recentes, então infelizmente esse caso esfriou por enquanto. Vou ficar de olho, e, se alguém mais tiver informações sobre o assunto, já sabem para onde enviá-las.

Houve um desdobramento em relação à manchete da semana passada sobre o Cidadão da Flórida, e é inacreditável. Vou resumir para vocês: "Em uma árdua disputa com a associação de moradores, um cidadão da Flórida alega que o Pé Grande colocou flamingos de gramado ilegais no jardim dele." A associação aplicou multas pesadas, mas os advogados de ambas as partes foram envolvidos depois que um esqueleto de três metros e meio da Home Depot apareceu no jardim do homem da noite para o dia. A defesa alega que, com 1,60 metro de altura e pesando 68 kg, ele não seria capaz de carregar ou montar o esqueleto sozinho. Então, obviamente, a única outra explicação é o Pé Grande. Dito isso, encontrei vários registros recentes de avistamentos no norte da Flórida, então não podemos descartar essa possibilidade. Por via das dúvidas, vou continuar acompanhando essa história para manter todos vocês atualizados.

Continuando, o episódio desta semana é patrocinado pela BeatBuds, os fones de ouvido que vão aonde você for. Passo muito tempo no celular para fazer este podcast acontecer, e ter um fone de ouvido bluetooth que *me permite trabalhar em qualquer lugar torna isso possível. Clique no link na bio e use o cupom DESCONHECIDO para ganhar 20% de desconto na primeira compra. Agora vamos ao que interessa.*

Digamos que você tenha visto algo que não consegue explicar...

CAPÍTULO 2

Em mais uma Conspiração Cósmica, Hayden Hargrove também mora em Los Angeles.

Ele não divulga qual parte da cidade chama de lar, mas não se opõe quando proponho uma reunião em Hollywood. Algo interessante sobre Los Angeles é que cada bairro tem uma personalidade própria. Silver Lake é dos hipsters, Santa Monica é do pessoal popular do ensino médio. Não sei se alguém mora *de verdade* em Century City. Tenho quase certeza de que são só prédios corporativos e chafarizes pomposos.

Agora, que bairro abrigaria os caçadores de Pé Grande da cidade, aí eu já não sei.

Embora a sede do Skroll fique em Hollywood, tento passar o mínimo de tempo possível por aqui. É um bairro cheio de centros comerciais, um ou outro bar exageradamente chique e lojas medonhas de souvenires. As calçadas parecem ter sido atravessadas pela falha geológica de San Andreas e estão sempre abarrotadas de gente com fantasias sujas de super-herói vendendo fotos superfaturadas para turistas.

Hollywood é um mal necessário de se tolerar quando se mora em Los Angeles.

E é também o único lugar onde seria possível encontrar um bar de temática alienígena.

— Olá, terráquea, o que deseja?

Um barman de chapéu de papel-alumínio com anteninhas aparece enquanto dou uma olhada no cardápio gorduroso. Todos os drinques têm nomes relacionados ao espaço, e estou impressionada demais com os títulos para prestar atenção nos ingredientes. Fico nervosa e peço uma coisa chamada Space Oddity.

Ele volta com um drinque azul-neon que certamente vai me render um puxão de orelha do meu dentista, mas é gostosinho o bastante para que eu não fique tão irritada por ter custado dezessete dólares. Eu me viro e dou uma olhada na clientela. Não é de se surpreender que tenha pouca gente em um bar temático de alienígenas numa quarta à noite, mas nenhuma daquelas pessoas parece ser Hayden.

Eu disse a ele que procurasse a garota de cabelo azul. Acho que me encaixo em um lugar como esse, de paredes brilhantes e móbiles de OVNIs, ainda que eu não acredite em extraterrestres para começo de conversa.

— Caramba, você é *aquele cara*! — diz o segurança atrás de mim. Tenho a impressão de que já sei com quem ele está falando. — Minha namorada e eu fomos ao seu painel na Feira da Conspiração ano passado, aquele sobre autópsias alienígenas. Cara... foi sensacional.

— Ah... Obrigado. Posso... posso pegar meu documento, por favor?

Menos de vinte e quatro horas antes, eu tinha ouvido a mesma voz melódica e sinistra em uma série documental noturna, despejando uma teoria de conspiração ridícula atrás da outra. Não é surpresa que esse cara tenha criado um podcast. Quem não gostaria de passar horas ouvindo essa voz? Na verdade, *eu mesma* passei o dia fazendo isso.

É estranho, mas *O Desconhecido* é viciante até para alguém como eu, que não acredita em monstros, alienígenas ou fantasmas. Meu cérebro de produtora *sabe* que programas de caça-fantasmas são balela, e se alienígenas são reais, por que ainda não fizeram contato ou deram um fim na gente? Mas Hayden apresenta as informações com clareza e faz com que até as teorias mais absurdas pareçam normais.

Ele me faz *querer* acreditar.

Inexplicavelmente, a voz dele é ainda mais agradável ao vivo.

— Hallie?

Quando me viro, vejo que Hayden também é *ainda mais atraente* em carne e osso. Ele é extremamente alto e tem um corpo esbelto, mas musculoso, que esconde debaixo de uma camisa xadrez de botão. Alguns dias de barba por fazer cobrem as bochechas e a mandíbula, e o cabelo castanho está mais comprido do que na TV. O vento frio do começo de fevereiro deixou seu rosto rosado sob os óculos. Esse homem é bonito demais para passar a vida caçando ETs. Mas graças a Deus é isso que ele faz.

— Hã...

Escrever um e-mail e agendar uma reunião foi moleza, mas agora não sei o que falar. Talvez por ele ser um dos homens mais gatos que já vi na vida, mas também porque não sei o que nós dois poderíamos ter em comum. Certamente não é o amor pela vida extraterrestre.

Ele olha fixamente para mim, talvez se perguntando se abordou a garota de cabelo azul errada. Aquele olhar cor de esmeralda deixa minha pele quente, e imagino que deva ser essa a sensação de ser atingida pelo raio laser de um OVNI. Ele está igualmente atônito, e não sei o que pensar disso.

Eu pigarreio.

— Sim. Oi. Eu sou a Hallie. Você deve ser o Hayden.

— Isso mesmo. Muito prazer — diz ele, ocupando o assento ao meu lado.

— Quer beber alguma coisa?

Hayden enfia as mãos nos bolsos do colete que está usando por cima da camisa xadrez e olha o cardápio. Ele parece um modelo de revista que estampa a versão sexy de um catálogo de trilhas e afins, coisa que eu imagino que não exista, mas de repente começo a achar que deveria. Há uma tatuagem em seu antebraço esquerdo, um cervo feito em linhas finas com chifres que se transformam em uma árvore de galhos sem folhas. Os olhos do animal parecem distantes demais um do outro, ou a boca exageradamente aberta. Não sei direito o que me incomoda naquele cervo, já que em geral tenho uma opinião neutra quanto a esses animais, contanto que estejam a uma distância segura. Hayden também tem um OVNI pequenininho tatuado na parte externa do pulso.

— Sim, sim. Vou querer essa tal de Gasolina de Disco Voador.

— Só espero que essas bebidas não nos façam ser abduzidos e examinados com uma sonda — brinco.

Hayden dá de ombros, sério.

— Seria interessante, de um ponto de vista científico.

Mesmo em nome da ciência, prefiro evitar sondas por enquanto. Não quero nem imaginar os fetiches desse homem.

— É m-mesmo...

Peço o drinque de Hayden quando o barman volta. É uma bebida verde-neon que brilha no escuro, feita de sei lá o quê. Tem um pequeno extraterrestre de plástico flutuando no copo, montado em um cubo de gelo como se fosse um touro mecânico.

— Poxa — reclamo. — O meu não veio com alienígenas.

Depois de tomar um gole, Hayden olha para mim.

— Bom, você queria falar sobre sua proposta. Mas antes disso...

Ah, não.

Hayden se aproxima e espia discretamente por cima do ombro, desconfiado.

— Espero que não esteja tentando me passar a perna para conseguir acesso a informações confidenciais...

A apreensão dele me faz olhar para trás também.

— *Você* tem acesso a informações confidenciais?

Ele olha de um lado para o outro, ponderando se deve continuar ou não. Então, ergue os ombros e as mãos como se estivesse se rendendo.

— Eu tenho um contato.

— O contato é você?

— Nunca se sabe quem pode estar tentando te enganar para lucrar com imagens do Pé Grande no mercado ilegal.

— Parece que você já teve problemas com príncipes do exterior pedindo seus dados bancários.

Isso conta como conspiração? Não sei, mas o sorrisinho nos cantos dos lábios dele me diz que *talvez* este teórico da conspiração tenha achado graça.

Hayden ri e dá outro gole na bebida.

— Ei, isso é coisa séria. Idosos caem nessa o tempo todo. Pode ser uma conspiração.

Arrá! Na mosca.

— Bom, para sua sorte, não tenho a menor pinta de príncipe malvado que quer tirar seu dinheiro... Pelo menos acho que não.

— Não mesmo — diz ele. As palavras são cortantes, e o olhar fixo que ele me dirige parece cauterizá-las como uma faca quente. — Não tem.

Estou ocupada demais me afogando no tom das palavras de Hayden e em seu olhar penetrante para pensar em outra piadinha, então tomo um gole do meu drinque. Passei o dia inteiro me perguntando se seria muito difícil convencer esse homem e se o personagem extravagante do teórico da conspiração era uma farsa. Estou achando que não é, mas há algo de humano e pé no chão em Hayden que me tranquiliza. Talvez isso tenha alguma chance de dar certo.

Hayden pigarreia.

— Bom... O programa...

— Ah, sim. Todo ano o Skroll faz uma Grade de Conteúdo em que nossos criadores internos apresentam e produzem uma temporada de uma websérie. Normalmente são mais ou menos dez séries. A mais popular é escolhida para ganhar uma segunda temporada, além do pacote de renovação. O Skroll julga com base na audiência e no engajamento, nas menções em redes sociais... Já vi criadores ganharem até um milhão de seguidores. É praticamente uma carreira garantida. Acontece que temos uma vaga em aberto e minha chefe quer que eu encontre um programa que na minha opinião vá fazer muito sucesso. Obviamente, *O Desconhecido* já tem muitos fãs, mas poderia ser ainda maior se o adaptássemos para uma websérie. Muita coisa no podcast já funciona, mas poderíamos torná-lo visual. Você estava ótimo no *Conspirações Cósmicas*. Por exemplo, em alguns episódios você poderia caçar fantasmas, ou o Cara-Mariposa...

Os ombros de Hayden se erguem ansiosamente quando menciono a caça aos fantasmas, como se eu tivesse dito a coisa certa, e depois murcham.

— Homem-Mariposa.

— Isso. Caça ao Homem-Mariposa. Talvez a questão dos monstros não esteja sendo amplamente explorada no mercado.

— Bom, *claramente* não está, já que ainda não encontramos o Pé Grande.

— Claro — concordo, dando corda, mas ele está genuinamente indignado por isso ainda ser um mistério. — *Claramente* há muito a ser feito. Nós trabalharíamos juntos nos próximos meses. Você seria contratado pelo Skroll como freelancer durante toda a temporada, e eu seria a produtora. Teríamos uma equipe de produção trabalhando com a gente em um esquema de meio período e um orçamento modesto para a primeira temporada, mas que cobriria viagens e hospedagem para filmagens fora do set. Você também teria controle criativo total. Olha, não acredito em nada disso. Alienígenas, criptídeos, fantasmas... Mas gostei muito de *O Desconhecido* e acho que você poderia ser uma grande personalidade da internet se usarmos essa plataforma.

Hayden fica em silêncio, bebericando seu drinque e refletindo sobre o que eu disse. As questões jurídicas podem vir depois, só preciso que ele pelo menos dê uma chance para a ideia. Se conseguir compreender o sucesso que esse programa pode alcançar, a coisa toda está no papo. Mas *é fato* que isso também quer dizer que estou pedindo que ele abra mão da carreira de apresentador de podcast e se transforme em outra coisa. Não é tão simples assim.

Depois de um tempo, ele pousa a bebida no balcão.

— Quer dizer que você realmente não acredita em nada disso?

De repente, o teórico da conspiração que vi no *Conspirações Cósmicas* dá as caras. Seu olhar se ilumina com perguntas e teorias. É disso que o Skroll precisa: fascínio puro e fervoroso. Mesmo que seja por alienígenas.

— Oi?

Ele passa a mão pelo cabelo. Suas pupilas estão dilatadas.

— Nada, nadinha? Você não acredita em alienígenas, nem no Pé Grande, nem em fantasmas, nem... Sei lá... no aeroporto de Denver?

— No aeroporto de Denver? Hum... nunca fui lá, mas acho que acredito no aeroporto. Sei que ele existe...

— É *óbvio* que existe — interrompe Hayden. — É uma base secreta para *alguma coisa*. Não gosto muito de falar sobre os Illuminati porque eles são sinônimo de problema, mas tenho muitas perguntas sobre o tamanho do aeroporto. Sobre os bunkers. O mural. O *cavalo*.

Imagens correm pelo meu cérebro, mas nenhuma delas se conecta, embora eu queira que façam sentido. Desesperadamente.

— Entendi — concordo. — Bom, não. Não acredito em nada disso.

Hayden pressiona o nariz sob os óculos.

— Tenho que processar essa informação.

— Também tive que processar a informação de que o Pé Grande pode ter sido um alienígena...

Ele bate com as duas mãos no balcão, fazendo nossos copos tilintarem. O alienígena montado no cubo de gelo afunda na bebida dele.

— É incrível, não é?

Ele olha para mim como se tivesse finalmente encontrado uma parceira de conspirações, a outra metade da laranja para complementar as esquisitices dele.

Eu mordo o lábio inferior.

— Não era essa a palavra que eu tinha em mente.

Hayden murcha outra vez. Ele tamborila com os dedos na borda do copo enquanto a TV atrás dele se ilumina com uma animação tosca de alienígenas rebolando no meio do deserto. É difícil prestar atenção em outra coisa. Um balão de fala aparece acima de um dos alienígenas: "Caraca, que calor!"

— Mas independentemente de *eu* acreditar nessas coisas ou não, acho que você tem talento e que a audiência do Skroll vai te adorar.

— *O Desconhecido* sempre foi um podcast — começa ele. — É o que eu sei fazer. Não sou... não sou ator, Hallie. Duvido que participar de alguns episódios de *Conspirações Cósmicas* seja a mesma coisa que atuar. E meus fãs estão acostumados com o formato de áudio. E se não gostarem da adaptação?

— Para ser sincera, duvido que seus ouvintes, ou qualquer um, na verdade, achariam ruim poder olhar para você com mais frequência.

Socorro.

Fico vermelha, provavelmente feito um pimentão. Hayden passa a mão na barba por fazer na altura da mandíbula. Vejo um sorriso de canto se formar e uma covinha surgir quando ele morde a lateral do lábio. Porra. Torço mentalmente para que o Triângulo das Bermudas seja real, porque este seria um ótimo momento para esse lugar me fazer um favor e me teletransportar direto para lá. Não sei dizer se Hayden está intrigado, em choque ou se sequer *tem noção* do quanto é bonito.

Deve ter, óbvio. A não ser que ele seja um daqueles caras que acreditam fortemente nas conspirações de que todo espelho é um espião e que nunca se deve olhar para um.

Tomo um longo gole da minha bebida e pigarreio.

— Além do mais, se tudo der certo, você vai ganhar muito mais dinheiro do que com o podcast. Inclusive, poderia participar de mais programas de TV, programas que não passam só de madrugada.

— Na verdade, acho que você viu uma reprise.

— Claro. Reprises são tudo de bom. Esse tipo de exposição é excelente. Mas imagina só: se você cair no gosto do povo, vai poder aparecer regularmente no *Conspirações Cósmicas*, ou talvez ter seu próprio programa de TV, com animações bem melhores!

Ele toma o último gole em silêncio, refletindo.

— Preciso pensar, Hallie. Estou em um intervalo entre temporadas do podcast, então até tenho tempo agora, mas...

— Acha que conseguiria pensar melhor se fôssemos para outro lugar?

Ele ergue a sobrancelha. Eu entendo, claro. Eu também não responderia bem a esse tipo de pergunta em um primeiro encontro.

— Hã?

— Se você já tiver terminado, vem comigo.

Hayden coloca seu copo no balcão, hesitante, e resgata o alienígena de plástico enquanto eu fecho nossa conta. Tenho outro truque na manga que talvez o agrade mais do que álcool alienígena.

— Estamos indo num *tour fantasma*?

— Isso aí. Dizem que Hollywood tem vários lugares assombrados, não dizem?

As botas de Hayden fazem barulho enquanto ele caminha ao meu lado, afundando ainda mais as mãos nos bolsos.

— Está tentando me cortejar para que eu participe do seu programa?

— Está dando certo? Está se sentindo cortejado?

— Eu disse que iria *pensar*.

Seu tom é firme, mas vem acompanhado de um riso leve que me faz sentir um frio na barriga.

Paramos ao chegar no quiosque do passeio e, nesse momento, nossos olhares se encontram. Tento acessar a parte do meu cérebro que assistiu a incontáveis interrogatórios em séries policiais, então semicerro os olhos.

— Preciso que pense mais rápido. Preciso bolar algo até sexta-feira de manhã. Uma apresentação, um cronograma de episódios, alguma coisa.

— Eu estou *pensando*...

O guia de turismo, um homem alegre de meia-idade chamado Gary, nos interrompe e nos conduz pelos corredores cavernosos dos fundos do Teatro Chinês. Avistamos, então, uma van conversível bem chamativa, pintada de forma que era para lembrar um carro fúnebre, mas passando muito longe disso.

Um casal com camisetas temáticas de *Destino Paranormal* combinando entra e se senta no banco dos fundos. Outros dois casais vão para o meio, deixando a gente na primeira fileira. A menor de todas. Por sorte eu sou pequena, mas Hayden não é. A ansiedade já está batendo diante da proximidade a que estou prestes a ser submetida.

— Primeiro as damas — diz ele.

Entro na van e deslizo até a janela, e ele sobe logo depois. Suas pernas compridas mal cabem atrás do banco do carona e do recipiente para gorjetas instalado entre o motorista e o assento de Gary. Quando ele se ajeita, nossos joelhos se tocam — a calça jeans gasta dele contra minha meia-calça fina. A van exala um aroma de plástico e cigarro, mas Hayden tem cheiro de âmbar e uísque com um toque de livros antigos.

O roçar dos nossos joelhos me causa um arrepio. Faz muito tempo que não me sinto atraída por alguém, e, no geral, isso é tão raro de acontecer que comecei a pensar em homens como amostras de tinta em diferentes tons neutros. Mas, quando olho para Hayden, vejo o verde brilhante da floresta e o marrom cálido que lembra vinho quente e as folhas do outono. Pela primeira vez em muito tempo, enxergo em cores.

Algo em Hayden me interessa, e não é só por causa da maneira estranha como ele entrou na minha vida. Pode ser tesão reprimido ou a sensação de que estou no caminho certo para conseguir sentir algo outra vez. Essa sensação vem também com o medo do desconhecido e a noção de que existe um limite e de que preciso manter uma distância profissional.

— Desculpa — murmura ele, afastando a perna na mesma hora.

Hayden enfia as mãos de volta nos bolsos do colete e morde o lábio, depois olha pela janela fingindo estar muito interessado no fast-food mexicano do outro lado da rua. Gary entra na van por último e ocupa o seu lugar, dando batidinhas com o dedo no microfone para testá-lo.

— Olá, garotos e garotas legais e amigos sobrenaturais. Bem-vindos ao Hollywood Assombrada, o melhor tour pelo lado sombrio da cidade do cinema. Meu nome é Gary, e eu serei o guardião da cripta durante nossa visita a vários locais notoriamente assombrados da cidade. Então apertem os cintos e, por favor, tentem não gritar.

A van turística parte, e ele nos conta a história do Teatro Chinês e dos fantasmas dali, Fritz e Annabelle, e garante que Marilyn Monroe ainda assombra os corredores do Hotel Roosevelt. Hayden ouve atentamente, e eu *o observo* com a mesma atenção. É nítido que ele já sabe de tudo isso. Que grande ideia a minha, fisgá-lo com meu tour fantasma.

Seguimos mais adiante em direção a Hollywood Hills, e no caminho avistamos o famoso letreiro todo iluminado. Os turistas atrás de nós o fotografam sem parar, mas eu vejo o letreiro das janelas do Skroll todos os dias.

— Embora paire sobre Hollywood com imponência, há uma história trágica por trás do letreiro. Originalmente, foi construído para divulgar um complexo imobiliário chamado Hollywoodland. — Uma trilha sonora sinistra acompanha a narração de Gary. — Em 1929, uma jovem atriz...

— Foi em 1932.

Eu me viro para Hayden, e Gary franze o cenho.

— O que disse?

A princípio, acho que Hayden talvez esteja nervoso com todos os olhares voltados para ele, mas depois percebo que não é o caso. Ele está frustrado. Afinal, *como é possível* que as pessoas não saibam disso? Que idiotas nós somos!

— Foi em 1932. Peg Entwistle pulou da letra H em *1932*, não em 1929. E hoje em dia as pessoas que fazem trilha pelo parque avistam a assombração dela com roupas *da década de 1930*.

— Quer compartilhar mais alguma coisa? — alfineta Gary.

— O negócio de que um dia depois da sua morte ofereceram um papel para ela também não passa de uma lenda. Isso nunca foi comprovado.

Gary lança um olhar carrancudo para Hayden.

— Pelo visto é ele quem vai receber as gorjetas no fim do tour.

Hayden esfrega o nariz sob os óculos enquanto a van nos leva Griffith Park adentro. Ele resmunga baixinho enquanto Gary conta aos turistas de forma sensacionalista sobre os corpos mutilados que apareceram no parque ao longo dos anos. O guia alega que o crime foi atribuído ao Perseguidor da Noite, e Hayden suspira, soltando um "não" quase inaudível.

Logo de cara eu sei que este homem vai fazer metade do meu trabalho por mim. Ele é uma enciclopédia ambulante de conhecimentos bizarros.

Passamos pelas colinas, pelo antigo zoológico no Griffith Park e pelo cemitério Hollywood Forever, local de descanso eterno das estrelas. Depois a van nos leva até Benedict Canyon e passamos por carros presos no trânsito rumo ao Valley.

Coitados.

— Embora estas colinas pareçam idílicas, foram palco de um dos assassinatos mais horripilantes da história. Em agosto de 1969, Charles Manson e os seguidores de sua seita assassinaram a atriz Sharon Tate e outros quatro amigos. Manson ordenou que o grupo "fosse o mais violento possível". E foi exatamente o que aconteceu! O mundo inteiro ficou horrorizado com as imagens das palavras escritas com sangue na porta de entrada e com a notícia da morte de Tate, que na ocasião estava grávida de oito meses e meio. Nenhum corretor de Los Angeles conseguiu vender a casa até hoje. Por que será, hein...

— A casa nem existe mais — interrompe Hayden. — Foi demolida em 1994.

— Ainda está lá, rapaz. Cielo Drive, 10050. Jogue no Google.

Hayden tira os óculos e os coloca no colo. Ele rejuvenesce instantaneamente. Reparo nas marquinhas que a armação deixou em seu nariz, mas não tenho tempo de prestar atenção naquele rosto estranhamente encantador, porque compreendo que tirar os óculos é, para ele, como o engatilhar da arma antes de um duelo entre caubóis.

Hayden está prestes a partir para a briga por causa de Charles Manson.

Não sei dizer se estou chocada ou me divertindo.

Hayden pressiona a base da palma das mãos sobre os olhos.

— Não, não está. A casa foi demolida. Agora a casa de David Oman é o local mais próximo de onde aconteceram os assassinatos, a 150 metros de distância. É lá onde a maioria das assombrações aparecem hoje em dia. Os fantasmas das vítimas foram vistos na casa e nos arredores. É um dos locais paranormais mais bem documentados de Los Angeles. Jogue no Google.

Ai, meu Deus. Ah, não.

Não só Hayden está odiando o tour fantasma, como estamos prestes a ser banidos de todos os tours fantasmas de Los Angeles. Ele provavelmente não vai querer trabalhar comigo de jeito nenhum depois de eu ter proposto *isso* como a nossa primeira atividade. E, além disso, estou começando a me perguntar se não levamos um golpe, considerando o preço dos ingressos. Gary não sabe nada sobre os lugares que visitamos.

— Por acaso foi *você* quem escreveu o roteiro deste tour, rapaz?

— É evidente que não — responde ele, e um sotaque de Boston de repente vem à tona. Não deveria ser atraente, mas é. E como. — Se tivesse sido eu, pelo menos as informações estariam corretas. E não seria um desperdício de dinheiro das pessoas que vieram.

— Em quem vocês vão acreditar? — pergunta Gary para o resto da van. — Em mim, o profissional, ou em um millennial sem noção?

Eu pigarreio.

— No millennial sem noção.

Hayden abafa uma risada ao meu lado. Seu sorriso é radiante, mas contido, e quando ele olha para mim sinto que estamos compartilhando um segredo. A mulher mais velha sentada atrás de nós fica pensativa e por fim admite que também prefere acreditar no millennial sem noção. Gary guarda o microfone e se ajeita no assento, afivelando o cinto de segurança.

Voltamos em silêncio para o teatro. De vez em quando, Gary aponta lugares como a boate Viper Room ou o Comedy Store e explica suas origens. Hayden fica calado na volta, mas parte de mim gostaria que falasse algo. Se ele estivesse explicando as coisas, pelo menos eu não sentiria que rasguei dinheiro.

Ao chegar, deixamos uma gorjeta para Gary, apesar de tudo, e caminhamos em silêncio sobre os nomes de celebridades mortas há tempos até chegarmos ao estacionamento.

— Meu carro está aqui.

Ele assente.

— O meu está logo depois da esquina. Obrigado por hoje. Foi...

— Um desastre?

Hayden ergue os ombros, e meu constrangimento evapora quando ele solta uma risada mansa.

— Não achei.

— Jura?

— Juro. Você não tem culpa se Gary não sabe a diferença entre uma assombração e uma possessão.

— Eu também não sei.

Em vez de dar uma resposta sabichona, ele sorri.

— Você tem tempo para aprender.

Ele não teve a mesma gentileza com Gary. Mais um pouco de silêncio. Será que eu consegui fazer esse teórico da conspiração confiar na maior cética das redondezas?

— E então? Alguma decisão sobre o programa?

Hayden fica tenso, mas acena lentamente.

— Hallie, é uma proposta tentadora, mas preciso mesmo pensar...

— Não se esqueça de que preciso apresentar a ideia para minha chefe na sexta de manhã. Se sua resposta for não, preciso saber logo. Mas... espero que não seja.

— Eu sei. Não quero atrapalhar você, prometo. Isso tudo é novidade, e eu ainda não sei se sou a pessoa que você acha que sou. Pelo menos na frente das câmeras.

— Acha que a pessoa por trás do microfone vai ser muito diferente da que aparece na frente das câmeras?

Ele sacode as chaves, meio nervoso.

— Talvez eu precise de ajuda.

Eu sorrio.

— Bom, é para isso que estou aqui.

Em vez de responder, Hayden enfia a mão no bolso do colete e depois arremessa algo para mim. Minha coordenação é lamentável, e eu me atrapalho para pegar o que ele jogou. É o alienígena que veio em seu drinque.

— Até breve, Hallie.

CAPÍTULO 3

Para mim, o som de notificação do meu e-mail gera um tipo de reflexo pavloviano, então, apesar de ter ido dormir tarde, eu infelizmente acordo quando ouço o barulhinho.

Meu computador ainda está aberto em cima da cama, com uma apresentação pela metade na tela e dois novos e-mails na caixa de entrada. Está rolando outra promoção de velas na Bath & Body Works e, ao que parece, posso reduzir minha cintura em cinco centímetros clicando em um link suspeito que recebi de alguém com o e-mail Chaz8762o06@6mail.biz. Mas nada de Hayden ainda.

Para a maioria das pessoas, conseguir esse tipo de plataforma não seria uma questão, mas sei que estou pedindo demais dele. No caso de Hayden, parece que a única coisa que não é motivo de dúvida é a existência do Pé Grande, de alienígenas e do Garoto-Mariposa. O que na minha cabeça não faz o menor sentido.

O relógio informa que são oito e meia da manhã. Nora foi bem cedo para o trabalho a fim de ajudar o melhor amigo, Jamie, a se preparar para uma filmagem. O Skroll até é flexível com horários e regras, mas como estou na corda bamba não vai pegar bem chegar atrasada. Saio da cama, reviro as gavetas atrás de alguma roupa e depois tento disfarçar com maquiagem o fato de ter passado a noite inteira em frente ao computador esperando um e-mail de um cara bonitão.

Estou morando no apartamento de Nora há alguns meses e ainda não me acostumei completamente ao fato de este ser o *meu* quarto. Depois de ter dividido com outras pessoas por tanto tempo, ainda é estranho usar um espaço e viver nele como *eu* bem entendo. Depois que sua última colega de apartamento se mudou de Los Angeles para "se encontrar" após participar do *Burning Man*, Nora estava prestes a ir morar com Jamie quando apareci dois meses atrás procurando um lugar para ficar. Tudo o que eu tinha na época era rímel borrado escorrendo pelo rosto, uma mochilinha com meus pertences e a determinação de nunca mais deixar que alguém como Cade controlasse minha vida.

Vou na cozinha pegar uma barra de cereal antes de sair e ouço algo atrás de mim, do outro lado da sala.

Lizzie.

Estou me acostumando a morar com Nora, mas nunca vou me habituar com o lagarto fêmea assustador que ela tem, cujo nome é Lizzie Borden. Não gosto da forma como Lizzie me encara quando estamos vendo TV e, acima de tudo, não gosto do fato de quase nunca saber onde ela se enfiou. Fico morrendo de medo de ela escapulir para o meu quarto e subir na minha cama.

Não sou muito chegada a coisas da natureza. Não me dou bem com a vida selvagem.

Vou até o viveiro e me certifico de que está bem fechado. Lizzie e eu nos encaramos. Ela pisca lentamente.

— Tchau — sibilo.

Lizzie sai em busca de uma uva que avistou no fundo do terrário.

Na metade do caminho até o escritório, meu celular vibra com a notificação de um e-mail, e quase bato o carro na Mulholland Drive. Sei que usar o celular enquanto dirijo é errado, mas o nome de Hayden na tela faz meu estômago embrulhar, e tenho noventa por cento de certeza de que não é culpa do meu café da manhã com ibuprofeno.

DE: Hayden Hargrove
ASSUNTO: Re: Re: Re: Re: O Desconhecido — Skroll — Proposta de websérie

Desculpe pela demora, mas pensei melhor e topo fazer parte do projeto. Acho que *O Desconhecido* pode crescer muito, e estou ansioso para ver as ideias que você teve para a série.

Anexei os arquivos que utilizo para apresentar o programa aos patrocinadores. Fique à vontade para usar os materiais como achar melhor. Vamos nos falando.

H.

Encosto o carro, respiro fundo e solto um grito de alívio antes de voltar para o trânsito. Abro o Spotify, encontro uma playlist chamada "Eu sou foda" e aumento o som. Meu cérebro está a mil com ideias para a apresentação. Se eu trabalhar bastante o dia todo hoje, consigo finalizar tudo até amanhã de manhã. Chloe sempre nos dá folga sexta-feira à tarde, geralmente para poder ir mais cedo a Joshua Tree fazer... Bom, sei lá, *alguma coisa* com o namorado.

O escritório ainda está silencioso quando chego à minha mesa. Ouço apenas o burburinho matinal em volta da máquina de café e alguém xingando a impressora. Nora e Jamie estão na mesa ao lado, e ele está tentando resolver um problema no software de edição de vídeo do computador dela. Quase todo mundo fica no mesmo ambiente, em mesas lado a lado, nossas telas sempre à vista. Isso pode ser ainda mais constrangedor quando o trabalho de alguém rende pesquisas no Google que poderiam dar cadeia.

Será que *O Desconhecido* poderia dar cadeia também?

Eu me pergunto se *Hayden* já teve problemas com a polícia por causa do podcast.

Será que isso vai atrapalhar nossas permissões de viagem? Não considerei esse fator quando estipulei o orçamento.

— Bom dia, Hal — diz Nora.

Jamie acena para mim e dá um gole em seu café. Nora tem mais ou menos 1,50 metro de altura e é muito magra. Ela tem muita atitude e um estilo moderno e urbano, do tipo que usa tênis com o cadarço desamarrado ou camisas largas com os primeiros botões abertos. Jamie Santos, por outro lado, é o cara mais engessado que já vi. Ele é tímido e afável, capaz de se adaptar a qualquer situação.

Além de ser tão bonito que chega a ser injusto. Jamie tem cabelo escuro e ondulado e pele marrom. Ele é britânico, mas cresceu do outro lado do mundo com os pais documentaristas, e todos os estagiários têm uma queda por ele. É o tipo de pessoa que usa camisas sociais engomadinhas e até gravata para trabalhar todos os dias, mas isso não é tão incomum vindo de alguém que estudou em escolas caras e tem sotaque britânico.

Por incrível que pareça, ele e Nora são inseparáveis.

Jamie está sempre lá em casa, às vezes obrigando Nora a maratonar filmes que são um porre ou arrasando no *Jeopardy!* enquanto os dois jantam depois do trabalho. É um cara bacana, discreto e muito certinho, mas tenho a impressão de que mostra um lado mais exuberante e divertido apenas para Nora.

— Chegou tarde ontem, hein. Por acaso teve um encontro com algum gostoso? — pergunta Nora, enquanto volta para a própria cadeira, mastigando um bolinho.

Jamie pega um pedaço, mas ela o arranca de suas mãos, revirando os olhos. Em vez de tentar pegá-lo de volta, ele se limita a olhar para ela com um sorriso afetuoso.

Acho que minha expressão responde à pergunta. Estava com um cara gostoso? Sim. Mas em um encontro? Longe disso. Mesmo que Hayden fosse o cara mais legal do mundo, a palavra "encontro" ainda me apavora, assim como "imposto" ou "burocracia". Não sei se sou adulta o suficiente para usar qualquer uma delas.

— Não. Eu fui conhecer um contato para uma série em potencial.

— Conta tudo — ordena Nora.

Pesquiso *O Desconhecido* no Google e abro o site caprichoso de Hayden. Para alguém que produz um conteúdo tão zureta, ele deve ter gastado uma grana para passar uma impressão profissional. Deixo os dois darem uma olhada no site. Nora clica no link "Sobre o podcast", com a foto e a biografia de Hayden. Sinto minhas bochechas corarem quando toco no pequeno alienígena de plástico que ainda está no bolso da minha jaqueta.

— *Uau* — diz ela. — Que partidão, hein. E você saiu para beber com ele ontem à noite?

Foi só um drinque, depois ele passou o resto da noite discutindo com o guia de turismo do tour fantasma que eu inventei de a gente fazer.

— Aham. Ele é legal. Teorias da conspiração e monstros não são minha praia, mas algo nele me chamou atenção.

— Tipo a beleza?

— *Nora.*

— Sei que não estou ajudando, mas vai dizer que é mentira? Se essa série for aprovada, eu e Jamie podemos ajudar você.

No Skroll, Jamie e Nora podem ir de uma série para outra, prestando suporte conforme necessário depois de terminarem suas respectivas colunas e artigos em forma de lista. Na semana anterior, Nora escreveu um artigo fascinante sobre quantas bombas efervescentes de banho seriam necessárias para tingir uma pessoa de roxo, e nossa banheira ainda carrega vestígios desse experimento. Jamie escreve resenhas de cinema intelectuais demais para um site que na maior parte do tempo avalia esse tipo de obra com uma série de GIFs. Acho que ele continua por aqui pela equipe e pelo plano de saúde que talvez não tivesse como freelancer.

— Ah, então você decidiu por mim? — brinca Jamie. — Adorei ser consultado.

Nora gira a cadeira para empurrá-lo, mas ele se esquiva, apoiando o cotovelo no topo da cabeça dela enquanto ela se contorce para se desvencilhar.

— Quer mais café? — pergunta ele.

— Por favor.

Jamie se afasta com as duas canecas, e Nora se volta para mim.

— Ele realmente é assim ao vivo?

Sinto um frio na barriga. Penso na noite anterior, quando estava espremida na van com Hayden, e em como nossos joelhos se tocaram. Penso no cheiro gostoso que ele tem e no verde intenso de seus olhos quando ele fala todo empolgado sobre fantasmas e criptídeos. Eu me lembro do que senti fisicamente quando estava perto dele, ou seja, uma atração pura e simples. Mas agora que ele não está aqui, não sei se isso é boa ideia.

Não é de bom-tom se envolver com alguém com quem vou trabalhar tão de perto. Seria errado deixar meus sentimentos e minha bagagem emocional atrapalharem nosso relacionamento profissional.

Além disso, nem sei se sou capaz de me apaixonar de novo.

— Sim, ele realmente é desse jeito, mas isso é irrelevante. Não sei se estou pronta para...

No fundo eu sei que não vou ficar sozinha para sempre, mas de vez em quando é difícil me convencer disso. Às vezes penso que seria mais fácil. Não posso mais me iludir com palavras bonitas. Aprendi da maneira mais difícil que um sinal de alerta é tipo areia movediça: pode passar despercebido se você não estiver prestando atenção, mas é difícil escapar depois que está afundada até o pescoço.

— Eu entendo. — Ela não parece querer insistir. Já tivemos essa conversa muitas vezes. — Olha só, por enquanto quero que você se concentre em bolar uma proposta irrecusável para conseguir essa série. Acredite em si mesma.

Nora aponta para um ímã em seu gaveteiro, um gato astronauta com uma taça de vinho acompanhado do conselho *Acredite em si mesmo*, logo ao lado do ímã que diz *Bi-Sexy-Uau*.

Tento me apegar às palavras dela.

— Se eu quiser que essa vaga seja minha, tenho que fazer uma apresentação foda.

Na manhã seguinte, eu *de fato* tenho uma apresentação foda. Os recursos visuais estão bem-feitos, e complementei os slides que Hayden me mandou com exemplos de episódios, principalmente trechos engraçados, momentos instigantes da narração e qualquer coisa que mostre o carisma dele no podcast. A essa altura, ouço mais a voz de Hayden na minha cabeça do que a minha. Envio a versão final para ele, mas não recebo resposta antes de Chloe me chamar para a sala de reuniões Keanu Triste (sim, nossas salas de reuniões têm temáticas de memes).

Sei que ela e Kevin, o CEO do Skroll, já estão lá dentro com seus caderninhos, prontos para destrinchar minha apresentação. Mas eu ensaiei bastante, sei do que estou falando. A minha ideia é boa, tenho certeza disso. Sempre sonhei com esse momento: encontrar um conteúdo surpreendente e colocá-lo em evidência.

Lembro a mim mesma das minhas conquistas. Os vídeos em que trabalhei no Skroll viralizaram muito, trouxeram dinheiro, seguidores e atenção. Cade se aproveitou do meu talento e das minhas ideias por um motivo: ele *sabia* que eu era muito boa. Foi o meu empenho que me garantiu a chance de disputar essa vaga, para começo de conversa. Meu trabalho tem valor, e vou conseguir levar *O Desconhecido* para o primeiro lugar. Preciso conseguir.

Mas isso não muda o fato de que o Skroll tem parecido um campo minado nos últimos dois meses. A influência de Cade é potente, e parece que tudo gira em torno dele. Não importa quantas vezes eu diga a mim mesma que vou seguir em frente, nunca deixei de temer a presença dele e a forma como ele tem todo mundo bem na palma da mão.

Sinto a aproximação de Cade como se o chão estivesse tremendo com o prenúncio de um terremoto. Mesmo sem o ver ainda, sinto no ar o cheiro conhecido de perfume caro e chiclete de menta com notas de sativa. Também reconheço de longe o "oi" grave e afetado que ele oferece a todos por quem passa. Houve uma época em que tudo isso me fisgou e fez com que eu me sentisse especial quando o que eu mais queria era receber essa atenção. Eu sentira aquelas coisas com tão pouca frequência na vida, então como poderia saber que não era normal?

Seguro meu laptop com força contra o peito como se fosse um colete à prova de balas. Minha meia-calça estampada, meu short jeans e meu suéter formam uma armadura meio precária. Não tenho para onde correr agora. Ele para e me olha com um sorriso fingido. Começo a pensar em tudo que pode haver de errado comigo hoje.

Será que meu cabelo está oleoso?

Talvez o corretivo tenha craquelado debaixo dos meus olhos, deixando na cara a minha exaustão.

Será que engordei a ponto de Cade perceber?

A ponto de ele fazer um comentário mordaz sobre meus quadris, talvez até de me tocar para mostrar o que quer dizer?

Tento conter o nervosismo e me lembrar de tudo que aprecio em mim. Acho meu cabelo legal e gosto do meu corpo. Adoro meu estilo fora da curva e sei que sou uma excelente produtora. Mas, com Cade na minha frente, não consigo acreditar em nenhuma dessas coisas. Só sou capaz de pensar em todos os aspectos em que não estou à altura dele.

— Você... está indo falar com Chloe e Kevin? — pergunta Cade, ainda que saiba muito bem a resposta.

— Não, estou zanzando do lado de fora da sala do Keanu só de sacanagem.

— Eles te deram a vaga do Eric, não deram?

— Vou apresentar uma proposta para a *minha* série.

— Ah, é mesmo?

Cade esfrega o queixo e solta uma risada para mascarar a intimidação em seus olhos azuis, mas eu a identifico mesmo assim.

Cade sabe tão bem quanto qualquer um que *eu* era a pessoa competente e de olhar sensível por trás dos vídeos e das séries dele. Competindo por conta própria, vou acabar com ele.

Tenho que acabar com ele.

— Não sei por que essa surpresa toda — rebato. — Minha ideia é muito boa.

— Hallie — diz ele, com um suspiro —, acha mesmo que está pronta para algo assim?

O tom dele diz "você sabe que não está" e "tem certeza de que quer competir comigo?". Demorou muito tempo para perceber que o que parecia ser apoio no Skroll na verdade era um plano para minar minha autoconfiança aos poucos. Desde a noite em que terminei com Cade, decidi que não preciso lhe dar ouvidos. Não preciso acreditar nele. Não preciso acreditar quando ouço as palavras dele na minha cabeça sem parar. *Trabalhar comigo é difícil. Eu não me destaco. Eu não sou ninguém.* Ainda sinto essas palavras como facas nas minhas costas mesmo depois de tanto tempo tentando ficar bem. E não é para menos, com essa porcaria de armadura em forma de suéter cor-de-rosa de poliéster.

Mas, mesmo assim, repito minhas afirmações mentalmente. Um dia vou acreditar nelas.

— Eu...

Ele ergue as sobrancelhas quando eu gaguejo. Não deveria ser tão difícil encará-lo. Já fiz isso uma vez, mas ainda estou pagando por isso. Vou pagar por isso por um bom tempo. A mulher com quem ele saía antes de mim, Sam, outra produtora do Skroll, ficou com ele por um ano até terminarem. Foi impossível para ela encontrar uma vaga em mídia digital depois que Cade fez a caveira dela. Quando fiquei sabendo disso, ele já estava com as garras bem fundas em mim, e eu não conseguia suportar a ideia de perder tudo que eu tinha me esforçado tanto para conseguir.

Eu me pergunto que tipo de pessoa sente tanto prazer fazendo mal aos outros. Talvez o mesmo tipo de pessoa que toma café sem açúcar e literalmente *nunca* usa meias.

— O gato comeu sua língua, meu bem?

— Não vou aparecer na frente das câmeras. Encontrei outro cara branco e atraente para ser o apresentador, e vou ganhar.

Os lábios de Cade se curvam em outro sorriso debochado.

— Quanta maturi...

A porta da sala do Keanu se abre, e Chloe aparece. Ela olha para nós dois. Kevin está sempre engasgado com as bolas (metafóricas) de Cade, mas Chloe apenas o tolera. Se ela tivesse mais influência, duvido que Cade teria um emprego aqui.

— Hallie, estamos prontos para começar. Cade, posso ajudar em alguma coisa?

Os olhos dele se iluminam com a afeição fingida que usa para manter todos no Skroll comendo em sua mão. Ele sorri para Chloe, mas seus olhos são um lembrete para mim, como se ele me dissesse: *Não adianta sonhar alto.* Tarde demais, Cade. Tarde demais.

— Não, estou desejando boa sorte para Hallie, só isso. Espero que estejam preparados para a proposta dela, hein.

Ele me dá uma palmadinha de consolo no braço e preciso me segurar para não me esquivar em repulsa.

— Está bem, então. Até mais tarde.

Chloe me leva para dentro da sala de reuniões e se senta na outra ponta da mesa com Kevin. Kevin Chadwick não gosta do título de CEO. Em vez disso, prefere ser chamado de "Mandachuva", o que me parece infinitamente pior. Ele tem 1,70 metro de pura lábia e só pensa em lucro. O Skroll sempre foi um clube do bolinha, e parte de mim tem medo de ele nem sequer levar em conta o que uma mulher como eu tem a dizer. Então preciso me destacar e fisgá-lo com a apresentação.

— Olá, Mandachuva. Olá, Chloe.

Coloco meu computador no modo apresentação e respiro fundo algumas vezes. Eu deveria ter aceitado o vape de Nora quando ela me ofereceu uma tragada de manhã. Pelo menos estaria menos suada e não pensaria tanto em cenários catastróficos.

Acredite em si mesma. Não decepcione o gato astronauta sommelier de vinho.

Acredite em si mesma como Hayden acredita no Pé Grande.

Mal acredito que sorrio ao pensar nisso, mas, quando olho para meu slide de introdução, tenho *plena* confiança de que algo bom me aguarda em breve.

— Obrigada pela oportunidade. Estou muito feliz de poder trazer essa proposta para vocês porque *sei* que esse programa incrível vai agregar muito à família Skroll. Bom, depois da febre por *true crime*, as pessoas estão mais do que nunca interessadas no inexplicável e no inexplorado. Mas e se nos aprofundarmos muito mais? E se mergulharmos... n'*O Desconhecido*?

Os dois endireitam a postura quando começo.

— *O Desconhecido* é um podcast de teorias da conspiração que aborda um novo mistério ou criatura a cada episódio, investigando suas origens e discutindo teorias. O apresentador é Hayden Hargrove, que acho que vai se revelar um grande talento diante das câmeras para uma nova série. Hayden tem uma belíssima voz para conteúdo em áudio, mas não é só isso. Eu o descobri em um episódio de

Conspirações Cósmicas e vi que ele também tem uma presença muito cativante e envolvente. Cada episódio é estruturado em formato de história e complementado com arquivos de áudio reais de casos famosos, entrevistas com especialistas e outros materiais.

Apresento algumas das estatísticas que Hayden me passou, como o número de ouvintes semanais e até alguns detalhes financeiros e informações de patrocínio. Presumi que seus patrocinadores fossem organizações esquisitas de caça a extraterrestres, e de fato alguns são, mas a maioria é normal: fones de ouvido bluetooth, softwares de edição de áudio, fabricantes de óculos. Kevin e Chloe parecem impressionados.

— Acredito que a adaptação de *O Desconhecido* para websérie tem muito potencial. Podemos elevar a experiência auditiva a uma experiência visual, incluir filmagens reais, investigações detalhadas e explorações paranormais pessoalmente. Para ilustrar o tom divertido e viciante do podcast, trouxe alguns trechos para vocês.

Mostro um sobre o Pé Grande, outro sobre um hospital assombrado onde Hayden entrevistou uma médium e outro sobre o aeroporto de Denver. Como ele tinha mencionado isso, fui pesquisar sobre o assunto. Descobri um monte de teorias malucas, mas o episódio foi espetacular.

— Podemos criar um tipo de programa de investigação completamente novo. Nada como as séries sensacionalistas e encenadas que temos hoje na TV, e sim algo legal e acessível para um público mais amplo...

— Hallie, nunca imaginei que você acreditasse em teorias da conspiração.

— Não acredito. Na verdade, sou bastante cética com essas coisas.

— Então por que trouxe essa proposta?

— Porque acho que Hayden é talentoso de verdade. Ele fala muito bem. Se consegue fazer alguém como eu ouvir horas e horas de um podcast sobre isso, acho que também convenceria muitos dos nossos espectadores. Quer acreditem ou não no que ele está dizendo, *é interessante*. Por que acham que o *Conspirações Cósmicas* tem dezessete temporadas?

— Ele também é bonito — sussurra Chloe, fazendo anotações.

— Hargrove... — diz Kevin, pensativo. — De onde conheço esse sobrenome?

— Pelo visto não sou a única que anda ouvindo *O Desconhecido*.

Minha resposta arranca uma risadinha dele. Nunca tinha feito Kevin rir antes. *Mandei bem.*

— Então... o que acham? — pergunto.

Minutos depois, saio da sala Keanu Triste, entro na sala Success Kid e pego meu celular. Penso em ligar para Hayden, mas deixo o telefone de lado por um momento e esfrego o rosto com as mãos, pulando de alegria. Preciso de mais desodorante, mas antes decido que mereço uma das cervejas que temos na geladeira. Quero brindar com todo mundo.

Eu me recomponho e disco o número dele.

— Alô?

— Oi, Hayden. É a Hallie. Do Skroll.

Ele ri baixinho do outro lado da linha, e eu me derreto toda.

— Oi. Conseguiu fazer a apresentação para os seus chefes?

— Consegui.

— E?

— Estamos dentro — respondo, tentando conter minha felicidade.

— *Sério?*

— Você parece surpreso.

— Me surpreende que uma empresa tão popular tenha se interessado pelo meu programa sobre o Homem-Mariposa. — Há um quê de perplexidade em sua voz. Ele pigarreia e continua: — Quer dizer... Caramba... Que ótimo. E aí? O que fazemos agora?

— Eles querem um episódio piloto até o fim da semana que vem. É um prazo apertado, mas pegamos o bonde andando. Podemos usar um dos seus episódios antigos para não ter que fazer a pesquisa do zero. Vamos combinar um horário para começar.

Ele fica em silêncio por um instante.

— Sim, temos muito trabalho pela frente. Você tem algum compromisso amanhã?

— Não — respondo.

— Ótimo. Você tem muita coisa para aprender.

Hayden desliga antes que eu consiga perguntar o que é que ele quis dizer com isso.

CAPÍTULO 4

Hayden pode até morar em Los Angeles, mas é *no centro*.

Los Angeles é tão grande que o centro da cidade fica praticamente em outro estado. O que me lembra de quando eu ainda morava em Nova York, mas sem as bodegas peculiares e a infinidade de comida boa em cada esquina. Em vez desses estabelecimentos, aqui temos muitos prédios comerciais idênticos, apartamentos projetados para se parecerem com vilas italianas com vista para as rodovias desordenadas de Los Angeles e toda a sorte de restaurantes e bares de nicho.

Viro a esquina e estaciono na vaga para visitantes de Hayden. O prédio dele parece aqueles que aparecem em livros de arquitetura art déco. Há uma marquise decorativa em frente à entrada — equipada com um *porteiro* — e portas giratórias douradas. Parece mais um hotel de luxo do que um prédio residencial. Com certeza é muito melhor do que meu predinho chinfrim de dois andares coberto de estuque. O interior tem um ar industrial muito chique, com tijolos e canos de metal expostos de um jeito charmoso. Nas paredes, TVs exibem o que parecem ser vídeos sensoriais para bebês. Fico lá assistindo, hipnotizada, enquanto espero o elevador para o décimo segundo andar.

Sigo pelo corredor até o último apartamento, mas hesito antes de bater à porta. Agora é pra valer. Temos *trabalho* a fazer e nossas carreiras dependem disso. Se tudo der errado, Hayden pelo menos pode voltar a fazer o podcast. A julgar pelo apartamento em que mora, ele está bem de vida falando sobre criptídeos e monstros.

Mas eu... vou ficar desempregada. Vou acabar provando que Cade estava certo. Que eu não me destaco, no fim das contas. Que não consigo brilhar sozinha.

Finalmente, bato à porta. Quando ela se abre, Hayden está usando uma camiseta cinza com os dizeres "Departamento de Criptozoologia de West Virginia" acima de uma ilustração do que eu *acho* ser o Boy-Mariposa. Depois de ter passado um tempo pesquisando no Google, já consigo identificar alguns criptídeos importantes. O Pé Grande é moleza, assim como o Monstro do Lago Ness... ainda estou tentando aprender o resto.

A camiseta deixa à mostra a tatuagem de cervo em seu antebraço que eu já tinha visto, mas ela está longe de ser a única. Ela sobe até a parte superior do braço, com ondas, um navio e... tentáculos? Eles dão a volta no bíceps de Hayden em direção ao ombro. Também há tatuagens menores e mais genéricas na parte interna do bíceps descendo para o antebraço.

Estou ferrada.

Os bíceps dele são lindos.

— Oi. Pode entrar — convida Hayden.

Entro e tiro o casaco, que ele prontamente pega e pendura na porra de um cabideiro. *Que tipo de pessoa tem um cabideiro?*

Eu esperava que o apartamento de Hayden fosse parecido com o de qualquer outro cara na casa dos vinte e tantos: bagunçado, com coisas fora do lugar e um ar de tentativas frustradas de decoração. Mas não. A casa de Hayden é tão *arejada...* Há janelões nas paredes dos fundos, e meus olhos ficam saltando entre o bar, a piscina na área exterior e os outdoors chamativos lá fora. O lugar parece um galpão antigo que foi reformado e transformado em um loft descolado. A sala e a cozinha de conceito aberto têm paredes de tijolo exposto e mais vigas e canos industriais.

Ele também leva jeito para decoração. As paredes estão cheias de obras de arte que parecem caras, vejo uma cesta de esferas decorativas e pinhas perfumadas na mesa de centro e uma enorme estante de livros embutida na parede, perto da televisão de tela plana. Quem é esse cara, afinal?

Ele tem cheiro bom, se veste bem e parece até passar hidratante. Aposto que ele tem até uma cama propriamente dita, em vez de só um colchão no chão.

— Foi fácil chegar?

— Foi. — Sinto cheiro de canela e de livros de couro. — Não venho ao centro com frequência. Seu apartamento é muito legal.

— Eu também gosto.

— Você banca tudo isso com o podcast?

É muito descarado da minha parte, mas o lado bom de Los Angeles é que não é falta de educação perguntar sobre o valor do aluguel das pessoas. É sempre alto, e isso é sempre motivo de tristeza.

— Esse apartamento era do meu pai, mas agora é meu. Então acho que mais ou menos.

— Entendi...

Fico em silêncio. Hayden enfia as mãos nos bolsos e também não fala mais. Se vamos trabalhar juntos, temos que nos dar bem. Temos que confiar um no outro. Ele precisa acreditar que eu sei o que estou fazendo e preciso acreditar que o conteúdo dele vai fazer com que nós dois ganhemos dinheiro.

A essa altura já aprendi a não cair no papo de caras bonzinhos porque pode não passar de uma farsa, mas algo em Hayden me parece diferente. Pensei em marcar com ele em algum lugar público para estabelecer um limite claro, mas, quando ele disse que tinha um estúdio de gravação no próprio apartamento, foi difícil argumentar. Mesmo assim, ainda bate a ansiedade por estar sozinha com ele. Estou nervosa com a conversa iminente sobre amenidades, com a sensação desconfortável de estar fazendo um novo amiguinho na escola e com a forma como ele me deixa sem graça. Até mesmo seus e-mails e telefonemas fazem meu coração disparar de uma forma que me espanta, principalmente porque não é algo que consigo controlar.

A última vez que estive na casa de um homem foi na noite em que terminei com Cade, e não quero repetir a dose.

— Quer tomar alguma coisa?

— Água, por favor.

Ele me serve um copo de água estampado com os dizeres "Propriedade da Área 51" depois de enchê-lo em um filtro chique. Na porta da geladeira há um recorte de jornal sobre a aparição de uma criatura não identificada, um abridor de garrafa em forma de extraterrestre e uma nota adesiva com um número de telefone seguido de "Contato Dark Web". Quando levo o copo à boca, uma coisa felpuda encosta em minha perna. Dou um grito e pulo para trás, então olho para baixo. Um gato cinza rechonchudo me encara com enormes olhos amarelos e mia, mas soa mais como um guaxinim raivoso que foi descoberto dentro da lixeira.

— Oi — cumprimento o gato.

— Este é o Cthulhu.

Ao ouvir o próprio nome, Cthulhu se joga no chão, e fico com medo de ele não conseguir se levantar. Será que preciso virá-lo de volta? É para eu pegá-lo no colo? Em teoria, gosto de gatos, mas na prática sempre acabo toda arranhada. Eu me agacho ao lado do animal e faço carinho na barriga dele. Cthulhu aceita, imóvel.

— Pelo menos ele não *age* como um monstro lovecraftiano.

— Não. — Hayden ri. — Os dias de monstro marinho dele já passaram, não é, amigão?

O gato gira e fica de pé de novo, depois vai rebolando até Hayden, roçando na calça jeans dele antes de saltar para um arranhador baixinho. Acho que esse é o máximo que ele consegue pular.

— Bom — diz Hayden, jogando um petisco para o gato —, antes de começarmos, acho que seria uma boa estabelecermos o básico.

— O básico?

Ele faz que sim com a cabeça e vai para a sala. Eu o sigo, sentando-me no sofá macio de couro. Em vez de se sentar comigo, ele liga a TV e fica diante da tela. É quando noto o pequeno controle em sua mão.

Ah, não.

Nada de bom pode vir de um homem prestes a explicar alguma coisa.

O cara contido e nervoso que abriu a porta para mim parece evaporar. Ele esfrega as mãos.

— Se vamos fazer uma série juntos, precisamos estar na mesma página. Eu também sei fazer uma apresentação de slides — diz ele, com uma piscadela.

Será que a personalidade desse homem só dá as caras quando ele está falando sobre criptídeos?

— Nada poderia me colocar na mesma página que você, Hayden.

— Sugiro que faça anotações.

Hayden estende um bloquinho de notas e uma caneta, mas respondo abrindo minha bolsa e sacando meu próprio caderno. Eu vim preparada, e ele parece gostar do que vê.

A TV se ilumina com um slide em branco, então Hayden aperta um botão no controle remoto e o título surge na tela.

De repente, a camiseta bobalhona dele me parece um uniforme adequado, e ele se transforma no cara que eu vi na TV dias antes: entusiasmado, experiente e pronto para falar de esquisitices. Essa parece ser a palestra mais absurda do mundo.

INTRODUÇÃO A CRIPTÍDEOS E CONSPIRAÇÕES

Copio as palavras no caderno com certo constrangimento.

— Estou pronta — digo, mas não sei se estou mesmo.

Estou disposta a aprender o básico, a saber como identificar os criptídeos locais da América do Norte, mas tenho medo de um dia acabar acreditando nisso tudo. E se um dia eu virar a mulher com a camiseta de ET?

Ele pigarreia e passa para o próximo slide.

— Vamos lá. De acordo com o dicionário, "um criptídeo é uma criatura, como o Pé Grande ou o Monstro do Lago Ness, cuja existência é alegada, mas não cientificamente comprovada".

— Claro, porque eles são imaginários — resmungo, anotando.

— *Não são, não!* — exclama ele, apontando o controle para mim como se tivesse me flagrado colando. — Prosseguindo. "Diferente do que diz o senso comum, criptídeos não são necessariamente sobrenaturais, míticos ou tão incompreensíveis assim, embora essas características sejam atribuídas a muitos seres famosos à medida que suas lendas se propagam." Estou citando o dicionário, não fui eu quem escreveu.

— Ufa, que bom — murmuro. — Já estava começando a ficar preocupada.

Mas, mesmo enquanto dou uma zoada em Hayden, fico impressionada com a confiança que ele exala quando fala sobre esse assunto. Embora não tenha escrito a definição, ele a conhece a ponto de recitá-la de cor. É assustador o quanto esse homem mexe comigo enquanto gesticula enfaticamente com o controle diante de um slide do Homem Vitruviano com cabeça de alienígena.

Desaboto o primeiro botão da minha camisa de flanela.

— Vamos em frente. Alguns dos criptídeos mais famosos são o Pé Grande, o Monstro do Lago Ness, o Homem-Mariposa, o chupa-cabra, o Iéti e o Demônio de Jersey. Existem criptídeos no mundo inteiro e todas as culturas têm suas criaturas misteriosas.

Embora ele pareça ser lelé da cuca, gosto de ouvir Hayden falar. A voz dele é gostosa, e não é nada mau ver seus braços se flexionando quando ele aponta para diferentes figuras nos slides. O controle tem um feixe de laser que ele usa para apontar uma imagem tenebrosa do Demônio de Jersey.

— Está vendo? São *cascos*. — Ele faz movimentos circulares com o laser. — *Cabeça de cavalo, asas, chifres*. Isso *claramente* não é um cavalo comum.

Cthulhu vem correndo alegremente até nós, antes de ser informado de que o laser não é para ele.

Vários slides depois, eu levanto a mão.

— Hum... Diga.

— Qual deles é o seu favorito?

Hayden franze a testa e cruza os braços. Ela queria que ele não fizesse movimentos como esse, ou que pelo menos vestisse uma blusa de manga comprida.

— É sério?

— É, eu quero saber.

— De verdade?

Faço que sim com a cabeça.

Ele coça a nuca como se tivesse sido pego de surpresa pelo meu interesse genuíno.

— Não sei, provavelmente o Pé Grande.

— Que *previsível*.

Ele franze a testa.

— Olha quem fala! Você nem acredita que ele existe! Você por acaso criticaria alguém que tem o Super-Homem como herói favorito? Eles são os mais conhecidos por um motivo. Mais alguma dúvida?

— Inúmeras.

Passo a próxima hora prestando atenção em uma apresentação que cobre desde as origens da criptozoologia até o que quer que seja o Monstro de Flatwoods antes de mudarmos de assunto.

— O outro tema do podcast são as teorias da conspiração. Eu incluo a criptozoologia nesse tópico porque, particularmente, acho que ambos os assuntos estão interligados. Por exemplo, existe uma teoria de que o Homem-Mariposa veio de uma fábrica de armamentos da Segunda Guerra Mundial, mas essa é só uma delas. — Ele passa para o slide seguinte, que apresenta um diagrama de Venn com exemplos que estão em um idioma estrangeiro, e entrelaça os próprios dedos. — Entende? Sobreposição.

Estou anotando tudo, mas Hayden insiste em imprimir a apresentação para que eu possa estar sempre com ela quando começarmos a gravar os episódios. Prometo que vou dormir com ela debaixo do travesseiro, mas ele não acha graça.

— Quando você diz "teorias da conspiração", quer dizer o assassinato do JFK, o mistério da Área 51, a mentira sobre o homem na Lua...?

Ele confirma e passa as mãos pelo cabelo. Hayden exagerou na empolgação em alguma parte da apresentação de slides, e uma fina camada de suor se formou em sua testa.

— Exato. Várias teorias da conspiração transbordam racismo e antissemitismo. Evito essas para não dar palco, a não ser que eu esteja particularmente determinado a refutar certas teorias e expor por que são elas são uma porcaria.

— Arrasou — digo. — Um conspiracionista consciente!

Presto atenção até o fim dos slides, nos quais ele explica em detalhes as conspirações mais conhecidas e as teorias por trás delas. Durante toda a apresentação, fico pensando que ele tem vocação para ser o professor gato e descolado do ensino médio. Peço mais um copo de água quando ele começa a explicar que na Terra não temos a capacidade tecnológica para mutilar gado como os alienígenas fazem. Ele faz gestos no ar como se estivesse abatendo uma vaca bem ali, na sala.

— Conseguiu decorar tudo? — pergunta Hayden.

— Acho que sim. Por onde começamos no programa?

Ele finalmente se senta no sofá, também segurando um caderno.

— Alguns dos meus episódios mais populares foram a série de quatro partes que fiz sobre a Área 51, o assassinato de JFK e meus episódios sobre o Homem-Mariposa. Também fiz um especial de duas partes sobre *A Lenda do Tesouro Perdido*.

— Porra, eu adoro esse filme.

— Quer dizer o filme que fala de uma *conspiração* sobre os fundadores dos Estados Unidos? — alfineta ele, irreverente, erguendo as sobrancelhas.

— É um tesouro nacional, um filme de ficção para crianças estrelado pelo Nicolas Cage. Enfim. Se eu fosse totalmente leiga no assunto...

— Você é.

— ... por onde diria que eu devo começar?

Ele arregala os olhos como se eu tivesse pedido uma explicação sobre a engenharia de um OVNI, ou sei lá.

— Para ser sincero, eu começaria pelo básico. Casos de abduções alienígenas, o acidente de Roswell, ou o clássico Pé Grande.

— Vamos começar com Roswell, acho que tem potencial. Faz sentido, mas ainda é absurdo. Acho que é um assunto conhecido que vai atrair interesse.

— *Óbvio* que vai. — Seus olhos se arregalam de novo. — O que é mais interessante do que cadáveres de alienígenas?

Talvez eu tenha me equivocado quando pensei que Roswell fosse ser fácil de digerir.

— Realmente. Difícil dizer.
— Vou procurar o episódio.

Nós nos sentamos de frente para o computador de Hayden, e ele reproduz o episódio. Ambos fazemos anotações. Como em todos os outros, ele sabe conduzir uma história. Não se expressa como um fanático pirado do YouTube, e sim de uma forma capaz de despertar curiosidade até sobre uma conspiração que fala de uma droga de um balão meteorológico.

Quando o episódio termina, já pensei em tudo. Ele vai fazer uma apresentação resumida: infográficos, narração, figuras. Podemos fazer o programa em um esquema "criatura da semana", sempre com o toque de humor de Hayden e suas piadinhas. Como é nosso primeiro episódio e ainda estamos começando, vamos usar os estúdios do Skroll. Quando recebermos a confirmação da temporada e um orçamento mais robusto, vamos poder sair por aí para caçar fantasmas e criaturas e nos inspirar nos episódios que já existem para desenvolver as filmagens.

— Precisamos encontrar o vídeo do Obama dizendo que o material confidencial sobre OVNIs não é tão interessante assim. Sabe como é, né. Ele é *obrigado* a dizer isso.

Eu reviro os olhos.

— E se *realmente* não for tão interessante?

Hayden se senta no chão, apoiando o caderno na mesa de centro e lendo um livro que pegou na estante. Dessa vez, ele não se dá ao trabalho de me olhar nos olhos quando responde:

— Às vezes, a verdade *é* a história real. Tudo depende do que você escolhe acreditar. Algumas pessoas acreditam no que é dito, outras não.

— Entendo. — O rosto de Cade surge em minha mente e suas palavras maldosas ecoam em meu cérebro. — E você está confiando seu programa a uma cética autodeclarada.

Ele dá de ombros. Percebo um sorrisinho em seu rosto.

— Se nós dois estamos aqui, você claramente acredita em alguma coisa.

— Não sei, não.

— Por que não sabe?

Penso no que ele disse. Hayden sabe mais sobre criptídeos e conspirações do que os artigos mais obscuros da Wikipédia, mas, quando ele olha para mim do outro lado da mesinha, sinto um calor no peito. Ele genuinamente quer ouvir minha resposta. De repente, minha boca fica seca.

— Acho que... acho que não quero cair em tudo que as pessoas me dizem.

— Não tem nada a ver com *cair* — corrige ele, sem ser debochado. — Ninguém mentiu para mim e me fez acreditar nessas coisas. Não existe um grande plano maquiavélico para fazer as pessoas acreditarem no Pé Grande. Pelo menos *acho* que não. *Pode ser* que exista, mas eu teria que pesquisar.

Hayden fica irritado com essa possibilidade.

— Quer dizer que o Pé Grande *não está* por aí tentando dar um golpe nas pessoas?

Ele balança a cabeça com convicção.

— Duvido muito.

— Como foi que você se meteu com isso? É um interesse muito... *específico*.

Em vez de uma resposta sarcástica, Hayden fica em silêncio, dando batidinhas com a caneta no bloco. Seu pomo de adão oscila quando ele desvia o olhar para o livro sobre Roswell. Será que ele foi abduzido por alienígenas ou teve uma interação traumática com o Pé Grande?

Ele pigarreia.

— Meu pai. Ele adorava esse tipo de coisa estranha.

Adorava. O verbo no passado não passa despercebido, assim como quando ele disse que o imóvel *era* do pai. Juntando isso e a forma como Hayden clica repetidamente a caneta para preencher o silêncio, consigo ter uma ideia do que aconteceu. A pergunta paira no ar, mas não sei se vou obter uma resposta tão cedo.

— Enfim... — Hayden observa a página diante dele, e seus olhos rapidamente se iluminam outra vez. Ele gesticula com a caneta para me levar de volta ao assunto de Roswell. — Existe uma coisa chamada Memorando Ramey sobre a qual precisamos conversar...

CAPÍTULO 5

*E*spero por Hayden na frente do Skroll na segunda-feira de manhã. É inverno em Los Angeles, mas a semana está surpreendentemente quente. O apartamento que divido com Nora parece uma sauna, e meu único cacto morreu sem mais nem menos. E ainda há quem diga que cactos são plantas *de baixa manutenção*.

O fato de eu estar nervosa também não ajuda muito com o suor. Eu me abano com a manga da blusa larga e prendo meu cabelo azul em um rabo de cavalo. Até meus amados Doc Martens estão ameaçando me causar bolhas hoje. Quando Hayden vira a esquina, percebo que ele deve estar sentindo a mesma coisa, pois está agarrado à versão final dos nossos roteiros como se fosse a única boia no oceano. É como se não houvesse nenhum vestígio da compostura desenvolta e relaxada que vi no sábado. Enquanto trabalhávamos, ele soube explicar nos mínimos detalhes o acidente de Roswell, sem hesitar. Mesmo quando eu apontava um furo na história, ele imediatamente disparava uma infinidade de evidências e argumentos.

— Bom dia — digo.

Os ombros de Hayden relaxam como se ele estivesse soltando uma mochila pesada. Por alguma razão, ele se tranquiliza quando me vê, e eu me pergunto por quê. Será que já confia em mim?

— Oi.

Há um quê de tensão em sua voz que confirma minhas suspeitas. Fico fascinada com aqueles momentos arrojados e radiantes que ele tem, como se fosse uma máquina conspiratória recitando fatos bizarros com tranquilidade e confiança. Hayden é autêntico e sincero de uma forma que pouco se vê por aí, mas hoje parece que ele levou um banho de água fria.

Uso meu crachá para deixá-lo entrar e lhe ofereço um sorriso como consolo. Enquanto produtora dele, Hayden deve saber que estou *de fato* entusiasmada com o que vamos desenvolver juntos, mesmo que eu também esteja com um pouco de medo. Ele me segue, analisando a planta de conceito aberto, desde as mesas de totó até as máquinas de bolinhos.

— Esse lugar parece uma capinha de iPhone por dentro, daquelas transparentes.

Eu rio.

— Tanto dinheiro, e não quiseram pagar por paredes de verdade.

— Queria que o pessoal da Área 51 também pensasse assim — murmura ele, achando que eu não fosse ouvir.

Não consigo conter um sorriso, mas espero que ele não perceba. No andar de cima, no estúdio três, Nora, Jamie e eu passamos a manhã montando o cenário. Graças à entrega relâmpago e a algumas artes que Hayden me mandou (desenhos de uma coisa chamada Wendigo, recortes de jornais sobre discos voadores, um mapa dos Estados Unidos com marcações indicando o paradeiro de algumas criaturas), criamos o ambiente perfeito para um caçador de monstros.

Quando entramos, Jamie não parece muito contente enquanto ajusta as luzes da câmera, o que bate com sua personalidade de cinéfilo.

— Tem pouca luz. Para ser sincero, não é ideal. Parece que vamos trancar o conspiracionista dentro de um porão escuro.

— É uma decisão criativa. Eu particularmente adoro a estética de porão escuro — rebate Nora.

Hayden dá uma olhada no cenário, notando os quadros na parede e a mesa comprida de madeira atrás da qual vai se sentar. Há uma pilha de livros de um lado dela e uma moldura em gesso de uma pegada do Pé Grande que encontramos na internet.

— Ficou legal — diz ele, com um sorrisinho.

Nora se vira bruscamente e quase dá de cara com Hayden.

— Oi. Meu nome é Nora — apresenta-se ela.

Ele parece ainda mais alto ao lado dela. Os dois se cumprimentam brevemente e elogiam as tatuagens um do outro. Quando Jamie leva Hayden até a mesa para testar o som e a iluminação, Nora vem falar comigo.

— Estou disposta a acreditar na teoria que ele quiser.

— Agora — instrui Jamie, alternando o olhar entre o computador e a câmera. — Leia alguma coisa do roteiro.

— Espere — interrompe Nora. — Ele está um pouco oleoso.

— Oleoso? — pergunta Hayden. — Como assim?

— É coisa de maquiagem — explico. — Não se preocupe.

Nora se apoia na mesa e pega um estojo de pó na bolsa, depois aplica nas maçãs do rosto e na testa de Hayden. Eu me pergunto se a pele dele é macia ou se ele é cheiroso, mas também sei que um toque tão simples e íntimo como esse me faria entrar em combustão.

— Aposto que apresentadores de podcast não têm equipe de maquiagem — brinca ela.

— Não — responde Hayden. — Não temos mesmo.

— Agora ficou bom.

Testamos o som, e, quando Jamie grita "Ação!", Hayden pigarreia e seus olhos caem sobre o roteiro como o OVNI de Roswell.

— No verão de 1947, algo misterioso caiu do céu no deserto do Novo México e desde então tem atraído atenção e questionamentos do mundo inteiro.

Ele *fala* bem; soa como um Orson Welles contemporâneo. Mas Orson Welles sabia a hora certa de olhar para a câmera. Hayden narra a introdução que escrevemos juntos com facilidade, tirando nota dez no quesito áudio, mas merecendo um zero em apresentação.

— Se foi um balão meteorológico ou algo de outro planeta, ainda não sabemos. A resposta permanece um mistério. No episódio de estreia de *O Desconhecido*, vamos falar sobre o Caso Roswell e sobre a desculpa esfarrapada do governo dos Estados Unidos.

— Ele nem olhou para a câmera — sussurra Jamie enquanto Hayden continua a leitura. Nora dá uma cotovelada em sua costela.

— *O que foi?* É verdade.

— Ele está nervoso — digo. — Isso é novidade para ele.

Mas Jamie tem razão. É possível que Hayden não consiga conduzir um programa filmado da mesma forma que apresenta o podcast. Eu estava tão confiante com o que vi na TV que imaginei que ele daria conta aqui também. Ele é carismático, coerente e leva jeito para contar histórias. Antes de entrar em pânico, tento me lembrar de que essa é a primeira vez que ele faz algo assim. É meu trabalho acreditar nele.

— Corta! — grito.

Pela expressão de Hayden, ele já sabe. A vergonha pesa em cada movimento seu, e ele se esconde atrás do cabelo e dos óculos.

— Foi ruim, não foi?

— Não — minto.

— Pode dizer a verdade. Foi ruim.

— Precisa depender menos do roteiro. Você entende do assunto, sabe o que está falando. Eu sei disso, e você também.

Hayden suspira e cruza os braços. A confiança dele desaparece de novo.

— Hallie, acho que não sirvo para isso. Eu te disse. Essa não é minha área.

Ele fala rápido demais, como se alguém tivesse acelerado uma gravação de sua voz.

— Você se saiu muito bem no *Conspirações Cósmicas*.

— Pode ser — concorda ele —, mas tinha uma pessoa da equipe me fazendo perguntas! Eu só tinha que responder. Mal notei que estavam me filmando. Além do mais, eu *não* era a atração principal do episódio.

Eu me sento na lateral da mesa e ficamos quase na mesma altura. Hayden engole em seco, olhando para a minha perna a poucos centímetros de seus dedos. Os pontos castanhos em seus olhos verdes estão mais evidentes do que nunca nas luzes do estúdio. Sinto o cheiro do perfume dele e, ali, tão perto, consigo ver uma pequena cicatriz acima de sua sobrancelha direita, que ele geralmente esconde atrás do cabelo. Tenho que me segurar para não aproximar o joelho da mão dele, só para saber como é ser tocada por Hayden.

Volto para o mundo real quando lembro que estamos trabalhando juntos. Relacionamentos entre colegas de trabalho estão fadados a dar errado, e eu aprendi isso da pior forma possível com Cade. Afasto minha perna, tomando uma distância segura entre nós.

— Para mim, você foi a atração principal. — Ele relaxa os ombros. — Você passou uma tarde inteira comigo palestrando sobre diferentes criptídeos e teorias da conspiração. Fez com que eu, alguém que não acredita em nada disso, quisesse trabalhar contigo. Você me convenceu.

Ele ergue a cabeça com uma expressão que diz: "Arrá!"

— Convenci você de que é tudo verdade?

Para meu completo espanto, meu primeiro pensamento é de que nem mesmo nossa realidade é de verdade. Li alguns artigos sobre a Hipótese da Simulação depois que ele apresentou o tema como um episódio em potencial. *Quase* deixo essa resposta escapar.

— *Não*, você me convenceu de que leva jeito. Eu não acredito nessas coisas. Mas acredito em *você*.

Ele reflete por um momento antes de pigarrear.

— Acho que estou todo ensopado de suor.

Hayden segura a gola da camisa para se abanar. Vejo algumas tatuagens em seu peito e de repente também fico com calor. Algo nele me incendeia de uma maneira que nunca imaginei que fosse voltar a sentir.

— É assim mesmo, acontece quando se está na frente das câmeras. As luzes são quentes.

— Entendi.

O mundo está cheio de homens medíocres que nunca duvidam de si mesmos ou da própria competência. O Skroll emprega vários deles, inclusive. Mas Hayden tem talento, e, como produtora, é meu dever abrandar qualquer dúvida que ele esteja sentindo.

— Não se esqueça de que estou logo ali, atrás da câmera. Você pode se concentrar em mim.

Ele olha para cima. Seu pomo de adão oscila, e ele me observa, explorando com o olhar desde os meus quadris na altura da mesa até o restante do meu corpo. Esse tipo de coisa geralmente me irrita, mas gostei de Hayden fazendo isso, embora não devesse.

— Conte a história para mim — continuo. — Finja que estamos conversando na sua sala.

— Tudo bem. Isso eu consigo fazer — diz ele.

Volto para meu lugar ao lado de Jamie. Hayden respira fundo algumas vezes e finalmente olha para a câmera.

— No verão de 1947, algo misterioso caiu do céu no deserto do Novo México e desde então tem atraído atenção e questionamentos do mundo inteiro.

Várias horas depois, gravamos metade do episódio, mas não sei se algo vai poder ser aproveitado.

Hayden está *bem melhor*, mas ainda não parece ser o mesmo apresentador carismático do podcast. A cada tomada inútil, ele murcha mais, porque sabe tão bem quanto nós como as coisas estão indo.

— Vamos fazer uma pausa para o almoço — digo. — Voltamos daqui a uma hora.

Nora e Jamie desligam os equipamentos e se dirigem para a cozinha. Hayden fica para trás, folheando o roteiro, derrotado. Seus ombros caem, e ele começa a fazer pequenos rasgos nas bordas das páginas.

— Você está bem?

— Que desastre. Eu... eu sinto muito. Realmente achei que conseguiria, mas não é tão simples. Eu me saio melhor quando posso me esconder atrás de alguma coisa. É que... Você se arriscou ao apostar no meu conteúdo, e eu estou estragando tudo. Eu era a sua chance de conseguir uma série. — As palavras pairam no ar de uma forma pesada. — E Nora e Jamie devem achar que sou um idiota. Tipo, "de onde você tirou esse cara?".

— Da programação da madrugada na TV, mas não da grade adulta — brinco.

Ele olha para cima com um sorriso triste.

— O intervalo de almoço vale para você também. Nós continuamos mais tarde. Você só precisa se acostumar.

— Não tenho *tempo* para me acostumar. Você tem um prazo — diz ele, como se eu já não soubesse.

Comecei a suar na segunda tomada e não parei mais. Meu sutiã está vergonhosamente molhado e meu Apple Watch já enviou duas notificações de frequência cardíaca acelerada.

— Vai por mim, eu sei. Mas podemos pausar por uma hora para você relaxar antes de voltarmos ao trabalho, o que acha?

Ele passa a mão pelo cabelo escuro, massageia o topo do nariz e finalmente se levanta.

— Tudo bem. Vou dar uma volta ou algo assim. Espairecer um pouco.

Hayden se levanta, pega a mochila e me deixa sozinha com o silêncio, a dúvida e os roteiros rabiscados ainda em cima da mesa. Meu trabalho no Skroll depende do desempenho dele, mas sei como é estar sob pressão. Não posso fazer isso com ele. Quero fazer meu trabalho direito por nós dois, não só por mim.

Essa série vai ser um sucesso, nem que seja a última coisa que eu faça.

CAPÍTULO 6

— Uma prova cabal nesse caso vem diretamente do general de brigada Roger Ramey. Em uma foto de 8 de julho de 1947, o vemos ao lado de um pedaço dos destroços de Roswell. Ele está segurando um papel que *não* parece importante em um primeiro momento, mas, com a ajuda da tecnologia, investigadores da internet conseguiram refinar a imagem do documento que ele tem em mãos. O que descobriram pode revelar informações de outro mundo sobre o que realmente aconteceu em Roswell.

Depois do almoço, Hayden se sai melhor na frente da câmera, mas ainda não é nada espetacular. Vamos inserir infográficos e narração em alguns trechos, mas algo no desempenho nu e cru dele deixa muito a desejar.

Pelo menos Hayden tirou os olhos do roteiro dessa vez. E sorriu um pouco.

A porta se abre. Chloe é uma das últimas pessoas que eu gostaria de ver agora. Ela vai avaliar nosso progresso com base em gravações brutas, e isso pode fazer todo o programa ir por água abaixo.

Que droga.

Que *merda*.

— Como estão as coisas? — sussurra ela.

— Bem! — respondo com um tom estridente, mas minha voz falha.

Nora sinaliza uma nova tomada, e Hayden continua a explicação sobre o Memorando Ramey. Observo o rosto de Chloe o tempo todo e não consigo entender se ela está entediada ou apenas assimilando a coisa toda.

— Ele *realmente* é bonito — diz ela. — Mas a série toda vai ser ele falando sobre alienígenas?

— Não. Claro que não. Ainda vamos editar e incluir fontes e outros materiais.

— Hum...

Hayden olha na nossa direção, percebe a presença de uma nova pessoa e começa a gaguejar. Ele faz uma pausa, pigarreia, mas parece ter esquecido tudo que sabia sobre alienígenas. Chloe já mexeu no celular quatro vezes só no último minuto, então sei que ela está ficando entediada. Preciso fazer alguma coisa. Qualquer coisa.

Eu me pergunto: o que faz Hayden relaxar e se soltar? Então tenho uma ideia.

— Quer dizer que esse sujeito está simplesmente andando por aí com informações confidenciais sobre seres extraterrestres?

Hayden olha para mim. Ele franze as sobrancelhas por trás do cabelo escuro. Não sei dizer se está mais chocado com o que eu disse ou por eu ter interrompido a tomada.

Eu sei de tudo isso.

Ele *sabe* que eu sei.

Mas não importa. Preciso fazê-lo acordar.

— O quê? — pergunta ele.

Chego mais perto, mas tomando o cuidado de me manter fora do enquadramento. Nora fica confusa, mas faz um sinal para que Jamie continue filmando.

— Esse cara tem informações potencialmente confidenciais sobre vida alienígena e resolveu colocar tudo em um pedaço de papel, para todo mundo ver?

— Bom, não exatamente. As pessoas ao seu redor sabiam de tudo. Eles estavam investigando um bendito OVNI, afinal. E ele não estava "andando por aí". Olhe a foto. — Hayden faz sinal para que eu me aproxime do laptop em cima da mesa, para me mostrar a imagem de Roger Ramey. Já vi isso centenas de vezes enquanto repassávamos o roteiro. As luzes ofuscam meus olhos; não estou acostumada a estar desse lado da câmera. — Ele está agachado, observando o OVNI...

— O balão meteorológico — interrompo, corrigindo-o.
— *OVNI.*
— Que seja.
— Como assim, "que seja"? Se for possível decodificar isso, vamos saber se era realmente um disco voador e...
— Parece uma pipa atropelada.
— Se você parar de me interromper, posso explicar que também saberíamos se existiam pequenos alienígenas mortos dentro do disco voador.

A voz de Hayden fica mais grave, e ele fala tão rápido que seu sotaque de Boston escapa. Do outro lado do estúdio, Chloe sorri. Agora, sim. Excelente. Preciso provocar o Pé Grande para que ele me arraste para a toca e me engula viva.

— Considerando que *existiam* pequenos alienígenas mortos, o que o governo dos Estados Unidos fez com os corpos?
— Bom. — Hayden coloca um lápis atrás da orelha, deixando cair os óculos. Bingo. — De acordo com alguns relatos, eles passaram por necrópsias. E um agente funerário veio a público uns quarenta anos depois disso, alegando ter recebido telefonemas da base aérea pedindo informações sobre pequenos caixões.
— Que fofo, então os Estados Unidos iam organizar funerais para alienigenazinhos? Mas não seria estranho se eles... tipo... não se decompusessem?
— Se quer saber como eles se decompõem, está insinuando que alienígenas podem ser reais? — pergunta ele, com um brilho fanático no olhar.
— Óbvio que não.

Ele cerra os punhos e bate na mesa.
— Droga.
— Mas acho que não faria diferença se tivessem colocado eles em caixõezinhos e depois enterrado. O que eles estavam pensando? Tipo, *tomara que ninguém decida exumar isso*?

Hayden discretamente cobre a boca com a mão para continuar parecendo sério, mas um sorriso se espalha por seu rosto.
— Você é terrível.

— Imagina desenterrar esses caixões por acaso e levar um susto. Devem ter pensado: *cacete, esse deve ser o bebê mais feio do mundo.*

— *Caramba, esse aí não perdeu a cara de joelho de recém-nascido!* — continua Hayden, dando risada.

Ele apoia a testa na mesa, e minha gargalhada prolonga a crise de riso dele. Depois de um instante, ele respira fundo e se endireita na cadeira.

— Tudo bem, passou. Mais alguma pergunta?

— Por enquanto, não. Muito obrigada. Prossiga.

Hayden consegue terminar o episódio, concentrando-se principalmente em mim e desviando do roteiro mais vezes do que antes. É natural e divertido. Ele parece até *alegre*. Eu só me meto quando ele fica muito preso ao roteiro ou se atrapalha com as palavras.

Já está quase anoitecendo quando terminamos, mas, antes de irmos embora, Chloe nos chama para uma conversa na sala dela. Olho para ele no caminho. Hayden está observando o escritório do Skroll, julgando silenciosamente as salas de reunião temáticas e babando pelos estúdios de gravação. Nós nos sentamos nas cadeiras em formato de cogumelo e esperamos Chloe fechar a porta.

— Foi uma gravação e tanto hoje, hein.

Hayden engole em seco e permanece em silêncio.

— É? — pergunto.

Eu posso conduzir esta conversa.

— É. Não sei quanto daquele material você vai acabar aproveitando, mas foi uma prévia interessante do processo de vocês.

— Alguma coisa se destacou para você?

— Na verdade, sim.

— Legal — respondo, pegando meu caderno. — O quê?

— Vocês dois *juntos*...

— Ah, mas isso vai ser cortado — interrompo.

— Não sei se deveria...

Olho para Hayden, mas é impossível decifrar o que ele está pensando. O homem encara as próprias unhas, arrancando as cutículas com afinco e se balançando para a frente e para trás no banquinho, à espera de que alguém se manifeste. Eu, por outro lado, estou esperando que *Hayden* faça alguma coisa e diga a Chloe que a série é *dele*, que ele vai dar um jeito de se sair bem sozinho. Mas Hayden não diz nada.

— Como... como assim? — pergunto. — Nós desviamos completamente do roteiro. Eu não deveria estar na série, só na produção.

— Meu relógio vibra com outra notificação de frequência cardíaca acelerada. Que saco. — *O Desconhecido* é do Hayden. Eu só estava tentando ajudá-lo a ficar menos nervoso.

— Funcionou? — pergunta Chloe, voltando-se para Hayden.

Ele pisca repetidas vezes.

— Hum... funcionou — admite ele. — Funcionou, sim. Eu me senti muito mais à vontade quando Hallie estava comigo.

Chloe ergue as sobrancelhas.

— Pois bem.

— Isso *não* estava na proposta — insisto. — O formato deveria ser *Hayden* apresentando a série e conduzindo o conteúdo, não conversando e fazendo piadinhas ruins o tempo todo com alguém atrás das câmeras.

— E quem disse que você ficaria atrás das câmeras?

Minha boca fica seca como o deserto do Saara. De repente, parece que consigo captar toda e qualquer sensação naquela sala e ouvir até os ruídos mais baixos. Um sopro do umidificador de cacto da Chloe, várias notificações do e-mail dela, Hayden tirando os óculos e esfregando os olhos.

— Está sugerindo que eu... seja coapresentadora?

— Estou.

— Chloe, eu não sou apresentadora. Você está careca de saber disso. Sempre trabalhei atrás das câmeras, dirigindo. Não tenho a personalidade certa para isso. Eu... não... me destaco.

Ao ouvir isso, Hayden ergue a cabeça. Suas sobrancelhas estão franzidas, e seus lábios estão comprimidos em uma linha reta.

— Você tem cabelo azul — diz ele.

— Mas não é suficiente. Isso não quer dizer que sou interessante ou engraçada.

Lembranças de situações e pessoas ruins invadem minha mente. *Eu não me destaco. Não sou engraçada. Trabalhar comigo não é fácil.*

Isso aniquila qualquer inspiração ou confiança. Ninguém mais quer trabalhar comigo, então por que Hayden iria querer? Será que eu ao menos tenho coragem de estar na frente das câmeras assim?

— Hayden, qual é a sua opinião? Acha que a série seria melhor se Hallie apresentasse com você?

Eu já sei a resposta. Ele não ralou por anos construindo uma plataforma e uma legião de fãs e seguidores para entregar metade disso tudo para uma mulher que conhece há uma semana. Por que ele abriria mão dos holofotes se não precisa fazer isso?

Por que ele abriria mão de qualquer coisa por alguém que não acredita no "desconhecido"?

— Acho — diz ele, por fim. — Eu fico engessado sozinho. Pelo menos assim eu posso dialogar com alguém. Hallie é inteligente e engraçada, e o programa ganhou muito mais vida quando ela estava fazendo piadas, mesmo não acreditando em nada disso.

Cacete.

— Eu... — Não consigo pensar em mais nada para dizer.

Nossos olhares se encontram, e sinto um frio na barriga. Sei que ele está sendo sincero. Hayden realmente me quer apresentando a websérie com ele.

Ele vê algo em mim que deixa a série melhor. Penso nas centenas de episódios que criou completamente sozinho, nos seguidores engajados das redes do podcast. Ele teve dúvidas sobre adaptar o formato do programa, mas não hesitou em me trazer a bordo.

— Se ela estiver disposta, eu gostaria que Hallie fosse coapresentadora da série comigo. Vou precisar. — A voz de Hayden soa firme e cheia de convicção ao dizer isso a Chloe. — Ela tem ideias ótimas, uma personalidade extraordinária e agradável. E é muito mais engraçada do que eu.

Extraordinária.

Algo que se destaca.

Chloe abre um sorriso. O semblante de Hayden é tão convincente quanto suas teorias. Pelo olhar dele, vejo que não quer seguir sozinho. Ele entende d'*O Desconhecido* melhor do que ninguém e, naquele momento, parece estar certo de que essa é a melhor escolha.

Mas nunca imaginei que a melhor escolha pudesse ser eu.

— Se ela não topar, vamos dar um jeito de seguir com o plano original — continua Hayden. — Mas acho que a série vai ficar muito melhor se Hallie e eu apresentarmos juntos.

— Claro — respondo, por fim, vomitando a palavra antes que eu mude de ideia ou deixe que o medo da exposição me convença do contrário. — Eu adoraria apresentar a série com você.

Ele sorri, aliviado, e um peso parece sair de seus ombros.

— Estava torcendo para você aceitar.

Chloe bate palmas, satisfeita.

— Maravilha! Agora que decidimos isso, por mais que eu goste da ideia de Roswell, eu preferiria ter um dos episódios filmados fora do estúdio para apresentar, como você descreveu na proposta. Vocês dois desbravando o desconhecido, *explorando*. Consigo oferecer alguns dias a mais para o piloto, além de um orçamento modesto para filmagens externas. O que acham?

— Ótimo — respondo. — Mas, se vamos sair do estúdio, para onde devemos ir primeiro?

Eu me viro para Hayden, que já está colocando a mão no bolso para pegar alguma coisa. Ele puxa um pedaço de papel e o agita.

— Tive uma ideia — diz ele.

· **CAPÍTULO 7** ·

O ambiente exala a essência da Era de Ouro de Hollywood enquanto me acomodo em uma poltrona elegante de couro. Um jazz suave toca nas caixas de som.

— Construído em 1926, o hotel Hollywood Roosevelt foi palco da primeira cerimônia do Oscar — sussurra um guia de turismo próximo, tentando não atrapalhar os demais presentes. — Naquela época, a cerimônia durava apenas cinco minutos. Já pensou? Podem ver a parte interna. É o hotel mais antigo em toda Los Angeles, e nunca deixou de operar como tal. É também um dos hotéis mais assombrados da cidade.

Olho para trás. Um guia de turismo familiar entra no saguão. Duvido que o tour diurno de Gary seja mais informativo do que o outro que me custou os olhos da cara.

— O hotel é o lar de alguns dos espíritos mais famosos de Hollywood, incluindo Marilyn Monroe... Ah, não! *Você* de novo?

Atrás do grupo de turistas, Hayden espera pacientemente que liberem a passagem.

— Eu não ia dizer nada! Você está certo até agora. Posso...?

Gary resmunga, mas orienta as pessoas a saírem do caminho para que Hayden consiga entrar. Ele traz consigo várias malas enormes, claramente preparado para passar mais de uma noite aqui. Ou talvez tenha uma rotina de cuidados com a pele ou com o cabelo muito rigorosa. Os dois são *bem* bonitos, mesmo. Ele me cumprimenta com um sorriso animado que não posso deixar de retribuir.

— Estamos de mudança? Trouxe o tabuleiro Ouija?

Hayden olha para as malas.

— Você vai entender. Vem, vamos fazer o check-in.

Já estou nervosa por passar uma noite inteira sozinha com Hayden. O Skroll não quis desembolsar verba suficiente para dois quartos. Além do mais, se vamos filmar durante a noite, faz sentido ficarmos juntos. Eu superei meu medo de ficar sozinha com Hayden quando preparamos o episódio piloto, mas tem algo muito íntimo em dividir um quarto por uma noite inteira. Ele vai me ver sem maquiagem, de pijama, além de saber em que posição eu durmo. Ele *vai saber* que estou nua no banheiro quando eu estiver tomando banho. Vai ter um gostinho do meu mau humor matinal. Vou ter que dormir de sutiã.

Quando entramos no quarto, ele fica empolgado que nem criança em loja de doce e começa a filmar alguns detalhes do interior. Nosso orçamento só dá para duas pessoas, então vamos ter que filmar tudo sozinhos.

— Não consegui reservar um dos quartos mais mal-assombrados — lamenta ele.

— Que pena.

— *Não é?*

De qualquer forma, o aposento é mais bonito do que a maioria dos quartos de hotel em que já me hospedei. Temos duas camas grandes arrumadas de forma impecável e cheias de travesseiros coloridos, uma mesa no canto e uma TV. Para minha surpresa, o chão é de madeira, diferentemente da maioria dos hotéis, que tem aqueles carpetes horríveis. Nossas janelas têm vista para a Hollywood Boulevard e para um estacionamento. Típico.

— Nada mau. Agora entendo por que aquelas celebridades não querem ir embora deste plano — diz ele, soltando as malas no chão.

— Ha-ha. Você por acaso trouxe nosso estúdio inteiro?

Nosso.

Mesmo que eu não fosse apresentadora, ainda seria *nosso* estúdio. Mas agora eu sou. O título ainda está na minha boca, mas não me acostumei com o sabor. Não parece real, ainda mais quando Hayden tira uma câmera de uma das bolsas e a aponta para mim.

— Tcharam! Visão noturna.

Escondo o rosto com a mão como uma celebridade tentando evitar fotos de paparazzi. Hayden franze a testa.

— Fala sério. Não me diga que você tem vergonha das câmeras.

— Claro que não.

Só não estou habituada a ficar sob os holofotes.

Até hoje, ninguém me quis lá.

Baixo a mão.

— Não precisamos de visão noturna se as luzes estiverem acesas — digo.

Hayden se acomoda em uma das cadeiras da minicozinha e começa a vasculhar as malas de novo, colocando o conteúdo em cima da mesa.

— Caramba, você não está para brincadeira, mesmo.

— Só vim preparado.

— Claro. E o que exatamente são essas coisas?

— Bom, esta é nossa câmera de visão noturna, como já ficou claro. Temos um termômetro infravermelho para monitorar pontos frios ou mudanças bruscas de temperatura. — Ele passa para o próximo equipamento como se fosse um ator de comercial. — Temos um medidor que capta campos eletromagnéticos e picos de alguma energia incomum. Isto aqui é só um gravador digital simples para fazer a captação de som. Esta é uma Spirit Box SB7, que faz uma varredura de frequências e pode nos ajudar a captar sons e vozes que talvez não conseguíssemos ouvir sozinhos. E isto...

Ele mostra um aparelhinho quadrado parecido com o gravador. Que bom que é ele quem vai usar todo esse material. Se fosse eu, teríamos que investir em uma etiquetadora. É tudo igual.

— O que você já tinha disso tudo?

— Nada!

— E eu aqui, pensando que você era um caçador de fantasmas profissional...

— Bom, eu tinha a filmadora e o gravador, mas isso é o básico. Agora... isto aqui, o Ovilus, tem um banco de dados de palavras e sílabas, então, se fizermos uma pergunta a um fantasma, essa máquina detecta mudanças na temperatura ou nos campos magnéticos e dá uma resposta auditiva.

Cruzo os braços.

— Você só pode estar brincando.

— Não estou. É assim que vamos nos comunicar com os fantasmas! — responde ele, acenando com o dispositivo como se fosse um brinquedo cobiçado.

— Então se eu perguntasse agora mesmo o que o fantasma neste quarto quer jantar, ele diria que quer um bife?

— Talvez ele seja vegetariano — murmura Hayden, de cabeça baixa.

Depois de arrumarmos as coisas, partimos em um tour com um dos funcionários do Roosevelt. O Skroll conseguiu todas as autorizações, e o hotel permitiu as filmagens, mas alguns episódios futuros vão depender de aonde podemos de fato ir.

Nós nos revezamos entre quem filma e quem é filmado. Hayden capta algumas áreas particularmente geladas e picos de energia, mas nada fora do normal. Tiro fotos com meu celular, e ele se aproxima para inspecionar a tela todas as vezes, tentando detectar "orbes", mas não vemos nenhum. Quando terminamos, paramos para jantar em um dos vários bares badalados do Roosevelt. Um barman traz nossas bebidas e Hayden gira o banco para olhar para mim.

— Você já se hospedou em um hotel mal-assombrado? — pergunto.

— Já — responde ele. — Na verdade, eu cresci nos arredores de Boston, e lá quase tudo é assombrado.

— Isso explica o sotaque.

— O quê? — pergunta ele, espantado. — Eu não tenho sotaque.

— Ah, tem, sim. Quando você fica aborrecido com alguma coisa, parece um torcedor irritado em um jogo do Red Sox.

Ele arrasta o "r" e evidencia o "a". Nunca imaginei que acharia o sotaque de Boston sexy, mas também nunca pensei que acharia um caçador de monstros sexy. Hayden é bom demais em me fazer duvidar de todas as minhas certezas.

— É porque a temporada ainda não começou. Quando isso acontecer, você vai ver, vamos ter que programar nosso trabalho de acordo com o calendário de jogos.

— Hum. Se você é de Massachusetts, por que se mudou para Los Angeles? Em teoria, você poderia fazer o podcast de qualquer lugar.

Hayden gira o copo com o drinque, cutucando a casca de laranja em seu old fashioned.

— Estava na hora de um recomeço.

— Graças a Deus você não disse que veio ser ator.

Ele ri, mordendo o canto do lábio inferior.

— É *óbvio* que não. Você viu como sou ruim na frente das câmeras. Eu jamais conseguiria ser ator.

— Também não sou muito boa nisso — admito.

Ele mexe os ombros, e reconheço o movimento como o incômodo que o percorre quando Hayden tem um argumento que quer defender. O fato de ele querer discutir sobre *isso* me incomoda. Como alguém que mal me conhece pode ter opiniões tão fortes a meu respeito?

O que também não consigo explicar é o sorriso contido e o olhar determinado de Hayden enquanto espera que eu termine de falar. Fico confusa e nervosa como não me sentia há anos, cheia de dúvidas e certezas ao mesmo tempo. Sinto um frio na barriga, as mãos suadas, e de repente tudo parece entrar em foco extremo: o cubo de gelo do drinque de Hayden batendo contra as paredes do copo, a proximidade de sua bota de couro marrom com a minha, o cheiro terroso do perfume dele, os tons intensos de castanho do cabelo e da barba.

O frio na barriga, a respiração acelerada quando tento falar e a sensação de formigamento na minha nuca. É o tipo de atração que senti poucas vezes na vida, e que levei a sério menos vezes ainda. É um desejo que só me permiti aproveitar uma vez, e que me rendeu feridas e hematomas. Hayden me faz querer acreditar em muitas coisas e, neste momento, está me fazendo acreditar que nem sempre vou precisar temer esse sentimento.

Em vez disso, sorrio e engulo minhas emoções com outro gole do drinque.

— Acho que talvez seja hora de um recomeço para mim também.

Quando o sol se põe, já estamos em nosso quarto para iniciar a investigação. Hayden ajeita a filmadora para capturar nós dois em nossas respectivas camas, com todo o equipamento entre nós.

— E aí, fantasminhas? Viemos bater um papo.

— Acho que os fantasmas não querem ser chamados de "fantasminhas", Hallie.

— Ah, é? Como você sabe? Eles te contaram com a ajuda do seu óvulo?

— *Ovilus*. E não, ainda não, mas talvez contem.

Ele pega o gravador de áudio e aperta o botão de gravar, colocando-o cuidadosamente na mesa de cabeceira, depois posiciona o Ovilus entre nós.

— Temos que entoar um cântico ou algo assim? — questiono.

— *Não*. Mas precisamos tentar contatar os espíritos. — Ele me passa a câmera menor. — Temos que ser respeitosos. Não queremos irritar um fantasma.

— O que ele vai fazer? Me deixar com frio?

— Fantasmas podem matar pessoas — afirma ele, com a expressão muito séria.

— Na vida real ou nos filmes?

— Na vida real, Hallie. — Ele respira fundo. — Certo... espíritos do Hollywood Roosevelt, viemos em paz.

— Não — intervenho. — Não viemos, não. Viemos em busca de curtidas na internet. E, se o fantasma da Marilyn Monroe estiver aqui, será que pode nos dizer o que aconteceu com o JFK? Vamos fazer um episódio sobre ele na semana que vem, então qualquer informação seria de grande ajuda.

— Não podemos *admitir* que estamos aqui por causa das curtidas. Faz parecer que somos *desonestos*.

— Ninguém nunca te ensinou a não ligar para o que os outros pensam de você?

Falar é fácil.

— É óbvio que não ligo para o que as pessoas pensam de mim — argumenta Hayden. — Meu trabalho é *falar sobre o Pé Grande*, caramba. — De repente, ele fica nervoso, e seus ombros estremecem com um calafrio. — Tudo bem, não quero ser esse tipo de pessoa, mas fiquei com *muito* frio do nada.

— Então coloca um casaco. Peraí, você está *com medo*?

— É sério! — esbraveja ele, com um arrepio, esfregando os braços para se aquecer. — Eu sou de Boston, tomo sorvete quando está nevando. Esse frio é diferente. É *maligno*.

Tento segurar a gargalhada.

— Quer pedir para o fantasma... sei lá... peidar para esquentar um pouco o quarto?

— Acho que eles não conseguem fazer isso. — Eu estava brincando, mas claro que ele levou a sério minha piada sobre o peido do fantasma. — Peço desculpas por ela. Ela é nova nessa área, e estou fazendo o possível para passar meus ensinamentos sobre vocês. Por favor, não sejam muito severos com...

— Se estiverem nos ouvindo — interrompo —, movimentem alguma coisa...

— Não!

Nós dois ficamos imóveis quando o carregador do meu celular cai da mesa de cabeceira. O cabo não está colado à superfície, claro, mas Hayden — com todo o seu metro e oitenta e pouco — dá um pulo para a cama, se encolhe contra a cabeceira e cobre a boca com as mãos.

— Derrubaram seu carregador.

— O carregador caiu! Já estava na beirada.

— Ele se mexeu *sozinho*, Hallie.

— Não significa que foi um fantasma.

— Claro que foi.

— Tá bom. — Eu me levanto, olhando em volta, procurando algo para testar a presença do nosso amigo imaginário fantasma. — Pode nos dizer qual é o seu nome?

— Tem tantos fantasmas famosos aqui, Hallie...

Eu me sento ao lado de Hayden, com o Ovilus entre nós.

— Perfeito! Então você vai conhecer uma celebridade.

— Prefiro celebridades vivas, muito obrigado — diz ele.

— Qual é o seu nome? — pergunto de novo.

Encaramos o dispositivo. De repente, uma palavra aparece na tela e uma voz robótica a pronuncia em voz alta:

— Sua.

Hayden estreita os olhos, boquiaberto, tentando encontrar algum significado naquilo.

— *Sua...?* Meu Deus, será que...

— Putinha — completa o dispositivo.

Ele olha para mim, depois para o Ovilus. Depois de volta para mim.

— O fantasma acabou de me chamar de putinha?

Eu coço a cabeça.

— Talvez estivesse falando de mim. Sabe, ele usou o diminutivo, e você é meio grandão.

Hayden franze a testa para o aparelho.

— Isso é ofensivo. Não é legal chamar uma mulher de putinha.

— Babaca — corrige o Ovilus.

Hayden e eu damos de ombros.

— Bom, aí não é tão ruim — admite ele.

— E não diferencia por gênero. Eu mereci.

— É claro! — acusa Hayden, abraçando os joelhos. — Você invalidou as experiências do fantasma. Você foi igualmente maldosa.

— Tá bom, talvez ele interaja com você. — Eu me afasto com as mãos levantadas, como se me rendesse. — Se você gosta mais do Hayden, pode encostar nele...?

— *Não!*

— Cutuca o Hayden. Duvido que tenha coragem!

Nós dois ficamos em silêncio. Ouvimos hóspedes conversando no corredor e um rap vindo de algum lugar lá fora. Instantes depois alguém dá descarga em um vaso sanitário no quarto de cima. Mas nada encosta em mim ou em Hayden. Ele esfrega o braço algumas vezes, mas claramente só está tentando racionalizar sensações psicossomáticas.

— Esse fantasma é o Rei do Consentimento! — exclamo. — Amei!

Continuamos filmando em intervalos ao longo da noite. Hayden deixa o gravador ligado para escutar a gravação de manhã, mas imagino que a coisa mais fascinante que vamos conseguir captar é um ronco ou um de nós falando abobrinha durante o sono. Enquanto isso, pretendo comer duas balinhas de melatonina e tentar dormir apesar das gravações noturnas que Hayden com certeza vai fazer.

Deixo que ele tome banho primeiro. Tento não pensar no fato de ele estar nu a um cômodo de distância, já que ainda temos que passar o resto da noite juntos, mas falar é fácil, e minha pele parece estar pegando fogo. Alguns minutos depois, ele sai com as mesmas roupas que entrou e é a minha vez.

Abro a torneira e deixo minhas roupas na bancada da pia. Nesse momento, percebo que me esqueci de pegar uma calcinha. É claro. Abro a porta e penso na maneira mais furtiva de pegar uma única calcinha na minha mala sem que Hayden perceba, mas ser discreta claramente não é minha especialidade, porque logo esbarro em alguma coisa.

Não, em alguma coisa, não.

Em alguém.

Agarro uma pele lisa sobre músculos firmes e tenho a sensação de que um choque elétrico atravessa a ponta dos meus dedos. Se eu conseguisse respirar, estaria inalando o aroma fresco de âmbar e uísque misturado com o sabonete de verbena e capim-limão do hotel. Mas não consigo respirar, porque estou tocando Hayden e simplesmente não sou capaz de tirar os olhos do local onde nossas peles se encontram. Minha mão cobre a ponta de uma tatuagem de galho que se estende pelo lado esquerdo de sua barriga e termina em uma árvore seca no mesmo estilo do cervo que ele tem no braço. A árvore tatuada na lateral do corpo de Hayden está enraizada abaixo do cós da cueca boxer e do pijama que ele está vestindo.

Agora sei que as ondas em seu braço cobrem o peitoral e o ombro, e que os tentáculos do Kraken agarram velas e mastros na parte superior de seu bíceps, envolvendo-o exatamente como eu queria estar fazendo. O torso dele é tonificado e esguio, com músculos firmes na barriga e no peito. Quando não tenho mais tatuagens para admirar, meus olhos se deparam com uma fina camada de pelos escuros em seu peito que desce pela barriga. Só consigo pensar na vontade de explorar o resto dele e na maneira como ele me segura com um aperto forte no braço.

— Meu Deus — sussurro. Não queria que isso escapasse, mas escapou. — Eu... Desculpa. Não sabia que você não estava vestido.

Nós saltamos para longe um do outro. Chego à conclusão de que a melhor atitude é cobrir os olhos, o que parece bobo, mas não quero que Hayden perceba que minhas bochechas estão vermelhas ou que estou tendo dificuldade para olhar para qualquer outra coisa que não seja ele.

— Está... t-tudo bem — gagueja ele, prontamente pegando uma camiseta na cama atrás dele. — Precisa de alguma coisa?

— *Não* — disparo. A falta de calcinha vai ser um problema para a Hallie *do futuro*. — Não preciso de nada. Tchau.

Volto aos tropeços para o banheiro e bato a porta. Jesus. Meu Deus. Que pesadelo. Tento pensar em algo que passe longe de ser sexy, tipo o Monstro do Lago Ness ou o Abominável Homem das Neves, mas então imagino *Hayden* falando sobre eles. As mãos gesticulando, o tom apaixonado da sua voz. Quando entro no chuveiro, diminuo a temperatura da água.

Depois de lavar minha mente suja, tiro a maquiagem e fico em frente ao espelho, sentindo um peso no peito. Minha pele está cheia de manchinhas. Eu deveria começar uma rotina regrada de skincare. Fico imaginando o que Hayden vai pensar das minhas olheiras ou ao ver meu cabelo escorrido pós-banho. Será que vai perceber que preferiria apresentar a série com uma pessoa mais bonita? Será que vai se arrepender de ter me convidado?

Troco de roupa para ir me deitar, incomodada por ter que dormir de sutiã, mas a última coisa de que preciso é que Hayden saiba que tenho seios. Tudo bem que são pequenos, mas ele não precisa saber disso. Saio do banheiro devagar e espio o quarto. Felizmente, Hayden está completamente vestido, usando calça de pijama de nave espacial e um moletom da Emerson College. Ele se senta na cama, brincando com a Spirit Box.

O dispositivo começa a emitir ruídos estáticos aleatoriamente. É um dos sons mais irritantes que já ouvi. Olho de volta para o quarto.

— Tem alguém aqui? — pergunta Hayden.

Uma sequência de ruídos distorcidos ecoa da máquina. Soam como frequências de rádio, não palavras.

— Como você morreu?

— O quê?

— Fiz contato com alguém chamado George.

— George?

Ele assente de forma tão compenetrada que chega a doer. Tem algo de muito sincero na forma como Hayden faz tudo. Ele espera *alguma resposta* da Spirit Box, mesmo que seja só um acorde de uma música do Enrique Iglesias de uma rádio próxima.

— O que George está dizendo?

— George... Você tem algo a dizer?

Outro ruído. Essa coisa está começando a me dar dor de cabeça. Também estou meio preocupada com a possibilidade de alguém ligar para a recepção para reclamar dos barulhos estranhos vindos do nosso quarto.

— Ele disse... "lamber". — Hayden franze a testa para o aparelho. — Isso não é muito útil...

— Que *nojo*! — grito com a boca cheia de pasta de dente.

— Se você não acredita em fantasmas, não tem motivo para ter medo de ser lambida por um deles.

Cuspo na pia e enxáguo a boca, depois vou para a cama e me deito de lado enquanto Hayden pega a câmera de novo. Fico feliz por termos ultrapassado os Contatos Pelados do Terceiro Grau sem grandes incidentes.

Eu me pergunto se ele mudou muito a própria rotina noturna, como eu fiz ao usar sutiã para dormir. Será que ele usa calça de pijama com naves espaciais toda noite ou estaria só de cueca, ou até sem nada, se eu não estivesse aqui?

É assim que, mais uma vez, acabo pensando em Hayden sem roupa.

— Últimas palavras? — pergunta ele, virando a câmera para mim.

Eu cubro o rosto com as mãos.

— Pelo amor de Deus, não! Estou sem maquiagem.

— E daí?

— E daí que estou feia.

— Essa é a coisa mais descabida que eu já ouvi!

As palavras de Hayden pegam nós dois de surpresa. Ele se apressa em pigarrear.

— O quê? — digo, abaixando as mãos.

— Você... — Ele considera as opções de resposta como se estivesse na pergunta de um milhão de um quiz na TV antes de finalmente decidir o que dizer. — Está normal. Não se preocupe. Não tem nada de errado.

A resposta é um alívio. Não sei o que eu faria se ele me dissesse que estou bonita. Não estou pronta para receber um elogio de alguém como ele, que me faz tremer na base e olha para mim como se eu fosse importante. Hayden me olha como se mal pudesse esperar para ouvir o que tenho a dizer. Ele me observa. Acho que Cade nunca sequer prestou atenção em mim.

— Não precisamos filmar você antes de dormir, se não quiser — conclui Hayden.

Essa é a coisa mais descabida que eu já ouvi. As palavras dele soam de novo na minha mente.

— Ah, não... Não tem problema.

Hayden vira a câmera para mim de novo, com um sorriso.

— Tomada dois. Últimas palavras?

— Antes de você me matar? — brinco.

— Não, antes de um dos *muitos* fantasmas neste hotel matar você.

— Eles não vão fazer isso.

— Ué, vai saber! — zomba ele, virando a câmera para si mesmo. — Estamos indo dormir. Tive uma conversa breve com um fantasma chamado George há alguns minutos, mas ele não estava muito a fim de colaborar. Vamos ver se detectamos algo maligno durante a noite e se vamos ter a sorte de sobreviver à estadia.

Ele desliga a câmera e a coloca na mesa de cabeceira ao lado, depois se acomoda na cama. Estou sentindo o arame do sutiã cutucando minha costela, mas é melhor do que acordar com um peito de fora. Um incidente com pouca roupa já basta.

Viro de lado, encarando Hayden, e ele diminui a luz do abajur entre nós. Seu cabelo ainda está meio molhado e os cachos escuros começam a tomar forma na nuca. Com as pálpebras pesando de sono, ele se enfia debaixo das cobertas, veste o capuz do moletom para se agasalhar, e depois tira os óculos e os coloca ao lado do celular na mesinha. É a primeira vez que o vejo sem eles por tanto tempo.

Hayden normalmente tira os óculos para esfregar os olhos ou massagear o nariz, ou quando está concentrado em alguma explicação, mas, naquele momento, vê-lo assim dá a sensação de que uma barreira entre nós deixou de existir. Ele é bonito com ou sem óculos, mas parece mais vulnerável sem a armação. Noto que tem sardas claras no nariz e cílios grandes e escuros. Gosto dessa versão desarmada de Hayden.

— Você enxerga sem os óculos?

Ele ri.

— Nem um palmo.

— Jura? Que triste. Como vai enxergar os fantasmas de noite?

— Vou ter que confiar nos meus outros sentidos mais afiados. Ainda bem que você tem cabelo azul, assim eu consigo te ver mais ou menos — diz ele, acenando na minha direção.

— Caso precise de alguém para segurar sua mão quando ficar com medo?

Não sei bem por que disse isso. Não estou muito orgulhosa. Ele dá um sorriso sugestivo, mas brinca para disfarçar:

— Pff! Eu? Com medo? Jamais. Só é mais fácil ver você no meio de uma multidão.

Eu reviro os olhos.

— É, todas as mães do bairro concordam e acham que precisam me lembrar disso também.

— Minha mãe era assim com as tatuagens. Ainda tenho que usar blusa de manga comprida quando vou visitá-la porque ela não gosta de ver. — Seu tom de voz é irreverente, mas ele não parece estar brincando.

Meus pais não *amaram* o cabelo azul no começo, mas nunca foram de castigar ou brigar, então acabaram se acostumando e aceitando que é apenas uma forma de "se expressar".

— São muito legais. Quantas você tem?

— Achei que você tivesse tido tempo de contar, agora há pouco — zomba ele, rindo.

É claro que Hayden percebeu meus olhares. Não fui exatamente discreta, mas é uma conversa que não estou preparada para ter. Eu poderia perguntar o que ele quis dizer quando falou que eu estava "normal", porque claramente não era a palavra que queria usar.

— Parece que são muitas — digo. — O cervo que você tem no braço...

— Não é um cervo.

— Mas parece.

— É um Não Cervo.

— Você já disse isso.

Ele sorri e balança a cabeça.

— Não. Um *Não Cervo*.

— Que porra é um Não Cervo?

— Uma lenda urbana dos Apalaches. Quando você bate o olho, parece ser um cervo, mas, quanto mais olha para ele, mais nítido fica de que há algo estranho...

— Então é um cervo feio — digo e me afundo no travesseiro para rir.

— *Não* Cervo.

— Claro, claro. Se você diz.

Em vez de retrucar, ele ri baixinho e se deita de lado, virado para mim. Não sei se ele consegue me ver bem, mas sorri mesmo assim. Eu sorrio de volta.

— Você realmente não consegue enxergar nada? — pergunto de novo.

— Pouquíssimo. Por quê?

— Por nada — minto. — Durma bem, Hayden.

— Boa noite, Hallie. Não deixe nenhum fantasminha puxar seu pé.

— Tenho quase certeza de que *não vai*.

Ele ri de novo e apaga as luzes. Assim que ficamos no escuro, estico o braço e abro meu sutiã, tirando-o e arremessando-o em cima da minha mala. Estou muito feliz por Hayden não conseguir enxergar nada. Poucos minutos depois, a respiração dele se torna mais pesada, mas graças a Deus ele não ronca. Pelo menos vou conseguir ter uma boa noite de sono durante todas as investigações que temos pela frente.

Apago depressa, mas acordo horas depois ouvindo vozes.
— Siri, que horas são? — sussurra Hayden.
Siri, aquela boca de sacola, grita:
— São duas e quarenta e sete da manhã.
A luz da nossa câmera de visão noturna ilumina o quarto. Hayden está sentado na beirada da cama com a câmera voltada para si mesmo, com um enquadramento péssimo. Ainda está sem óculos.
— São quase três da manhã e eu... Alguma coisa tocou meu pé. O quarto parece estar vazio agora. — Ele vira a câmera para examinar o cômodo. — Talvez tenha sido um sonho, mas pareceu muito, muito real. Cara... estou tremendo.
Hayden finalmente percebe que acordei.
— Alguma coisa encostou em mim — cochicha ele.
Eu me enterro nas cobertas.
— Fala sério, Hayden. Volta a dormir.

CAPÍTULO 8

XoXoGossipGata
Mortaaa. Esses dois são TUDO. Pra que ficar vendo vídeos de culinária do Skroll se temos ISSO?

Naosoubot283758392
Acho que esse cara confia demais no Ovilus. Não existe comprovação de que funciona de verdade. Mas, fora isso, é muito bom.

operacaobandeiraf4lsa
tá mas alguém mais sabia que ele era assim?

rosWILL @operacaobandeiraf4lsa
tem uma foto dele no site, pô

operacaobandeiraf4lsa @rosWILL
ah blz mas falando sério, será q eles tão juntos?

No fim das contas, as pessoas *gostam* de me ver antagonizando fantasmas com Hayden.

Acabou que os fantasmas geraram engajamento.

Mais tarde na mesma semana, Hayden e eu estávamos na sala de reunião do Gato Nyan. Chloe estava apresentando nosso episódio piloto para a equipe — trinta minutos de abobrinhas, caça a fantasmas e edição afiada. Hayden ficou responsável pela narrativa, e eu e Jamie cuidamos da edição.

Fizemos uma *série*. Uma série *de verdade*. Algo que criamos juntos, do qual eu participei tanto quanto ele.

No fim da apresentação, eu havia me transformado em uma bolinha de energia, pronta para sair correndo e encontrar a próxima casa mal-assombrada. Na verdade, eu estava tão empolgada que mal ouvi Chloe dizer que havíamos recebido a aprovação para fazer uma temporada completa. Eu *nunca* tinha ficado tão animada assim. E ainda bem que eu estava preparada, porque teríamos que entregar outro episódio na semana que estava por vir.

Nos dias seguintes, fiquei na casa de Hayden de manhã até o anoitecer. O escritório dele é melhor, com ar-condicionado central e uma biblioteca à disposição. Sempre levo café e pedimos comida com o cartão corporativo da empresa ao longo do dia enquanto trabalhamos. Em dado momento, já sei onde as coisas ficam no apartamento de Hayden. Ele guarda as cervejas na parte de baixo da porta da geladeira, os talheres ficam na gaveta ao lado da pia. O banheiro está sempre limpo e equipado com papel higiênico. Ainda não vi o quarto dele, mas imagino que seja impecável também, ou talvez ele tenha escondido toda a bagunça do apartamento lá dentro.

Está quase na hora de pegar o cardápio dos restaurantes que fazem entrega quando Hayden me pede para buscar um livro na estante. A missão desta semana é: quem matou John F. Kennedy? Foi tudo acobertado ou foram alienígenas? Ou foram alienígenas *e* ainda teve um acobertamento? Ainda não sei se acredito muito em qualquer teoria, mas o fato de eu nem sequer parar para rechaçar cada uma delas já é alguma coisa.

Alguns episódios terão filmagens externas, mas a maioria será gravada no estúdio. Grande parte das séries do Skroll usa quase todo o orçamento em licenciamento de vídeo e música. Cade usou o dele para contratar influenciadores como convidados, por exemplo. Nós separamos a maior parte da nossa verba para cobrir acomodações de viagem. Para as gravações em estúdio, vamos nos dedicar mais aos gráficos e à edição, até porque ir até o Dealey Plaza em Dallas só faria com que parecêssemos turistas e não melhoraria em nada o episódio.

Hayden está assistindo a um relato aprofundado do assassinato há uma hora, pausando a TV para apontar com o laser os detalhes em que se baseiam as teorias alienígenas sobre as quais ele quer falar no episódio. Já assisti ao vídeo tantas vezes que daqui a pouco vou deixar a Comissão Warren no chinelo. Graças a Deus a qualidade das filmagens de 1963 deixava muito a desejar, assim não sou obrigada a ver pedaços de cérebro em alta definição a cada dez segundos.

— O livro que eu quero é bem velho, comprei usado. O sobrenome do autor é Haggerty — diz Hayden, do sofá.

Vidrado no computador, ele faz anotações em um documento e escreve o roteiro em outro. Hayden está tentando sintetizar o conteúdo de um tema que rendeu uma série de quatro partes no podcast para que vire um episódio de trinta minutos.

Mas tudo isso é interessante, Hallie!

Você não tem noção de quantas teorias existem!

Não posso cortar a teoria da bala mágica, Hallie. É simplesmente impossível!

Hayden passou a maior parte do dia frustrado. Estou começando a entender que isso normalmente significa que ele vai ficar com a cabeça enfiada em livros ou no computador. Ele também fica andando de um lado para o outro, elaborando a situação em voz alta (não entendo nada, mas ouço mesmo assim), e às vezes canta baixinho a música-tema de *Arquivo X*.

Eu quase sempre consigo distraí-lo ou fazê-lo rir.

Também vivo lembrando Hayden de que não faço a menor ideia do que ele está falando, o que faz com que ele volte para o planeta Terra.

Ele tem *tantos* livros em casa que vou demorar um pouco para encontrar o que ele quer. As prateleiras vão do chão ao teto e os livros estão em ordem alfabética por autor. Que tipo de homem organiza os livros assim?

O tipo de homem que me atrai, pelo visto.

Ele tem uma mistura de livros famosos e outros mais desconhecidos. Alguns são novos, de capa dura, provavelmente autopublicados ou vindos de editoras pequenas, com base nos títulos. Não imagino que haja muito público para uma obra chamada *Pé Grande e Stonehenge: A verdade*.

— Meu Deus, você tem muita coisa para ler.

Ele sorri, segurando o lápis entre os dentes. O lápis cai, e ele franze a testa.

— É, não dá para ficar entediado. Para ser justo, muita gente *me manda* livros torcendo para que eu divulgue o trabalho delas, ou sei lá.

— Você faz isso?

— Só quando o livro é bom.

Volto à procura, chegando ao H. Haddock. Hall. Hamilton. Hargrove.

Espera aí.

Hargrove.

Examino as lombadas, meus dedos tateando os títulos à minha frente. Eu reconheço esses livros das bibliotecas da escola e das prateleiras da livraria. Há várias edições dos mesmos livros, algumas mais antigas e desgastadas, outras com capas de edições especiais. Parece coisa de colecionador.

Pego um livro da estante e observo a capa. *Serpente que sorri*. Eu li isso no ensino médio para um trabalho sobre terror. A maioria dos alunos usou resumos da internet, mas eu realmente gostei. Depois passei dias dormindo de luz acesa. Não à toa esse cara era chamado de Mestre do Terror.

Abro a orelha para ler a biografia do autor e vejo a foto. O homem tem cabelo escuro ondulado e olhos muito verdes, uma beleza jovial que tenho a impressão de estar vendo todos os dias em horário comercial. Observo o livro e depois Hayden, ainda sentado no sofá. Cabelo castanho ondulado. Olhos verdes.

— Hum... você pretendia mencionar que é filho do Everett Hargrove?

Hayden olha para mim, pensando no que dizer. É claro que as pistas estavam ali desde o começo. O nome dele, o pai que o ensinou a gostar dessas coisas, o apartamento chique. Não acredito que não percebi antes, mas não é um detalhe para o qual ele chama atenção. Quando procurei Hayden no Google pela primeira vez, não pesquisei muito a fundo. E é claro que não há menção alguma ao pai dele em sua bio de *O Desconhecido*.

Ele engole em seco.

— Você nunca perguntou.

Nossos olhares se encontram. O mesmo clima de quando ele mencionou a mãe no Roosevelt paira entre nós agora. Os comentários de Hayden sobre a própria família são tão raros que nunca pensei muito nisso. Na verdade, ele não fala muito de *ninguém*. A não ser, claro, de membros históricos do FBI e da CIA, sobre quem ele fofoca como se os conhecesse pessoalmente, mas além disso não houve menção a nenhum amigo ou parceiro romântico.

Eu me pergunto se, de certa forma, ele também é um tipo de criptídeo. Isolado. Arisco. Algo que é preciso caçar para se conhecer.

— É, não perguntei, mesmo.

— Você não me procurou no Google? Então como foi que encontrou meu e-mail?

— Eu... — Algo no tom de voz dele me diz que Hayden não está contente. E se é algo que eu poderia ter descoberto no Google, como ele poderia me culpar por ter descoberto agora? — Eu só pesquisei *O Desconhecido* e fui direto para o site do podcast, que tem muita informação. Não achei que precisava acessar sua página na Wikipédia, ou sei lá.

Agora estou me perguntando o que tem lá, afinal. Será que ele tem uma seção de "Vida pessoal"? Controvérsias? Vou ter que descobrir mais tarde.

— Ah. Imaginei que você soubesse.

— Faz sentido. Eu entendo que ser filho do Mestre do Terror pode levar alguém a esse tipo de nicho — digo, fazendo um gesto para a parede de livros atrás de mim. Como Hayden não responde, continuo: — Seu pai é um ótimo escritor.

— *Era*.

Era. No passado outra vez. Quando uma pessoa famosa morre, a internet transborda textões de pêsames e elogios à grandiosidade do trabalho de quem morreu. Quando o Mestre do Terror faleceu vários anos antes, todos os escritores que eu conhecia tinham algo a dizer.

Apesar de todas as pessoas que se inspiraram em seu trabalho, que sentiam como se o conhecessem graças aos livros, Hayden era quem o conhecia de verdade. Minha boca fica seca quando ele se levanta e vem até onde estou. Então se inclina contra a estante com os braços cruzados, a respiração pesada, mas contida. Não sei decifrar o que ele está sentindo. Parece que essa ferida mal cicatrizou e está prestes a sangrar de novo.

— Sinto muito, Hayden.

Ele comprime os lábios e dá de ombros.

— Obrigado.

Dou uma olhada nos títulos da estante. Ele deve ter um exemplar de todos os livros do pai, mas é difícil dizer, porque são muitos. Paro perto do fim da prateleira e tiro um que parece praticamente intocado. Hayden observa em silêncio enquanto passo os dedos sobre a capa do último romance do pai dele, *Lago fantasma*.

— Este aqui era o meu favorito. Eu li quando fiquei um dia inteiro presa no aeroporto por causa de uma tempestade de neve. Foi a única coisa que me impediu de cometer homicídio ou ir parar na lista de passageiros barrados de entrar em um avião.

Ele ergue as sobrancelhas acima dos óculos e ajusta o boné do Red Sox que está usando ao contrário.

— Esse?

— O que foi? Você não gosta dele?

— Não é isso, mas... — Finalmente, ele abre um sorriso. Parece cansado e pouco genuíno, mas mesmo assim oferece um vislumbre do Hayden de quem estou começando a gostar. — Foi o último. Ele estava tão doente na época do lançamento que nem pudemos comemorar. Mesmo assim, foi um best-seller. A maioria das pessoas não quer falar sobre o livro em si, só sobre ter sido o último. Não sei. Prefiro pensar que é bom porque ele o escreveu, não só porque ele morreu.

— *O Desconhecido* foi ideia dele?

— Mais ou menos — responde Hayden, coçando a nuca.

Meus olhos pousam sobre o bíceps dele. Sempre que o observo, percebo algo novo em suas tatuagens. Hoje noto uma sereia peculiar e bem pequena, nadando nas ondas ao redor do navio que ele tem no braço. Quando volto a olhar para seu rosto, ele parece estar ponderando o que dizer a seguir.

— Sofri muito bullying quando era criança. Que surpresa, né. — Ele se interrompe com uma risada.

Por mais que seja fácil imaginá-lo muito mais magro e usando óculos enormes, espero que as pessoas que mexeram com ele saibam que o menino que eles importunavam cresceu e apareceu.

— Eu era estranho e tímido. Tinha dificuldade para fazer amigos — continua Hayden. — Sempre que chegava em casa triste ou chateado, meu pai planejava algo para o fim de semana. Ele alugava um chalé na floresta só para nós dois e íamos juntos caçar monstros.

Ele coloca os óculos pra cima, sobre o boné. É como se uma cortina subisse antes de um espetáculo da Broadway. Ele está se permitindo ser visto. Mas essa não é a personalidade excêntrica que aparece no podcast. Longe do microfone e das câmeras, Hayden tem uma presença serena. Mesmo com toda a sua altura e seus músculos, nunca parece intimidador.

— É claro que hoje em dia eu sei que ele estava brincando em muitas dessas situações. Ele me dizia para tomar cuidado com o Monstro de Pope Lick nas florestas de Massachusetts...

— Um erro de iniciante da parte dele — brinco, me recostando na estante ao lado dele. — Todo mundo sabe que o Monstro de Pope Lick...

— Vive no Kentucky — completa Hayden, segurando o riso.

— Claro.

— Mas eu não fazia ideia disso quando tinha dez anos. Era o único momento em que eu não me sentia esquisito. Ele sempre sabia o que fazer sem que eu precisasse pedir. — Ele mexe no relógio de pulso, distraído. — O podcast não existiria se não fosse por ele.

— E nós também não estaríamos aqui se não fosse por ele.

— Pois é.

É a primeira vez que ouço sobre a vida de Hayden fora de *O Desconhecido*, e quero mais. Quero saber tudo sobre ele, porque estou sempre me surpreendendo com o quanto gosto de cada parte que já conheço. Somos totalmente diferentes, mas mesmo assim...

O olhar de Hayden diz que ele também quer contar mais, só não sabe como.

— E como você foi das buscas ao tal Popito à criação do podcast?

Hayden franze a testa.

— "Popito" faz parecer que ele é um esquisitão de meia-idade. Oito anos atrás, quando meu pai ficou doente, éramos só nós dois. Depois do divórcio, minha mãe se mudou para São Francisco com o novo marido. Nós tínhamos um sobrado antigo em Boston onde fomos morar para ficar perto do hospital, e ele tinha um apartamento em Los Angeles para quando vinha a trabalho com o agente. Eu estava começando a faculdade e desisti da experiência de morar em um dormitório universitário para poder cuidar dele.

— Você tinha dezoito anos?

— Dezenove — corrige ele.

Ainda é pouca idade para abrir mão dos anos mais aventureiros da vida para cuidar de outra pessoa. É um sacrifício que muitos não fariam. Um que muitos não *conseguiriam* fazer.

— Você era muito novo.

Ele puxa um fio solto da barra da camiseta azul. A estampa de hoje diz "Você quer brincar na neve?" com uma ilustração do Iéti.

— A ELA é cruel, mas ele sobreviveu por cinco anos. Eu precisava de um emprego que me permitisse trabalhar em casa, então fiz alguns freelas remotos de engenharia de som até começar o podcast. Filmes de estudantes, álbuns independentes, essas coisas. Eu não podia sair muito de casa quando ele estava perto do fim. Gravando em casa, dava muito bem para fazer uma pausa se ele precisasse de alguma coisa.

Hayden diz como se fosse simples, com a mesma naturalidade de quando fala sobre suas teorias. Não há hesitação na voz quando ele diz que foi uma escolha óbvia estar à disposição do pai.

— Tenho certeza de que ele ficou feliz em ter alguém que pudesse ajudá-lo.

— É. — Ele abre um sorriso tímido e revira os olhos. — Ele sempre me dizia para sair e me divertir. Para ir a festas, conhecer pessoas... fazer coisas normais de adolescente. Ameaçava contratar um cuidador para que eu saísse de casa. Parecia que ele estava torcendo para que um dia eu chegasse em casa bêbado ou cheirando a maconha.

— E você fez isso?

— Não. Bom, *de vez em quando* eu tirava uma noite de folga para sair para beber ou ver minha namorada. Mas eu estava sempre de olho no celular para caso a enfermeira tivesse alguma dúvida ou se acontecesse alguma coisa. Nunca fazia nada que pudesse me deixar indisponível ou que não me permitisse voltar para casa se fosse necessário. — Os óculos de Hayden caem de volta no rosto. — Então infelizmente nunca usei um *bong* nojento numa rodinha de adolescentes.

— Não perdeu muita coisa — garanto, mas claro que isso não compensa os anos dedicados inteiramente a outra pessoa. Um tempo que ele nunca vai ter de volta. — Só alguém forte faria o que você fez. Seu pai teve sorte de ter um filho como você.

— Eu é que tive sorte de ter um pai como ele.

— Acha que ele gostaria do rumo que a série está tomando?

Hayden deixa escapar um sorriso, depois se aproxima.

— Ele gostaria de qualquer coisa que me deixasse feliz, então acho que sim. Acho que ele também gostaria de você.

— Mesmo eu não acreditando nessa coisa toda?

Ele está muito perto, e começo a sentir a mesma sensação do dia do bar do hotel, como se eu estivesse me afogando. O olhar dele me puxa ainda mais para baixo da água e meu coração dispara. O silêncio beira o sufocante.

Então Hayden pigarreia.

— Sim. Mesmo você não acreditando.

Devolvo o exemplar de *Lago fantasma* para Hayden, que o coloca de volta na prateleira, bem ao lado da minha cabeça. Ele não se afasta imediatamente, encostando-se na estante e olhando para mim. Meu olhar pousa sobre a boca dele quando ele morde o lábio inferior, depois desce para seus ombros e bíceps. Daria tudo para saber se ele está pensando as mesmas coisas que eu: como é a sensação de passar a mão no meu cabelo, qual é o gosto da minha boca, como seria sentir nossos corpos juntos. Estou igualmente aterrorizada e ansiosa pelo que vai acontecer. Quando imagino como seria sentir as mãos dele explorando meu corpo, Hayden dá um pulo.

— Ai!

Um miado sofrido vem do chão, e as presas de Cthulhu se soltam da barra da calça jeans de Hayden. Nunca imaginei que um gato chamado Cthulhu fosse empatar minha foda, mas "imprevisível" é uma palavra que tenho usado muito para descrever minha vida ultimamente.

— Isso foi muito grosseiro da sua parte — diz Hayden ao gato. — Eu é que alimento você!

Nós nos afastamos como se nada tivesse acontecido. A tensão no ar se dissipa, e Hayden pega o livro que eu deveria estar procurando antes de nos distrairmos. Volto para o sofá sentindo o rosto quente e pensando que talvez assistir ao assassinato de John F. Kennedy em looping consiga afastar esses pensamentos da minha mente. Eu me concentro nas minhas anotações, tentando estabilizar minha respiração antes que Hayden fale comigo de novo.

— Obrigado.

Volto a olhar para cima.

— Pelo quê?

Ele está encostado no sofá, folheando o livro. Percebo um tremor sutil em suas mãos. Será que é por minha causa? Olho para baixo. Minhas mãos estão iguais.

— Por ter me ouvido.

A resposta paira sobre nós de uma forma pesada, e minha compostura murcha feito um balão se esvaziando. Penso em como ele parece jovem agora. A barba o deixa com a aparência de alguém um pouco mais velho do que os vinte e sete anos que ele realmente tem, mas não enxergo isso hoje. Vejo alguém que abriu mão de anos da própria juventude por outra pessoa, que passou noites em claro na época da faculdade não só estudando para as provas, mas também indo ao hospital e estando sempre alerta para ajudar. Alguém completamente altruísta.

— Imagina.

— Eu não falo muito sobre isso, então às vezes é bom... contar para alguém. Mas nem sempre há alguém para ouvir.

É uma confissão que eu sei que não é fácil para Hayden, uma forma de admitir que ele se sente solitário. Seu olhar paira sobre mim enquanto processo suas palavras.

— Eu aprendo muito sobre pessoas que *não* conheço com você, mas é muito bom conhecer você também.

E então é como se nós dois conseguíssemos respirar de novo. Hayden olha para a TV, onde John F. Kennedy está a segundos de ser morto por uma "bala mágica".

— E eu ainda nem cheguei à melhor parte — diz ele.

O DESCONHECIDO
EP #2: "A bala mágica não é um liquidificador"

No episódio desta semana de O Desconhecido, Hayden e Hallie falam sobre o assassinato de John F. Kennedy (JFK) e analisam fatos e teorias, desde os mais plausíveis até os mais absurdos. O presidente foi morto por um extremista solitário ou há algo mais envolvido em sua morte?

HAYDEN
Uma das teorias mais criativas diz que JFK foi morto pela CIA.

HALLIE
Cadê a criatividade nisso? Estou aprendendo, viu só? Existe uma teoria de que "foi culpa da CIA" por trás de quase tudo.

HAYDEN
Tá, mas o motivo é que é a parte criativa. Não sei se você vai acreditar.

HALLIE
Vamos ver.

HAYDEN
Em 1947, coincidentemente o mesmo ano do acidente de Roswell, o presidente Truman criou uma organização secreta de cientistas e funcionários do governo etc. para investigar OVNIs. O nome era Majestic 12, ou MJ-12. Eram doze pessoas.

HALLIE
Claro. Se entrasse mais uma, o nome não faria sentido.

HAYDEN
Em outubro de 1963, a MJ-12 emitiu uma carta aos membros discutindo algumas perguntas indesejadas que "Lancer", o codinome de JFK, vinha fazendo. Eles usaram uma frase específica: "Precisa ficar molhado."

HALLIE
Eca?

HAYDEN
"Molhar" significa matar.

HALLIE
Nossa, mas "matar" soa muito melhor. Senão parece que a CIA sai por aí falando, tipo: "Adoramos deixar as pessoas molhadas!"

HAYDEN
Ninguém gosta de coisas molhadas. Bom, quer dizer... em algumas situações específicas é de grande ajuda, mas...

HALLIE
Eu já disse que odeio você hoje?

HAYDEN
Ainda não.

HALLIE
Certo. Então vamos deixar o presidente molhado. Continue.

HAYDEN
Um mês depois dessa molhação toda, JFK estava morto. A teoria é que ele estava fazendo perguntas sobre OVNIs e alienígenas e planejava compartilhar o que sabia com a União Soviética. Então... mataram ele.

HALLIE
Por que JFK passaria informações para a União Soviética? Como isso seria útil? Ele faltou à aula sobre a Guerra Fria, só pode ser.

HAYDEN
É, naquele dia ele mandou um atestado.

HALLIE
O que JFK ganharia fazendo amizade com os soviéticos?

HAYDEN
Aposto que a MJ-12 fez a mesma pergunta. E aí decidiram matá-lo.

HALLIE
Você acredita mesmo nisso?

HAYDEN
Acho plausível.

CAPÍTULO 9

— Você já se hospedou em um hotel assombrado, mas e em um *navio* assombrado?

O *Queen Mary* é parecido com o *Titanic*: tem um casco preto grande e chaminés altas apontando para o céu sem nuvens da Califórnia. Vou passar as próximas vinte e quatro horas fingindo ser uma socialite do início do século XX, fumando cigarros chiques e usando joias de pérola. Pelo menos na minha cabeça. Na vida real, estou com calça jeans, Doc Martens e imitações baratas de Ray-Bans que o Skroll deu para os funcionários na última confraternização da empresa. Fiquei sem opção, já que perdi meus óculos de sol de verdade.

Os óculos de sol de Hayden são do mesmo formato, mas não são feiosos, nem marcados com a logo do Skroll. Vestem muito bem, e eu estou odiando a forma como os braços dele se flexionam enquanto ele carrega nossas malas pelo estacionamento.

— Não — confirma Hayden. — Em um barco, nunca. Espero que os fantasmas não o afundem quando você começar a provocá-los.

— Eu também! Não tem espaço suficiente para nós dois em uma porta boiando. Como estou?

Eu mexo no cabelo para me preparar para a câmera, e meus óculos escorregam do rosto de novo.

Hayden faz uma pausa, como se fosse uma pergunta difícil. Ele pensa e repensa antes de dizer qualquer coisa e morde o canto do lábio. Como na noite que passamos no Roosevelt, fico desesperada para saber o que ele *ia* dizer, mas também tenho medo.

— Adorável.

— Está sendo sarcástico? — pergunto.

— Não, nem um pouco. — Ele responde rápido demais e muda de assunto ainda mais depressa, posicionando a câmera para começar a gravar. — Conte onde estamos, Hallie.

Passei o trajeto de carro memorizando fatos sobre o navio e deixando os assuntos assustadores para Hayden. Explico um pouco da história do *Queen Mary*, desde sua construção até o período em que serviu como navio de guerra na Segunda Guerra Mundial, e depois quando foi transformado em hotel. Tentamos não filmar outras pessoas, mas chamamos a atenção quando entramos no elevador. Não consigo imaginar a razão.

Nossa presença é caótica. Estamos carregando duas malas e uma bolsa grande com equipamento de filmagem, e Hayden está usando uma camiseta com os dizeres "Os pombos servem à burguesia", que eu não entendo. Isso sem falar do meu cabelo azul. Tiramos algumas fotos discretas do saguão, ainda com uma decoração de épocas passadas. Hayden confirma o quarto em que vamos ficar, o que tem a maior fama de ser assombrado, e, quando a concierge parece confusa, ele diz:

— Sim, é exatamente isso, nós queremos o quarto mais assustador que vocês têm.

Hayden dá palmadinhas amigáveis na minha cabeça e promete que vai compensar minha decepção no Roosevelt. Meu herói.

Com as chaves em mãos, vamos até o quarto B340. Tudo tem cheiro de carpete e madeira velhos, com um leve toque de bolor e água salgada. O assoalho range a cada passo que damos ao entrar. Hayden para de repente.

— Desculpa — murmuro, esfregando o local em suas costas em que bati sem querer ao dar de cara com ele.

Bater em Hayden foi como colidir com uma parede de tijolos. Isso não deveria me excitar, mas é o que acontece. Lembro quando a mesma coisa aconteceu no Roosevelt, a sensação de tocar o peito dele sem camisa.

Então, entendo o que aconteceu. O quarto é *pequeno*, não passa de uma cabine com uma cômoda, uma TV na parede, um sofazinho e um banheiro minúsculo.

E só uma cama.

Eu olho para a cama e depois para o sofá. Não há a menor possibilidade de um de nós dois caber nessa mobília, e pensar em dormir na mesma cama que ele me causa um arrepio e um frio na barriga.

— Ah — diz ele.

— É...

Hayden entra no quarto, coloca nossas malas na cama e olha para o sofá.

— Eu durmo ali. Ou no chão, sei lá. Não tem problema.

— Não precisa.

Não quero que ele durma no carpete nem que comprometa a saúde da própria coluna por causa da série, mas também me preocupo com o que vai ser de mim se dividirmos a cama. Isso vai derrubar todas as barreiras profissionais que tenho tentado estabelecer entre nós.

— Nós podemos... pensar nisso mais tarde, eu acho.

— Claro. Não precisamos nos preocupar com isso ainda.

Só consigo pensar em como vão ser os comentários sobre esse novo vídeo. Com base na repercussão do nosso primeiro episódio, um número considerável de fãs quer saber se *estamos juntos*. Houve um dia em que Nora leu os comentários mais engraçados enquanto almoçávamos e depois foi procurar se alguém já tinha escrito alguma fanfic sobre nós. Eu a fiz jurar que *nunca* me contaria se encontrasse.

No Roosevelt, estávamos no mesmo quarto, mas não na mesma cama. Talvez esta noite eu descubra como é dormir ao lado de Hayden. Talvez eu sinta o colchão se mexendo quando ele respirar ou se virar. Não sei como vou lidar com os sentimentos que isso pode despertar porque, *apesar de tudo*, alguma coisa ainda faz com que eu me aproxime mais dele a cada dia.

Depois de passado o choque da descoberta de que Só Tem Uma Cama, desfazemos as malas e avaliamos nosso equipamento. Pegamos a filmadora, o monitor de campos eletromagnéticos e o gravador de áudio. Agendamos um tour guiado pelo navio ao pôr do sol, então temos um tempinho para matar, por isso fazemos um breve tour por conta própria. Postamos algumas fotos em nossas redes sociais, que imediatamente geram mais perguntas sobre nosso relacionamento. Nenhum de nós toca no assunto.

Filmamos os lugares mais marcantes do *Queen Mary* e ficamos impressionados com o interior do navio, com as salas cavernosas das caldeiras e a engenharia centenária. Eu fico em êxtase.

— Não acredito que aquele cara foi esmagado por uma porta — diz Hayden, referindo-se a uma das tragédias a bordo sobre a qual ficamos sabendo durante o passeio. Ele posiciona a câmera no tripé no nosso quarto, e eu o filmo com meu celular para servir como conteúdo extra. — Deve ser horrível morrer assim.

— Se tivesse que escolher uma forma de morrer neste navio, qual seria a sua favorita? — brinco.

— Dormindo, obviamente.

— Não conta. Tem que ser alguma coisa trágica.

— Você não especificou.

— Estou especificando agora.

— Ah, fala sério — resmunga ele, sentando-se ao meu lado no chão.

Nossos joelhos se tocam quando ele cruza as pernas para tirar os sapatos. Ele está usando meias com estampa de fantasminhas. Ai, meu Deus, é muito fofo. O carpete é áspero e pegajoso. Não vou deixar Hayden dormir no chão de jeito nenhum, não em cima disso, senão ele vai pegar pulgas e passar para Cthulhu.

— Seu sotaque apareceu de novo.

Ele ergue a sobrancelha.

— É?

Faço que sim com a cabeça. Isso sempre acontece quando estamos pegando no pé um do outro. Gosto da cadência da voz dele em momentos de frustração. No podcast e enquanto filmamos a maior parte do conteúdo, ele consegue amenizar essas características quase completamente, mas, quando estamos à vontade, parece que Hayden me mostra as partes mais autênticas de si mesmo. Talvez eu goste de seu sotaque por esse motivo, mais do que por qualquer outra coisa. Ele também fica bonito com os bonés do Red Sox. Isso deve contribuir.

— É muito feio?

O fato de ele se importar me dá um frio na barriga.

— Não. — Balanço a cabeça. — É bonitinho, na verdade.

Ficamos em silêncio por um minuto torturante antes de eu interromper o momento indo pegar minha mala. Então, o assunto muda bem depressa. Hayden arregala os olhos como se fossem dois discos voadores, parecendo amedrontado. Nada estraga mais o clima do que um tabuleiro Ouija.

— O que é isso?

— Vamos conversar com esses fantasmas à moda antiga — explico, entusiasmada, enquanto ele repete "não, não, não, não".

— *Hallie*, você não pode simplesmente aparecer com um tabuleiro Ouija desse jeito. Sabe que está praticamente *pedindo* para sermos possuídos pelo Zozo, né?

— Quem é Zozo?

Ele empurra a caixa do tabuleiro para longe com um único dedo.

— Um demônio. Você não vai querer saber.

— Que seja, eu procuro no Google depois. — Abro a caixa e coloco o tabuleiro e o indicador no chão. — Você quer fazer a primeira pergunta?

— Não — dispara Hayden. — Nem morto.

— Tudo bem. Estamos gravando?

— Infelizmente. Esta é a primeira tomada, cena um de "Operação de filmagem do Hayden e da Hallie" — diz ele para a câmera, batendo palmas para marcar a tomada.

Apesar de hesitar, Hayden toca a borda do indicador comigo. A ponta de seus dedos roça as articulações das minhas mãos. Seu toque é frio e áspero, mas já basta para deixar minha pele pegando fogo. Em vez de pensar no que vou perguntar aos demônios que assombram o navio, penso nas mãos de Hayden subindo pelo meu corpo, nos braços dele me segurando firme. Então me obrigo a pensar em coisas broxantes: gente morrendo de tuberculose aqui mesmo, o fato de as pessoas mal tomarem banho naquela época. Meu Deus, qualquer coisa para não pensar em ser tocada pelo meu colega de série.

— Se houver algum espírito aqui com a gente, apesar de eu duvidar que seja possível, já que fantasmas não existem, pode responder?

Hayden franze a testa para o tabuleiro. Um vento quente de primavera passa pela janela aberta. Sinto minha pele corar ao pensar na sensação de ar estagnado que se forma. Se já está assim, então como vai ser quando tivermos que dividir uma cama de casal a noite toda?

O indicador não se move (uau, que chocante), mas ninguém vai assistir à série para ver nós dois encarando um tabuleiro que comprei na Amazon. A internet quer um conteúdo interessante sobre fantasmas. Devagar, tão devagar que Hayden nem percebe, empurro o indicador em direção ao "Sim" no tabuleiro.

— Parece que sim — observo. — Nesse caso, qual é o seu nome?

— *Não pergunte* o nome dele.

— Tarde demais. Qual é o seu nome?

Um ruído tenebroso estremece a Spirit Box, que está ao nosso lado. Não faço ideia do que diz, mas Hayden sai correndo para pegar o bloco de anotações. A escrita dele costuma ser legível, organizada e, em geral, cheia de abreviações (coisas malucas que só ele entenderia, tipo CI2G para Contatos Imediatos de Segundo Grau ou Filme PG para o filme de Patterson e Gimlin).

— Seu francês é bom? — pergunta Hayden.

— *No bueno* — respondo.

— Definitivamente era um fantasma francês.

— Entendi. Fantasminha camarada, pode *soletrar* seu nome para nós?

Tento me lembrar de algum nome francês. Jacques? Louis? Amélie? Guio o indicador discretamente para a letra J, mas Hayden me interrompe.

— Pode nos dizer se morreu no navio? Ou neste quarto?

Outro estalo vindo da Spirit Box. Sinto o dedo mindinho do meu pé ficar muito gelado, mas deixo para lá, convencida de que é só um formigamento. Mas, por um breve instante, me pergunto se há um fantasma com fetiche por pés aqui com a gente.

Levo o indicador para o "Sim". Hayden arfa.

Para alguém tão inteligente, ele é extremamente ingênuo e fácil de assustar. É exatamente por isso que não posso me permitir acreditar em nenhuma das teorias dele. Se eu começar a acreditar em fantasmas, onde vou parar?

Primeiro são fantasmas, depois, de repente, vou passar a andar por aí com um chapéu de papel-alumínio e tentar roubar a Declaração de Independência.

— Você era um passageiro? Um soldado, talvez? — pergunta Hayden, parando para refletir. — Bom, acho que eu também assombraria um lugar se morresse sem nunca chegar ao meu destino final. Imagina que triste ser um fantasma viajando pela eternidade. Você nem sequer pode assombrar uma casa, simplesmente fica... preso aqui.

— Coitados dos millennials. A gente não consegue ter uma casa própria nem depois de morto.

— Como você morreu? — pergunta Hayden.

— Pelado — anuncia a Spirit Box.

Hayden coloca o bloco de notas no chão.

— Como é?

— Morreu tirando *nudes* — digo. — Claramente.

— Ou recebendo — acrescenta Hayden.

Ele vira o bloco, onde escreveu "Pelado" e, então, "Pilhado?".

— Sim, faz muito mais sentido. Obrigada, Hayden.

Então o medo dele se transforma em uma gargalhada. Ele encosta a cabeça na beirada da cama, esfregando o rosto com as mãos. Esses momentos ficam guardados só para nós, pois geralmente são cortados dos episódios. Hayden se apresenta como alguém sério e determinado, mas gosto mais de momentos assim. Ele não está se escondendo atrás de nenhum papel, de nenhuma narrativa. É apenas Hayden.

— Queria falar com um fantasma solícito uma vez na vida!

— Vai passar o resto da vida procurando, meu amigo, porque eles não existem.

— Eles existem, *sim*, Hallie. Só não querem ajudar! Você realmente não acredita em nenhuma das coisas que estamos explorando? — pergunta ele. — *Nadinha?* É claro que ainda não encontramos nada grandioso, mas você não está nem começando a se interessar por isso?

Comprimo os lábios. Ainda não posso dizer que estou convencida, mas meu número de reviradas de olho por episódio diminuiu e fico feliz por estar envolvida nisso.

— Não — respondo.

Ora, eu tenho uma imagem a zelar.

Se eu confessasse, toda a minha persona cética cairia por terra. Mas, considerando que eu é que estou movendo o indicador no tabuleiro Ouija, não tenho como engolir o que descobrimos esta noite.

Nós monitoramos os campos eletromagnéticos em todo o quarto e no corredor antes de darmos o dia por encerrado, salvarmos as filmagens e nos prepararmos para dormir. Deitada na cama, dou uma olhada nos comentários das nossas redes, curtindo os positivos para *aumentar o engajamento*. As partes obscuras do meu cérebro me levam a dar uma conferida no perfil do Instagram de *Os Amadores*. Eles têm mais seguidores do que a gente, mas quase nenhum engajamento nos comentários. A maioria vem de homens adultos que insistem que eles estão jogando errado, o que é verdade — de propósito, é claro. Prefiro ter adolescentes animadas me *shippando* com Hayden a um monte de chatos deixando mensagens contrariadas. Espero que o Skroll também pense assim.

Hayden sai do banheiro pronto para dormir e, sem dizer nada, senta-se no sofá. Ele tenta se acomodar, muda de posição algumas vezes, encolhe as pernas, mas tudo parece desconfortável. É triste de ver. A cama tem espaço suficiente para nós dois.

Estou tão acostumada a imaginar a pessoa ao meu lado na cama como uma âncora me puxando para baixo que passei um bom tempo sem querer dormir ao lado de ninguém. Mas Hayden é diferente. Ele é uma âncora no bom sentido: estável, mantendo as coisas onde deveriam estar e me tranquilizando com a certeza de que não vou ficar à deriva.

— Podemos dividir a cama.

Ele olha para mim com um semblante sonolento. Como sempre, com ou sem óculos, ele consegue me encontrar.

— Não, está tudo bem. Estou bem aqui.

— Você precisa dormir. Deixe que os fantasmas tirem seu sono, e não a dor nas costas. Não me incomoda.

Não me incomoda *mesmo*. "Incomodar" é a palavra errada. Estou empolgada, ansiosa, apavorada com o que vai acontecer. Mas não *incomodada*. Depois de pensar um pouco, ele pega os óculos na mesinha e os coloca no rosto. Hayden se aproxima e empurra as cobertas do seu lado da cama bem devagar. Tento não olhar enquanto ele se ajeita de barriga para cima com um suspiro de alívio.

— Agora, sim. Muito melhor.

Vai ficar tudo bem. Não vai ser nem um pouco estranho. Pelo menos ele está usando calça de pijama (com estampa de OVNIs muito bonitinhos) e camiseta. Hayden afofa os travesseiros algumas vezes antes de tirar os óculos de novo.

Estar na cama com ele traz uma intimidade estranha. Hayden acabou de sair do banho e tem o cheiro de sempre: âmbar almiscarado e um toque de sabonete de hotel. Seu cabelo cheira ao xampu genérico do banheiro ("Verbena e capim-limão!", gritou ele do chuveiro, depois começou a dizer que todos os hotéis tinham o mesmo xampu de verbena com capim-limão e que isso só poderia ser uma conspiração). Consigo contar cada uma das sardas em seu nariz, quase claras demais para que seja possível enxergá-las, e fico me coçando para tocá-las.

Vamos ter que dormir o mais longe possível um do outro, talvez, construir uma parede de travesseiros entre nós. A ideia de acordar ao lado de Hayden, de sentir a respiração dele, de ouvir os sons que ele faz enquanto dorme, vai me matar. Meu corpo inteiro se arrepia com a possibilidade de sentir o hálito quente dele nas minhas costas ou de dormir ouvindo as batidas de seu coração.

— Tudo bem aí? — pergunta Hayden.

Faço que sim com a cabeça. Nós nos encaramos. Ele pode até olhar a figura embaçada que é o meu rosto, que deve parecer rodeado de manchas de aquarela azul, agora que está sem óculos, mas não consegue me ver analisando cada ângulo e característica do rosto *dele*.

— Espero que saiba que a série vai sair muito melhor graças a você.

Aquelas palavras me pegam de surpresa. Vieram do nada, e, depois de anos me sentindo insignificante, não sei como reagir a algo assim.

— Hã?

— É sério. Nunca pensei em ter outra pessoa apresentando comigo. Adoro fazer o podcast, mas gravar sozinho não é fácil. Dá muito trabalho e é... solitário. Agora é difícil me imaginar fazendo isso sem outra pessoa.

Tenho que me esforçar para conter as lágrimas.

— Obrigada. Você pavimentou o caminho muito bem.

Ele abre um sorriso cansado.

— Eu faço o que posso.

— Agora só temos que torcer para não ficarmos sem monstros para caçar.

— Não temas, Hallie — brinca Hayden, fechando os olhos. — Sou um poço sem fundo de fatos estranhos, temos material suficiente para mais uns dez anos.

— Maravilha. Dez anos convencendo você de que nada disso é real.

— É real — suspira ele.

— Tudo?

Ele abre os olhos.

— Bom, nem tudo.

— Me conta uma coisa em que você realmente não acredita. Tirando as teorias ruins das quais você só não gosta.

Hayden se vira para mim, e eu olho para o espaço entre nós, onde seus dedos agarram o cobertor. Nunca me senti tão próxima e tão distante de alguém, como se fôssemos ímãs determinados a estar juntos. Preciso me controlar para não esticar o braço e tocá-lo.

— Não acho que a viagem à Lua foi mentira.

— Uau — respondo.

— Tem noção de quantas pessoas seriam necessárias para encobrir algo assim?

— Muitas...
— Quatrocentas e onze mil pessoas, para ser exato.
— Oi?
— Fizeram um estudo. É muita gente. Pense em como é difícil manter uma festa surpresa em segredo. Seria impossível fingir que o homem foi à Lua com tantas pessoas envolvidas.
— Nisso nós concordamos — digo.
— Legal. Vou dormir, então. Amanhã tento a sorte com outras teorias. Boa noite.

Hayden se vira e apaga a luz. O porto de Long Beach e o luar iluminam o quarto, e eu observo o contorno do corpo dele ao meu lado. Algo toca meu pé por baixo das cobertas, e eu dou um pulo para a ponta da cama.
— Foi você?
— O quê?
— Que encostou no meu pé.
— *Não?* — responde ele. — Isso seria bem esquisito.
— Tem certeza?
— Tenho, Hallie, não estou brincando de pezinho com você. Talvez seja um fantasma. — Ele pega o dispositivo de campos eletromagnéticos na mesa de cabeceira.
— Por favor, não pegue esse negócio agora.

Hayden resmunga e devolve o aparelho para o lugar. Eu coço a lateral do meu pé onde senti o toque e solenemente me afundo de volta na cama. Ele ri contra o travesseiro, e, por mais que eu queira chutá-lo por achar isso engraçado, não chuto. Em vez disso, também rio. E aí percebo uma coisa.
— Gosto de como você sempre diz "boa noite" antes de irmos dormir.

A ideia de alguém querer me desejar uma boa noite não deveria provocar tantos sentimentos, mas provoca. Porque é Hayden.
— Ah — responde ele, mas não há sinal de julgamento em sua voz. Surpresa, sim, mas não julgamento. Ele ri baixinho. — Então vou continuar dizendo isso. Boa noite, Hallie.
— Não deixe nenhum fantasminha puxar seu pé — digo.

Ele começa a rir, e eu sinto que estou em uma festa do pijama com meu melhor amigo. Parece o tipo de relacionamento que eu sempre quis. Sempre quis me apaixonar pelo meu melhor amigo, uma pessoa com quem eu ficaria acordada até tarde, rindo de piadas idiotas até virar para o lado e dizer "Tá bom, chega, *agora*, *sim*, vou dormir", mas no fim das contas acabar fazendo o contrário. Quero pegar no sono ouvindo o som da risada dele, das ondas, do ranger deste navio velho.

Nunca mais quero dormir de outro jeito.

.

CAPÍTULO 10

*P*orra, ainda bem que estamos filmando esse episódio em março, e não no calor de agosto.

Admiro o comprometimento do navio com a autenticidade ao oferecer uma estadia imersiva aos hóspedes, mas eu teria agradecido muitíssimo por um ar-condicionado. Tudo que temos para refrescar o quarto é um ventilador capenga que fez um barulho preocupante quando tentei ligá-lo às duas da manhã. Hayden acordou com o som e acabou filmando uma cena nada lisonjeira na câmera de visão noturna: era só eu tentando ligar o ventilador, mas ele pensou que fosse o nosso fantasma francês.

Ouço pássaros cantando do lado de fora e um navio de carga buzina bem alto no porto lá longe. São os primeiros sons que escuto desde que fomos dormir. Zero fantasma, zero possessão demoníaca. É nossa segunda tentativa falha de encontrar algo em hospedagens mal-assombradas. E Hayden tem o sono muito leve, é impressionante.

Não sei dizer se é por causa de todos os anos que passou cuidando do pai ou se ele só realmente quer ver um fantasma *com todas as forças*.

Esfrego os olhos e abraço o travesseiro, enroscando os dedos no tecido leve com perfume de verbena e capim-limão. Então, a ficha cai e o choque se instala de imediato.

Um travesseiro não deveria ser tão firme. Um travesseiro não deveria ter um cheiro tão bom.

Nem deveria respirar.

Não estou tocando os lençóis nem abraçando um travesseiro.

Estou abraçando Hayden.

Tudo nele me consome. O cheiro, o toque suave de seu braço nas minhas costas, o ritmo da respiração. Estou com a cabeça deitada em seu peito, e Hayden está de lado, com o braço por cima de mim. Nossas pernas estão entrelaçadas debaixo das cobertas. Ele está com a cabeça apoiada na minha e com a boca tão perto que poderia beijar meu cabelo. O corpo dele é firme, mas convidativo, e os músculos na região do peitoral e da barriga amortecem as partes rígidas dos ombros e das costelas. Todas as partes em que nos tocamos estão emanando calor.

Resumindo: eu quero morrer.

Não sei direito se quero morrer de um jeito bom ou ruim. Quando imagino uma manhã perfeita, imagino a sensação de acordar nos braços de alguém, alguém que gosta de mim e quer minha presença, fazendo com que nada seja suficiente para me tirar de baixo das cobertas, nenhum abraço duro demais ou bafo matinal ruim o suficiente para me espantar.

Hayden é a pessoa que finalmente me mostra como isso poderia ser.

O desejo borbulha no meu peito que nem na noite passada, quando ele veio para a cama pela primeira vez. Parece o magnetismo do meu cérebro tentando me dizer que ele é diferente. Fico com medo da confusão que poderia acontecer se eu me apaixonasse por outro colega de trabalho, mas o que me assusta ainda mais é como tudo parece bom e genuíno com Hayden, de uma forma que eu nunca tinha sentido.

Sinto a respiração dele ao meu lado, extremamente sensível ao toque suave da ponta dos dedos dele no meu quadril. Por mais que eu queira agarrar a camiseta desse homem e chegar ainda mais perto, me afasto. Antes de sair da cama, eu o observo. Ele parece não ter percebido que me mexi, ou mesmo que estávamos abraçados. Seu cabelo é um grande emaranhado de cachos escuros. Quando passamos a noite fora, ele não se dá ao trabalho de fazer a barba, então a camada de pelos habitual fica mais densa nas bochechas.

O semblante de Hayden é muito mais tranquilo durante o sono, livre da tensão que parece se concentrar em seus ombros como uma defesa onipresente entre ele e o mundo. Penso em todos os anos que deve ter passado sem fazer nada além de trabalhar e cuidar do pai. Indo e vindo de consultas médicas, cozinhando todas as refeições, pronto para pular da cama e ajudar ao primeiro sinal de complicações. Ele abriu mão de *anos* da sua vida por outra pessoa e se colocou em segundo lugar.

Então, deixo que ele descanse.

Ficamos calados durante a maior parte do trajeto de volta para Los Angeles.

Murmuro um "obrigada" quando Hayden me traz café depois do check-out. Ele pergunta que música quero ouvir no carro, mas, fora isso, a gente mal conversa. Sinto seu olhar sobre mim o tempo todo, como se ele estivesse esperando que eu dissesse algo, como se não soubesse preencher o silêncio.

É difícil olhar para ele sem pensar em como foi bom ser abraçada por alguém. Se o medo de me apaixonar por ele ou de sair com outro colega de trabalho não dominasse meu cérebro, eu poderia ter me aconchegado mais. Poderia ter feito *alguma coisa*. Tenho evidências suficientes para acreditar que seria recíproco.

Hayden é gentil e me leva de volta para casa, mesmo que isso envolva um desvio, atravessando a cidade e as colinas. São quarenta e cinco minutos a mais tentando fingir que não estou pensando nas mãos dele, no calor de seu corpo, no tom grave da sua voz de manhã.

Quando paramos em frente à casa de Nora, ele sai do carro primeiro e pega minha mala para mim. Penso nas pequenas coisas que Hayden faz todos os dias: ele elogia minhas leggings com estampas engraçadinhas, percebe quando pinto as unhas com cores diferentes, fez questão de decorar o jeito como prefiro meu café desde o início da nossa amizade. Ter alguém que se importa assim me faz querer *tentar* ser corajosa e enfrentar os medos e sentimentos que tenho reprimido.

— Obrigada — digo, pegando a mala.

— Imagina. — Mas ele não solta a mala, é como se estivesse se segurando para não dizer mais alguma coisa. Por fim, pergunta: — Hallie, você está bem?

— Estou — minto. — Ótima. Por quê?

— Você está quieta.

Será que ele sabe? Basta o vento soprar um pouco mais forte no quarto para Hayden acordar e jurar que é um Poltergeist, um fantasma ou uma aparição. Deve ter me sentido abraçada a ele, meus dedos segurando sua camiseta como se ele fosse um travesseiro ou cobertor. Se foi o caso, o que será que passou pela cabeça dele?

Talvez eu não queira saber.

— Só estou cansada. Não durmo direito quando está quente.

Com um sorriso sugestivo, Hayden diz:

— Ou talvez *outra coisa* tenha feito você perder o sono.

— Seu ronco?

— Eu não ronco — rebate ele.

Eu encosto o indicador e o polegar.

— Um pouquinho. O que quer que tenha sido, *definitivamente* não foi um fantasma.

— Se você diz, senhorita cética. Bom descanso.

Senhorita cética. É um apelido inusitado que nunca apareceria em um artigo de dicas sexuais de alguma revista badalada, mas sinto um frio na barriga ao ouvi-lo.

— Eu te mando uma mensagem amanhã — digo. — Temos que planejar a viagem.

Ele sorri e assente.

— Temos mesmo. Caçar o Pé Grande é coisa séria. Até mais tarde, Hal.

Nora está trabalhando, então tenho apenas Lizzie de companhia enquanto desfaço as malas e fico de bobeira pelo resto do dia. Vou dar uma única uva para Lizzie para que ela não faça nada de esquisito nem se arremesse contra as paredes do terrário. Ainda não sei se é só um hobby ou se ela está tentando escapar, mas tenho medo de perguntar.

Tomo um banho para me livrar do suor da noite. Depois que seco o cabelo e visto minhas roupas de ficar em casa, alguém bate à porta. Imagino que seja uma entrega da Amazon para Nora ou alguma empresa pedindo a ela que teste seus produtos em troca de uma resenha e divulgação no Skroll.

Quando espio pelo olho mágico, fico em choque e sinto um calafrio violento. Tenho certeza de que ele já ouviu meus passos e sabe que...

— Hallie, eu sei que você está em casa.

Isso não deveria me abalar, mas Cade está em meu apartamento. O apartamento para onde corri *quando fugi dele*. Sempre me senti segura aqui, então foi fácil fingir que estou me recuperando e seguindo em frente. A porta tem ferrolho, e a própria Nora é um sistema de segurança à parte. Tenho certeza de que ela conseguiria usar qualquer coisa como arma se quisesse muito. Há uma arma de choque pendurada no porta-chaves, e eu me sinto tentada a usá-la.

Adoraria ver esse homem mijar nas calças.

Respiro fundo antes de abrir. Nem sequer tenho tempo de dizer "oi" antes de ele se posicionar no batente da porta, me impedindo de fechá-la na cara dele.

— Oi — digo. — O que você quer?

O medo percorre meu corpo. Estamos sozinhos. No trabalho, ele sempre é desagradável ou afável de um jeito doentio, um comportamento friamente calculado para me desestabilizar. Por isso, nunca falei com o RH, nunca tentei denunciar as coisas que ele fez. É minha palavra contra a dele, e Kevin gosta de Cade. Não há provas, só uma rede de cochichos das outras mulheres que trabalham lá aconselhando umas às outras a não se envolverem com ele.

— Isso é jeito de me cumprimentar?

— O que você veio fazer aqui?

Estamos a centímetros de distância, mas para Cade isso não parece ser suficiente e ele entra no apartamento. Não posso permitir que veja os pontos fracos na minha armadura que *ele* provocou. Em vez de me empurrar, Cade tira minha mão do batente da porta e abre passagem.

— Preciso do trackpad externo.

Levanto as sobrancelhas.

— Do *meu* trackpad externo?

Ele assente.

— O que *você* comprou de aniversário *para mim* no ano passado?

Cade mexe em um dos porta-retratos na estante de Nora.

— Esse mesmo.

— É meu.

— Quem comprou fui eu.

— Você por um acaso tem cinco anos? Que raciocínio infantil, Cade.

Seus lábios se curvam em um sorriso hostil. Demorei para aprender que tudo nele tem som. Cada um dos movimentos de Cade soa como: "Tem certeza disso?" Cada sorriso soa como: "Ah, *Hallie*." Tudo que ele faz serve para me lembrar de como sou insignificante, de como todos os meus sentimentos são bobos e frívolos.

Ele olha para mim, prestando atenção nas minhas leggings gastas com estampa floral. Não estou de sutiã debaixo do moletom, mas imagino que não dê para perceber. Tenho certeza de que Cade está pensando em como fiquei largada depois do nosso término.

— O dinheiro foi meu, então acho que eu deveria poder usá-lo, já que estou precisando.

Fecho os olhos.

— Mais uma vez, é um raciocínio infantil.

— Hallie...

— Cade — rebato.

— É o mínimo que você pode fazer. Eu poderia cobrar um monte de coisas de você se quisesse. Nunca te obriguei a pagar as contas de casa, embora você usasse tudo lá. Eu *poderia* ter te cobrado. Mas não cobrei. Por você. — Ele se aproxima e corre o dedo pela minha mandíbula. Antes eu ficava lisonjeada com a atenção dele, mas agora não consigo suportá-lo perto de mim. — Eu só queria te fazer feliz, e você *nunca* deu valor.

— Você nunca quis me fazer feliz.

— Você diz que invalido seus sentimentos, mas adora fazer isso comigo. — O silêncio pesa entre nós. Ele faz uma pausa antes de continuar: — Hallie, eu quero o trackpad. Preciso dele para uma das sessões de *Os Amadores* e não vou comprar um novo. Seria péssimo ter que dizer para Kevin que vamos atrasar o episódio porque *você* se recusou a facilitar as coisas.

Paro de respirar por um instante. Fico com medo de Kevin gostar de Cade a ponto de me culpar ou cancelar minha websérie por estar deixando meus assuntos pessoais interferirem nos negócios da empresa. Sem série, sem emprego. Esse é o poder que Cade sempre teve. A palavra dele sempre vai prevalecer sobre a minha.

— Acho que o Skroll aprova uma rivalidadezinha amigável, mas deixar suas mágoas *pessoais* interferirem no trabalho pode não ser o caminho mais sábio para vencer — provoca Cade.

— Talvez não — digo —, mas ter mais visualizações e engajamento do que você, sim.

Ele ri.

— Acha mesmo que alguém quer ver vocês irem atrás de fantasmas? Você nem acredita nessas coisas, só está fazendo isso para me irritar. É patético.

Penso nas últimas semanas. Nas noites em quartos de hotel mal-assombrados, comendo doce e batata frita quase de madrugada enquanto a Spirit Box fazia barulho ao fundo. Nas horas no apartamento de Hayden enquanto ele mostrava mais uma apresentação de slides sobre os registros mais convincentes do Pé Grande e explicava por que não pode se tratar de um homem vestindo uma fantasia. Talvez eu ainda não acredite em fantasmas ou monstros, mas *estou me divertindo* como nunca e estou feliz, o que não acontecia há tempos.

— Me dá o trackpad — insiste ele, estendendo a mão. — Não vou pedir de novo.

Vou até meu quarto e desconecto o trackpad sobressalente do computador, segurando o choro. Quase não uso esse negócio, mas o fato de Cade achar que pode entrar na minha casa e tomar o que quiser — o fato de ele *ainda* poder tomar coisas de mim — torna difícil manter a compostura. Contenho as lágrimas, volto para a sala e empurro o dispositivo na mão dele.

— Agora vai embora.

Ele me encara como se eu fosse uma criança que merece ser repreendida, e eu tenho medo dele que nem uma criança tem medo de ser castigada. Até hoje.

— Hallie, não precisa agir assim.

— Quero que você pegue a porra do trackpad e suma da minha casa.

— Da casa da Nora...

— Que agora é minha também.

— Você tem essa mania de morar nos lugares sem estar no contrato de aluguel.

— Cala a boca...

— *E* de tirar proveito das pessoas.

Eu olho para Cade. Ele é só alguns centímetros mais alto do que eu, mas eu nunca estive em pé de igualdade com alguém como ele. Cade sempre vai me olhar como se eu estivesse abaixo. Não consigo não lembrar como Hayden *fisicamente* precisa me olhar de cima para baixo, caso contrário, nem me veria. Mas Hayden sempre olha para mim como se eu fosse uma visão pela qual ele anseia.

— Está fazendo isso com aquele cara também, Hal? Como conseguiu que ele aceitasse fazer a série? Da mesma forma que me convenceu a ajudar você a subir na empresa?

O acúmulo de lágrimas nos meus olhos está prestes a transbordar. Em momentos como esse, eu odeio a pessoa de vinte e dois anos que fui, que achava que havia bondade genuína nas coisas que Cade fazia. Odeio a garota que aceitou tomar um drinque com ele, que gostava da atenção que recebia e que estava desesperada para se sentir especial. Odeio a garota que aceitou ir para a casa dele e achou que perder a virgindade com alguém como Cade era uma boa ideia. Odeio a garota que demorou tanto tempo para ir embora.

No fundo, sei que a culpa não é minha, mas, em momentos assim, quero culpar alguém pela dor. Cade tem a habilidade de me convencer a não colocar a culpa nele.

— Esse carinha sabe que só deu essa sorte porque ninguém mais quis trabalhar com você? Se não fosse por mim, você teria sido mandada embora em uma das demissões em massa. Mas não, você sabia que dormir comigo seria útil, então foi o que fez. Tenho certeza de que seu novo coleguinha parece maravilhoso nesse momento, e ele provavelmente está feliz por ter sido resgatado dos porões da dark web, mas uma hora ele também vai perceber quem você é. É só questão de tempo.

Quando não consigo mais segurar as lágrimas, tento secá-las o mais rápido possível. Cade suspira cheio de presunção enquanto esfrego meus olhos.

— Se... se sou tão insignificante, se sou tão desimportante para você e para todo mundo, por que você não pode simplesmente me deixar viver minha vida *em paz*, porra? — pergunto.

Eu sei a resposta. É porque finalmente dei um basta nele. Sou mais corajosa do que penso ser, mas essa é a razão pela qual tudo está dando errado e pela qual Cade quer continuar me punindo.

Ele observa minha postura submissa, sorri e vai até a porta. Cade conseguiu o que queria.

— Mal posso esperar pelo próximo episódio de vocês.

Ele sai, e eu tranco a porta o mais rápido que consigo. Espero até que ele esteja longe para começar a chorar de vez. Uma pessoa mais forte do que eu não teria tolerado essa tortura por três anos. Qualquer um teria ido embora antes. Uma pessoa mais forte do que eu não aceitaria ser tratada dessa maneira *até hoje*. Jurei que isso tinha ficado para trás. Queria ser mais parecida com a apresentadora corajosa e sagaz que nossos fãs acham que sou.

Meu celular vibra na mesinha de centro, atraindo minha atenção para algo que não seja essa dor. Abro a mensagem de Hayden e vejo uma foto de Cthulhu, sentado aos pés dele com uma carinha feliz, presenteando-o com um brinquedinho de alienígena.

HAYDEN (11h42): Acho que ele vai me trazer a Área 51 inteira depois de ficarmos fora por quase uma semana.

Eu rio e limpo meu nariz escorrendo, sentindo um alívio. Fiquei com medo de que minha reação depois da noite passada fosse criar uma barreira entre nós dois, mas claramente não foi o que aconteceu. Penso em Hayden e nas pequenas coisas que ele faz para me deixar feliz, ainda mais sem receber nada em troca. Penso em como ele se importa comigo e que, apesar de como me vejo, ele não me enxerga da mesma forma. Nossos fãs também não. Preciso confiar neles e lembrar que o que estou fazendo é importante. Então respondo:

HALLIE (11h43): Ele ficou com saudade!

Mesmo sabendo que não devia, eu também já estou com saudade de Hayden.

CAPÍTULO 11

— Os trilheiros podem ter se submetido a algo que se chama desnu... Ai, que saco... Desnudamento paradoxal. Por que estou tendo tanta dificuldade para dizer isso hoje? — Hayden se atrapalha outra vez.

Ergo os olhos do roteiro em minhas mãos enquanto ele circula o termo várias vezes com caneta vermelha na própria cópia.

Meu embate com Cade no fim de semana ainda está fresco na minha memória. Foi difícil pensar em outra coisa durante a maior parte do dia. Pelo menos consegui me distrair quando Nora chegou em casa. Ela deixou que Lizzie desse "uma voltinha", o que significa que ela ficou zanzando pela sala de estar. Naquele dia, até Lizzie sentiu minha tristeza e me deu uma lambida esquisita da qual não gostei, mas achei atenciosa mesmo assim.

E agora, de volta ao trabalho, estou determinada a canalizar essa mágoa em um episódio espetacular.

As cabines de gravação do Skroll são um espaço meio claustrofóbico para se ficar confinada a tarde toda com o homem com quem acordei abraçada dias antes. Estou muito ciente da altura de Hayden e da serenidade constante que sua presença sempre traz quando ficamos um ao lado do outro em frente ao microfone. A cabine tem o cheiro do perfume dele misturado ao de um laboratório de informática escolar, repleto de estática e um som metálico discreto.

— Desnudamento paradoxal — digo, sem gaguejar.

— Talvez você devesse falar isso. Eu claramente fui amaldiçoado.

Pigarreio. Hayden se apoia na parede acolchoada, mordendo a caneta enquanto relê o roteiro. Ele está tão concentrado que não percebe quanto tempo passo olhando para ele. A forma de seus bíceps por baixo do tecido de flanela e seu cabelo naturalmente desgrenhado prendem meu olhar por mais tempo do que eu gostaria de admitir.

— Posso improvisar? — pergunto.

— Manda bala.

Quando começo a falar, uma microfonia aguda ecoa em nossos fones de ouvido, nos pegando de surpresa.

— Porra! — exclama Hayden, atirando os fones para longe enquanto a caneta voa pelo ar.

Ele abaixa o volume do microfone como se fosse o controle de um reator nuclear.

— Que merda foi essa? — Eu tiro meus fones também.

— Talvez eu tenha colocado o computador muito perto do microfone. Não foi nada.

Hayden põe os fones de novo e pula para a próxima parte do roteiro, mas percebo que não consigo ouvi-lo.

— Meus fones não estão funcionando.

Ele mexe em algumas configurações e se aproxima, posicionando-se atrás de mim. Sinto meu rosto esquentar quando ele ajusta os fones nas minhas orelhas, e, quando ele esbarra em minha nuca, meu corpo inteiro fica arrepiado. O sopro suave da risada dele acaricia minhas costas.

Isso não deveria mexer tanto comigo assim.

Quando ele termina de ajustar os fones, suas mãos pousam nos meus ombros, o polegar acariciando a parte superior das minhas costas. Algo arriscado a fazer. A sensação do toque dele ressoa na base da minha barriga e mais embaixo ainda. Encolho o pescoço e suspiro baixinho, me inclinando para perto dele. A proximidade é inebriante, e meu corpo quer mais. Eu poderia fazer muitas coisas com Hayden em uma cabine à prova de som.

— Consegue me ouvir agora? — diz ele, no microfone.

Sua voz soa muito grave e levemente rouca devido ao tempo prolongado que passamos falando. Eu queria que ele chegasse ainda mais perto, queria ouvir a voz dele no meu ouvido, senti-lo respirar, sentir o som e a vibração das palavras dele causando arrepios pelo meu corpo.

— Consigo.

— Que bom — responde ele, de um jeito profundo e deliberado que faz meus joelhos bambearem.

Basta uma única palavra de Hayden nessa voz sexy para que eu tenha que abrir um botão da camisa para não suar.

Ele começa a falar de novo, mas uma gritaria invade a sala. Ele franze a testa, e, quando abro a porta, não sei por que fico chocada ao ver que Cade e os outros rapazes são a fonte do caos. Saio da cabine e fecho a porta.

No mesmo momento, Cade se vira para me olhar com um sorriso.

— Ah, oi, Hal.

Mas há certa raiva por trás de seus olhos azuis por eu ainda não ter desistido da série.

— Podem ficar em silêncio? — peço.

— Estão trabalhando?

— Não, estou sentada no estúdio de gravação tentando meditar. — Cruzo os braços. — Sim, estamos trabalhando.

— Está bem, desculpe, longe de mim querer incomodar os fantasminhas.

— Minha série de fantasminhas teve sessenta mil visualizações na semana passada.

Eu sei muito bem que a dele teve só 55 mil. Cade corre a mão pelo cabelo loiro, franzindo os lábios.

— Não precisa ficar tão na defensiva.

— Você poderia chamar a minha série pelo nome certo, pois sabe muito bem qual é.

A porta da cabine de gravação se abre atrás de nós. De repente, um medo inédito toma conta de mim. Não quero que Hayden saiba o que Cade representa na minha vida. Cade poderia acabar com tudo de bom que existe entre nós com uma única palavra. Não consigo suportar a ideia de vê-lo exercendo sua persuasão sobre Hayden nem o medo absurdo de que Hayden possa acreditar nele. Ele passou anos conquistando todo mundo no Skroll e fez minha caveira de uma forma que está completamente fora do meu controle.

Hayden coloca a mão na minha lombar, e fico tensa por outras razões (de tesão). Não quero que Cade perceba nada, principalmente que estou tão interessada no meu coapresentador. Ele faria um estrago se soubesse disso.

— Oi — diz Hayden. — Acho que ainda não nos conhecemos. Meu nome é Hayden.

Cade responde com um aperto de mão frouxo.

— Cade Browning. Você deve ser o cara das teorias da conspiração que Hallie achou no Reddit.

Hayden encolhe os ombros, se encostando no batente da porta. Ele é bem mais alto do que Cade.

— Na verdade, foi na TV.

— Entendi. — Cade esfrega a barba por fazer no queixo. — Engraçado, não imaginei que esse fosse o tipo de série que Hallie faria. Ela te contou que não acredita em nada disso?

Fica nítido que Cade não assistiu a nenhum dos nossos episódios.

— Contou, sim. Sei bem que a jovem Hallie tem muito a aprender. — A mão de Hayden pousa em minha cabeça, bagunçando meu cabelo azul. Eu o empurro. — Está tudo sob controle.

— Boa sorte. Ela não é fácil, hein?

Tenho certeza de que Hayden está pensando em coisas específicas, como meus gritos exasperados quando ele me conta uma teoria completamente maluca ou quando perguntei ao tabuleiro Ouija se um fantasma era virgem ou não.

— Quando ela não está provocando demônios, é uma ótima colega de trabalho — diz Hayden.

Cade dá uma risadinha e fala mais baixo:

— Olha, de homem para homem, Hallie ia ser *minha* produtora antes de eu dispensá-la. Chloe só deixou que ela fizesse essa série para que não fosse mandada embora, mas ninguém queria trabalhar com ela. Mas não é culpa sua. Você não tinha como saber.

Hayden tensiona a mandíbula e semicerra os olhos. O comentário de Cade faz com que eu me sinta prestes a explodir. Ele é uma cobra que quando se sente ameaçada libera ainda mais veneno. Tenho que engolir o choro, endireitar a postura, evitar contato visual e tentar parecer inofensiva até que isso termine.

Penso no que está por vir. Hayden e eu vamos voltar para a cabine de gravação, e ele vai pedir uma explicação, tipo: "Que porra foi essa?" E aí vou ficar sozinha de novo. Vou ficar sem minha série, sem um futuro no Skroll e sem um dos únicos amigos de verdade que fiz nos últimos meses. Hayden finalmente vai descobrir o que tenho medo de que todo mundo já pense: que não é fácil trabalhar comigo. Que eu não me destaco.

Em vez disso, Hayden se endireita atrás de mim.

— Tudo tem corrido muito bem. Na verdade, estamos ocupados produzindo o próximo episódio, por isso não podemos ficar conversando.

— Claro. Foi um prazer te conhecer, cara.

— Acho que não posso dizer o mesmo. — Hayden passa o braço pelos meus ombros e me leva de volta para a cabine. Ele solta um suspiro aborrecido e se vira para mim. — Que cara babaca.

— Pois é...

Concordo lentamente com a cabeça e desvio o olhar. Eu costumava guardar as lágrimas para o chuveiro ou para as madrugadas, às vezes para o trajeto de carro de volta para casa. Eu as guardava para momentos em que ninguém mais pudesse vê-las.

— Hallie? — pergunta ele. Sua voz soa calma, mas confusa. — Você está bem?

Tento conter as lágrimas, mas algumas escorrem pelo meu rosto.

— Tudo bem. Estou bem.

Sou pega de surpresa quando ele me toca. Sinto seu polegar macio percorrer a curva da minha bochecha, secando uma lágrima e inclinando meu queixo para cima. Eu me afasto e me abaixo para procurar na bolsa qualquer coisa parecida com um lenço de papel. Enquanto seco os olhos, os bancos se movem atrás de mim. O metal bate no microfone, e Hayden xinga baixinho.

Quando vejo, ele já está no chão comigo. A cabine não foi feita para que as pessoas se sentem no chão, ainda mais alguém do tamanho de Hayden, mas ele dá um jeito.

— Quem... quem é ele?

Meu lábio treme.

— Meu ex.

— Você namorou com ele?

Não há raiva na voz de Hayden. Não quando ele me olha, procurando algo em mim que precise de cuidado, ou quando ele passa as mãos pelos meus braços, me segurando firme. Não importa quão mal eu esteja, não estou sozinha. Ele abre um sorriso afetuoso e balança a cabeça.

— Ah, Hallie. Você é areia demais para o caminhãozinho dele.

Eu seguro uma risada.

— Não dê ouvidos a esse cara, Hallie. Ele é um imbecil e não tinha o direito de falar com você daquele jeito. Além disso, estava totalmente enganado.

Suspeito que sempre vai haver uma parte de mim que acha que Cade tem razão, não importa quanto tempo passe. Eu preferiria muito mais acreditar no Pé Grande ou em alienígenas do que em uma palavra do que ele diz, mas não é assim que as coisas funcionam. O que pessoas como Cade mais querem é magoar aqueles que já se afastaram.

— Não sei, não — confesso. — Ele sabe o que fazer para me abalar. Foram três anos jogados no lixo, que só serviram para ele me dizer que eu não sou engraçada, que não sou interessante. Eu fui idiota em me envolver com ele, para começo de conversa. E idiota por ter insistido por tanto tempo.

— Hallie, isso não é culpa sua. Cade provavelmente percebeu como você é brilhante, como você é engraçada, linda e excelente no que faz, e usou essas qualidades, *suas* qualidades, para benefício próprio.

Eu me demoro em uma palavra.

Linda.

Não sei se isso me deixa feliz ou se eu deveria estar me xingando por cair pelas palavras bonitas de alguém outra vez, mas não consigo enxergar mentira ou oportunismo em nada vindo de Hayden. Tudo que vejo é uma vontade desesperada de me fazer sorrir e me sentir melhor.

E de cuidar de mim.

— Sei que o que ele fez claramente magoou você, mas ele não sabe o que está dizendo. Não é difícil trabalhar contigo. E você é interessante, sim. Quando está por perto, é impossível olhar para outra coisa. Você é a única coisa que eu vejo. Ele é um idiota por não enxergar que você ilumina todos os lugares por onde passa. Por favor, não acredite em nada que sai da boca de um cara com aquelas luzes no cabelo.

Deixo escapar uma gargalhada enquanto algumas lágrimas teimosas escorrem pelo meu rosto. Hayden estende o braço e passa o polegar sob meus olhos. Em questão de minutos, ele fez com que essa cabine passasse do lugar mais assustador da face da Terra para o mais seguro e acolhedor.

— Obrigada.

— Entendeu o que eu disse?

Faço que sim com a cabeça.

Antes que eu possa pensar duas vezes, estou em seus braços, aninhando a cabeça no seu ombro. Seguro Hayden pela camisa de flanela e me sinto aliviada ao ouvir seu coração.

— Está tudo bem — repete ele.

Seus dedos se enroscam no meu cabelo, e o cheiro de seu perfume me traz de volta à realidade.

De repente, percebo por que ele me traz essa sensação de paz: Hayden é o tipo de pessoa que cuida dos outros. Ele é o tipo de pessoa que vê alguém sofrendo e faz algo a respeito.

— Quer continuar? — pergunta ele.

Assinto e me levanto. Retomamos de onde paramos, e Hayden despeja conspirações terríveis no microfone, mas, quando é minha vez de falar, não sai nada. Olho para o roteiro e não sei se vou conseguir fazer isso hoje. Não consigo fazer piadas e provocá-lo quando estou com tanto medo de ser quem sou.

— Hallie — diz Hayden —, podemos encerrar por hoje. Podemos compensar o trabalho amanhã, quando você estiver se sentindo melhor. Já está tarde, mesmo.

Não quero trabalhar dobrado amanhã, mas é muito melhor do que fingir que estou feliz hoje.

— Tudo bem.

Ele tira os fones de ouvido.

— Quer fazer alguma coisa?

O sol já se pôs quando Hayden avisa que estamos quase chegando. Ele não dá nenhuma dica do nosso destino, então fico cada vez mais confusa conforme avançamos. Enfim, ele para em um estacionamento pequeno e sai do carro.

— Onde estamos?

Hayden sorri e me conduz por um gramado estreito que dá em um... parquinho. Tem escorregadores, trepa-trepas, balanços e um trampolim. Vejo também uma nave espacial gigante ao fundo e fico ainda mais atônita quando Hayden vai até ela e entra pela base.

— Vamos subir *ali*? Dirigimos até aqui para brincar em um parquinho?

— Isso mesmo. Venha. Só assim os alienígenas vão entender que devem vir nos buscar.

Ele estende a mão para mim, e eu subo na plataforma com ele. Tento disfarçar o sorriso subindo a escada e me espremo por passagens feitas para crianças em direção ao topo. Atrás de mim, ouço Hayden grunhindo e sofrendo com o tamanho dos espaços. Ele chega ao topo da nave espacial depois de mim, passando um ombro por vez pela última abertura, e se espreme pelo buraco na plataforma, conseguindo passar por pouco.

— Isso não foi feito para alguém do meu tamanho — reclama ele. — Ai!

— Ah, jura? — provoco.

Quando se senta, ele me dá um empurrãozinho no braço e me derruba de lado.

— Não seja cruel.

Hayden passa as pernas pelas grades e olha para a cidade, com os pés balançando livremente para fora da estrutura. O ar fresco de março me pega em cheio. Estamos mais perto do mar, recebendo o vento do oceano. Fico arrepiada e penso que deveria ter pegado minha jaqueta no banco de trás do carro de Hayden, mas não imaginei que ficaríamos ao ar livre.

Sem dizer nada, ele tira a camisa de flanela e a estende para mim. Nossos dedos se tocam quando eu a pego e a coloco sobre os ombros, sentindo o cheiro dele no tecido e me lembrando da sensação do abraço que ele me deu na cabine. As mangas são maiores que meus braços e fazem minhas mãos desaparecerem. Hayden sorri.

— Obrigada.

Ele assente.

Ficamos em silêncio, ouvindo o barulho dos carros na rodovia: buzinas distantes e música alta. Sempre gostei da agitação da cidade, qualquer outro lugar é silencioso demais. Nunca fui de acampar ou de explorar a natureza. Nossa próxima caçada ao Pé Grande promete, porque, além de tudo, eu detesto insetos com todas as forças. Já estou até planejando meu testamento para caso eu morra.

— Sinto muito por hoje — diz Hayden, esfregando a palma da mão com os dedos.

Ele fica em silêncio, e nossos olhares se encontram. A lua reflete em seus óculos, iluminando o verde intenso de cada íris por trás das lentes.

— Está tudo bem.

— Não está, não.

— Você me defendeu mais do precisava. Eu agradeço.

— Mas ainda não esqueci o que aconteceu.

— Por quê? Porque, quanto mais pensa no assunto, mais se pergunta se ele está certo? — Eu rio enquanto faço a pergunta, mas dói mesmo assim.

— Não, porque eu *sei* que não está. — Seu tom é o mesmo de quando ele defende suas teorias, argumentando que é *óbvio* que alienígenas são reais e que as pessoas é que não são mente aberta o bastante. É um tom inflexível e teimoso. Ele não vai mudar de ideia. — Hallie... eu...

Vejo muitas palavras na boca dele, mas todas me assustam.

— Estou sozinho há muito tempo — começa Hayden. Sua voz é branda, e a confiança de segundos atrás sumiu. — Há mais ou menos três anos, para ser mais específico. Acho que, se tivesse deixado mais pessoas se aproximarem de mim perto do fim da vida do meu pai, talvez tivesse lidado melhor com o que aconteceu. Mas eu estava muito acostumado a reprimir meus sentimentos. Nunca quis que meu pai soubesse quanto eu estava sofrendo. Ele se culparia ou insistiria para que outra pessoa viesse ajudar para me aliviar um pouco. Então eu só ficava calado.

Eu me aproximo, deslizando as pernas pelas barras também. Minhas botas pairam sobre os andares inferiores, e os cadarços tilintam contra as barras de metal.

— Quando ele morreu, eu também não quis passar essa dor para outra pessoa. Então fui embora.

— Embora?

— Botei o apartamento em que meu pai e eu morávamos em Boston para alugar e me mudei para cá. Eu poderia ter feito o podcast de qualquer outro lugar, não conhecia ninguém aqui. Minha mãe mora em São Francisco, mas também não quis pedir nada para ela. Recomecei sozinho. O problema é que nunca *recomecei* de fato. Quando você começa a vida do zero, precisa cultivar alguma coisa nova. Eu vim para cá com um podcast e um gato, e, dois anos e meio depois, tudo que eu tenho ainda é um podcast e um gato.

As palavras dele terminam em uma risada que me contagia.

— Você não tem *nem* o podcast. Agora tem uma websérie.

— Verdade. — Seu sorriso parece alegre, e, por um momento, me pergunto se Hayden finalmente está lidando com a dor, como se tivesse decidido respirar de novo. — Não fiz amigos, não namorei. Isso me assusta, então tenho andado na linha e reprimido a tristeza o máximo que consigo. Alguns momentos foram tão sombrios e minha depressão se tornou tão debilitante que, mesmo quando eu quis tentar deixar as pessoas se aproximarem, achava que ninguém devia me ver no fundo do poço. Então nunca deixei que acontecesse. E aí você me mandou um e-mail.

Apoio a cabeça nas grades e olho para ele. Ele imita meu movimento com um sorriso.

— Algo me disse que eu deveria aproveitar essa chance, por mais assustadora que fosse. — Ele morde o lábio. — Talvez tenha sido meu psiquiatra no começo, mas a escolha foi *minha*. A tristeza ainda existe, mas agora parece que tenho algo bom também. E fazia tempo que esse equilíbrio não existia.

Estendo o braço pela plataforma, tocando os azulejos até encontrar a mão de Hayden. Avanço com cuidado, passando a ponta dos dedos pelo pulso dele até que nossas mãos se entrelacem. É tão natural. Nós nos encaixamos perfeitamente.

Tocá-lo é uma escolha consciente, e, apesar dos meus piores medos — me apaixonar por alguém que pode me magoar, namorar mais um colega de trabalho, as possíveis reações de Cade —, quando ele acaricia o dorso da minha mão com o polegar, sei que isso é exatamente o que eu deveria ter feito.

— Sinto muito que ele tenha te magoado e que não veja como você é especial, Hallie. Queria que todo mundo visse você como eu vejo, porque você merece. Tenho muita sorte por você ter me escolhido e apostado em mim.

Aperto a mão dele. Não sei o que dizer que tenha qualquer equivalência com o que Hayden me deu. Depois de um instante, ele se inclina para trás com os olhos voltados para o céu. Eu faço o mesmo e passo o polegar sobre a tatuagem de OVNI em seu pulso. Se ele me disser que gosta de mim, não vou ter escolha a não ser confessar que o sentimento é recíproco. Qualquer outra coisa seria uma mentira deslavada.

Tento pensar em algo que passe longe de ser sexy, tipo ser examinada por alienígenas ou a banha do Monstro do Lago Ness, mas, em vez disso, só consigo olhar para onde nossas mãos se encontram. Tudo que me vem à mente é como seria a sensação do seu toque em outras partes do meu corpo.

Passo os dias observando as mãos de Hayden fazendo anotações, editando áudio, digitando roteiros e mexendo no próprio cabelo quando ele está estressado, confuso ou perdido. Quero ver essas mãos em mim, algo delicado no início, como um toque na bochecha, mãos na cintura, e depois com mais força. Quero puxar o cabelo dele, quero a sensação da barba por fazer dele na minha boca, no meu queixo, no meu pescoço.

Como se estivesse lendo minha mente, ele se vira para mim, agarra a camisa que me emprestou e me puxa para perto, me segurando ali com um aperto na cintura. Seu corpo é quente e firme, e nossas pernas se entrelaçam. Os quadris dele encostam nos meus, e sinto um frio na barriga quando ele chega ainda mais perto. Meus olhos se fecham ao sentir o toque frio da armação dos óculos de Hayden em minha testa.

Consigo contar cada uma das respirações dele.

Uma.

Duas.

Três.

Na quarta, eu tomo coragem e faço o que queria fazer. As bochechas dele são ásperas sob meu toque, mas a curva de sua boca é macia. Quero sentir o gosto dele e ouvir os sons que ele faz quando o beijo ganha intensidade. Eu me pergunto se vai ser algo parecido com os grunhidos que ele solta quando está frustrado ou mais próximo aos suspiros inebriantes que dá enquanto dorme.

Meu coração dispara. Ele engole em seco, abrindo a boca devagar. Hayden toca a barra da minha camiseta e roça a pele sensível do meu quadril. Nesse momento, deixo escapar um suspiro suave que o faz sorrir. Quando ele umedece os lábios com a língua, eu travo.

Não consigo fazer isso.

Não importa quanto meu corpo o deseje, desde o anseio que desperta em meu peito e entre minhas pernas até o tremor em meus dedos quando toco seu cabelo macio, a ideia de me apaixonar por alguém é a coisa mais assustadora do mundo. E eu já sei o que acontece quando me apaixono pela pessoa errada. Quero acreditar que é seguro amar uma pessoa como Hayden, mas ainda tenho medo de compartilhar com ele minhas fragilidades.

— Eu... eu não posso.

Ele abre os olhos quando desperta do próprio transe. Hayden me observa com atenção, sentindo o sabor do beijo fantasma em sua boca. Mas, em vez de confusão, vejo compreensão em seus olhos. Ele respira fundo.

— Tudo bem.

Talvez eu não consiga beijá-lo como quero, pelo menos não ainda, mas não tenho vontade de me afastar. Em vez disso, chego mais perto e me deito em seu peito. Hayden sabe exatamente o que fazer. Seus braços me envolvem e me abraçam. Eu relaxo completamente, uma sensação tão intensa quanto os meus sentimentos por ele.

Um avião cruza o céu noturno.

— OVNI — digo.

— Era um *avião*.

Hayden ri, e o movimento faz seu corpo balançar.

— Olha só! Quem é o cético agora?

O DESCONHECIDO
EP #4: "Nada pode te salvar"

No episódio desta semana de O Desconhecido, Hayden e Hallie investigam o Incidente do Passo Dyatlov, quando nove pessoas morreram em uma trilha nos Montes Urais, na Rússia, em circunstâncias misteriosas. Foi uma avalanche, um experimento do governo ou... o Abominável Homem das Neves?

HAYDEN
Vamos falar sobre como cada uma dessas vítimas morreu.

HALLIE
Um papo muito leve, graças a Deus.

HAYDEN
Seis delas aparentemente morreram de hipotermia. As outras três, no entanto, morreram após traumas físicos. Houve desde um trauma torácico grave acompanhado de hemorragia interna a uma lesão fatal no crânio. Dos que morreram de hipotermia, alguns também apresentavam lesões e hematomas. Dois deles estavam sem olhos e um sem a língua. Ah, e outro

sem sobrancelhas. A conclusão a que chegaram foi: "A causa das mortes foi uma força avassaladora que os viajantes não conseguiram conter."

HALLIE

Ah, claro. Entendemos tudo.

HAYDEN

Isso não dá vontade de dormir com um olho aberto e o outro fechado?

HALLIE

Meio insensível da sua parte dizer isso, já que alguns deles perderam os olhos.

HAYDEN

Olha só, não é que você me ouve às vezes!

HALLIE

Para ser sincera, eu estava preparada para dissociar quando você começou a falar sobre o Abominável Homem das Neves.

HAYDEN

Mas a teoria do Abominável Homem das Neves faz um pouco de sentido. Por exemplo, um dos trilheiros tirou uma foto que mostra uma figura grande e borrada ao fundo. Algumas pessoas suspeitam de que ele tenha conseguido uma prova fotográfica do culpado. Também achei interessante o fato de a barraca ter sido rasgada por dentro com ajuda de uma faca. Além disso, a maneira como os corpos foram encontrados faz parecer que eles estavam fugindo de alguma coisa.

HALLIE

Tipo um Abominável Homem das Neves?

HAYDEN

Bem... sim. Eles também estavam em diferentes estados de nudez, o que sugere pânico.

HALLIE
Eles tinham idade para estar na faculdade, Hayden. Não acho que a parte da nudez tenha a ver com o Abominável Homem das Neves.

HAYDEN
Mas estamos falando da Sibéria, Hallie. Acha mesmo que eles estavam transando em uma barraca no meio da tundra?

HALLIE
E aquela história de compartilhar calor humano? Falando sério, o que mais eles tinham para fazer, afinal?

HAYDEN
Isso é o que você faria se estivesse atravessando a tundra siberiana?

HALLIE
Não, porque não existe um universo em que eu estaria perambulando pelo meio da Sibéria para começo de conversa. Eu não acamparia na neve nem se me pagassem.

HAYDEN
Soa como um desafio...

HALLIE
E como o fim da nossa amizade!

CAPÍTULO 12

Estou quase na metade de um site mal formatado que enumera os vídeos mais conceituados do Pé Grande quando me dou conta de algo terrível:
Acho que estou doente.

— Existe um registro incrível — diz Hayden, andando de um lado para o outro em frente à TV e massageando o nariz. — Acho que é da Sibéria. Ou do Canadá. Não sei, era um lugar frio...

— Você não se lembra?

— *Pois é*, que constrangedor. Supostamente eu sou um profissional. De qualquer forma, o vídeo mostra *vários* Pés Grandes caminhando e, por alguma razão, mexe *muito* comigo. — Ele movimenta os dedos como se fossem pernas andando, depois se joga no sofá e desaparece atrás do computador de novo. — Eu deveria ter salvado nos favoritos. Que tipo de caça-Pé Grande eu sou?

Estamos fazendo isso há horas, catalogando locais de referência para nossa próxima viagem, criando um itinerário e nos preparando para partir. Nossa aventura vai nos levar até Fresno por uma noite, porque Hayden simplesmente *precisa* procurar os Criptídeos de Fresno, mesmo que isso não vire um episódio completo, aí seguiremos para San Jose para conhecer a Mansão Winchester e depois vamos passar dois dias no *extremo norte* do país para caçar o Pé Grande antes de voltarmos para casa.

Só de pensar em passar cinco dias inteiros com Hayden sinto um frio na barriga. Nós quase nos beijamos. Passei uma hora encostada em seu corpo, observando as estrelas enquanto ele juntava os caquinhos que restaram de mim depois do incidente com Cade. Como vamos evitar o assunto do quase beijo por cinco dias? Mal conseguimos fazer isso por três.

Hayden ainda não disse nada e tudo continua na mesma, mas a maneira como ele me olha fixamente causa uma faísca entre nós. O afeto e o anseio nunca foram embora. Não sei por quanto tempo vou conseguir fugir disso.

Hayden cantarola a música-tema de *Arquivo X* baixinho, digitando no computador. Não quero pensar em desistir, não quando estamos indo tão bem.

— Não é a Sibéria! É Yellowstone! — esbraveja Hayden.

Quando fecho o computador para arrumar minhas coisas, começo a tossir como uma idosa que fumou a vida inteira. Cthulhu olha para mim de onde está empoleirado e sibila. Hayden percebe.

— Ei, rapazinho, tenha modos. — Ele se vira para mim. — Está tudo bem?

Devo estar com uma cara péssima, pois ele fica preocupado e vem até mim.

— Acho que vou para casa. Amanhã já vou estar melhor.

Hayden pressiona o dorso da mão contra minha testa.

— Caramba, Hallie, você está fervendo.

— Então pode vir quente...

— O quê?

— Deixa pra lá.

Tento fungar para desentupir o nariz, mas não adianta. Não faço ideia de como vou voltar para casa dirigindo, mas sei que não posso ficar aqui.

— Quer tirar um cochilo?

— Posso fazer isso em casa.

— Acho que você não está em condições de dirigir. Nora está em casa?

Faço que não com a cabeça.

— Nora está em um festival de arte independente com Jamie neste fim de semana. Não tenho notícias dela desde ontem. Deve ter morrido de tédio a essa altura.

— Ah... Entendi. Você pode descansar aqui, se quiser. Não quero que fique sozinha em casa o fim de semana inteiro.

— Está tudo bem. Vou ficar bem.

Quando fico doente, tento sempre não atrapalhar, espirrar o mínimo possível e esperar passar. Ou ir trabalhar doente mesmo para não perder prazos nem dias de gravação.

— É sério, se quiser descansar, pode ir. Depois eu te levo para casa.

— Descansar *na sua cama*?

— Claro. Está limpa.

— Mas tem seu cheiro? — pergunto.

Meu Deus, só pode ser um delírio febril.

Ele franze a testa.

— Acho que sim. É um ponto positivo?

Eu assinto.

— Você *realmente* está mal — diz ele.

A risada suave que Hayden deixa escapar ao me oferecer a mão me tranquiliza. Eu me levanto do sofá, e estou tão cansada e com tanta dor no corpo que mal tenho tempo de processar que a cama de Hayden provavelmente fica no quarto dele. Na verdade, há grandes chances de que esse seja o caso.

A porta está sempre fechada, mas o quarto fica entre a cozinha e o banheiro. Não sei bem o que esperar. Hayden guarda muita coisa sobre si a sete chaves, então entrar nesse cômodo parece o mesmo que acessar uma versão vulnerável dele que eu talvez ainda não tenha o direito de conhecer.

Mas ele parece não ligar enquanto o sigo com o nariz escorrendo. Então me dou conta de que posso passar para ele. O que vai acontecer se nenhum de nós puder gravar? Não temos tempo a perder. Vou ter que me entupir de antigripal até apagar para conseguir filmar daqui a alguns dias. Se eu ficar doente, Hayden pelo menos pode gravar sem mim. A esta altura do campeonato, tenho certeza de que ele já sabe se portar na frente das câmeras com mais naturalidade.

Então, passo a me preocupar com a possibilidade de ficar *tão dopada* de antigripal que comece a acreditar em coisas tipo o Demônio de Jersey. E sinceramente não sei se é um risco que estou disposta a correr.

Ele abre a porta e dá uma olhada rápida lá dentro, como se para avaliar o estado do quarto. Quando conclui que tudo parece ok, Hayden me convida para entrar. Vejo uma parede de tijolos expostos decorada com algumas obras de arte e uma cama simples no meio do quarto, com uma mesa de cabeceira de cada lado. O quarto tem cheiro de roupa lavada e um aroma terroso que atribuo ao difusor de óleo essencial que está ligado no canto.

— Seu quarto é legal — digo. Hayden já está me conduzindo em direção à cama, onde me acomodo no edredom preto e muito, muito macio. — Mas é sério, eu estou bem.

A última coisa que quero é ficar devendo favores a alguém. Isso poderia trazer problemas no futuro se Hayden e eu discordássemos em relação a algo da série, se precisássemos cortar algo importante para ele. Eu perderia qualquer poder de barganha. Mas, quando tento imaginar a situação, simplesmente não consigo. Não consigo imaginá-lo dizendo coisas que me magoariam.

Não depois da conversa que tivemos na nave espacial. O cara que me disse que sou a primeira coisa boa na vida dele em anos não faria isso.

Tiro os sapatos e os deixo ao lado da cama, depois rastejo para dentro do casulo de cobertor que ele monta para mim, como se eu fosse uma lagarta deprimida. Deito a cabeça no travesseiro com o perfume dele. Em minutos, vou infectar cada fio da roupa de cama de Hayden com a minha doença, mas, por enquanto, com o pouco que me resta de olfato, respiro fundo e deixo o aroma amadeirado do quarto me envolver. Ele me cobre e dá uma risadinha.

— Tudo bem aí? — pergunta.

Eu faço que sim.

— Certo. Então vou continuar trabalhando, mas me chame se precisar de alguma coisa. Vou estar na sala.

Já estou praticamente dormindo quando ele fecha a porta.

Está escuro quando acordo. As luzes de Los Angeles brilham do outro lado da janela do quarto de Hayden. Agora sinto cheiro de eucalipto. Não sei se estou me sentindo melhor ou pior, mas continuo quente. E meio suada. Tenho que me lembrar de me oferecer para lavar as roupas de cama de Hayden depois.

Sonolenta, olho em volta, examinando o quarto com mais atenção agora que estou sozinha. Vejo uma garrafa térmica com vários adesivos de alienígenas, um estojo de lentes de contato e um organizador de remédios. Atrás da pequena bagunça, um mural de cortiça está apoiado na parede, cheio de fotos e lembranças: crachás de convenções, um recorte de jornal sobre um disco voador e fotos tiradas em uma cabine. Procuro qualquer vislumbre de um Hayden diferente do que conheço agora, que vive atrás do microfone, dos óculos e do cabelo bagunçado.

Sem querer, me engasgo ao tossir, e Hayden aparece quando me ouve. Penso em sair da cama, mas sinto que vou derreter pelo chão feito uma ameba. Penso em ir para casa, mas instantaneamente visualizo meu carro amassado em uma palmeira.

Um feixe de luz vindo da sala faz meus olhos doerem, e eu choramingo com a cara no travesseiro.

— Bom dia — sussurra ele, apoiando-se com o joelho na beirada da cama e deslocando o colchão com seu peso.

— Mas está de noite.

— Sim. Como está se sentindo?

Abro os olhos devagar. Nunca tinha me sentido tão bem ao ver o rosto de uma pessoa como me sinto ao vê-lo. Nós quase nunca passamos tempo juntos quando não estamos trabalhando. Eu me pergunto como ele é quando está fazendo o jantar para si mesmo, ou se ele fica na cama por horas e horas vendo vídeos de criptídeos, refutando mentalmente cada um. Quero conhecer esse lado de Hayden também.

Eu fungo, me enfiando mais ainda nas cobertas. Que droga, eu queria muito tirar o sutiã, mas já estou abusando por estar deitada aqui.

— Estou bem.

— Você já disse isso uma vez — repreende Hayden. — Depois capotou por seis horas.

— Seis horas? — murmuro.

O sorriso que ele dá indica que não está bravo nem tentando me expulsar.

— Estou péssima — admito.

— Eu imaginei. Vem cá. — Ele aponta um termômetro para mim.

— Vamos ver.

Eu obedeço, deslizando o termômetro sob a língua. Quando apita, Hayden o pega de volta e ergue as sobrancelhas.

— Trinta e oito.

— Mau sinal.

— Péssimo sinal.

— Acho que estou morrendo.

— Hum, acho que não. Meu palpite é que provavelmente é uma gripe. — Sua mão toca a lateral do meu rosto. Ele está tão gelado que sinto um calafrio e deixo escapar um gemido triste. — Febre, calafrios, dor no corpo?

Assinto, fungando.

— Consegue se sentar?

Eu me apoio nos cotovelos. Meu cérebro parece prestes a derreter e escorrer pelos ouvidos, e estou com muito frio. Quando faço menção de sair da cama, ele me impede. Uma de suas mãos segura minha perna, tocando minha coxa com os dedos frios.

— Calminha. Só quero que se sente para comer, não precisa sair daqui.

Preciso, sim.

Não sei como explicar que não posso ser um fardo. Mas algo no tom gentil de sua voz me deixa em dúvida se preciso mesmo explicar isso para Hayden. É assim que as pessoas *deveriam* agir quando se importam com as outras?

Fico sem reação, e ele desaparece na cozinha, fazendo um gesto com as duas mãos para que eu não me mexa, como se eu fosse um filhote de cachorro sendo adestrado. Demora alguns minutos, mas ele volta para o quarto com uma tigela de sopa quente. Mesmo que a canja claramente seja enlatada, é uma das coisas mais carinhosas que alguém fez por mim nos últimos tempos.

Só empata com Nora, que sacrifica o próprio fígado sempre que tenho um dia ruim, nós duas nos metendo em uma programação regada a vinho e reality shows.

Tomo a sopa toda sem dizer nada, Hayden não sai do meu lado, digitando coisas no celular e fazendo pesquisas.

— Não quero que você fique doente — sussurro.

— Vou tomar uma vitamina a mais amanhã. — Hayden pega a tigela e a leva para a cozinha. Quando volta, está com um frasco de xarope. — Toma.

Eu franzo a testa.

— Está tentando me drogar?

— Sim, mas com amor.

Com amor.

Então tudo bem.

Pego o xarope, e, quando estou prestes a virar uma dose como se fosse tequila em uma chopada da faculdade, uma crise brutal de tosse faz meu corpo inteiro estremecer. Na minha tentativa de mover o braço para cobrir a boca, o líquido pegajoso encharca meu cabelo e escorre pelo rosto. Sinto o cheiro adocicado do xarope e de morte. *Eu* estou cheirando a xarope e morte.

— Ah, não — murmura Hayden.

Com cuidado, ele se aproxima, pega o copinho de xarope no edredom e o coloca na mesinha de cabeceira. Por sorte não caiu tanto remédio na cama, na qual ele ainda vai ter que dormir à noite.

Sinto o lábio inferior tremer.

Estou grudenta.

Estou doente.

Então é claro que começo a chorar.

Felizmente essa não é a primeira vez que Hayden me vê chorar, mas é muito mais constrangedora do que a última. Estou suada, descabelada e coberta de xarope azul gosmento.

— Vem aqui — chama Hayden, levantando-se da cama e estendendo o braço.

Seguro a mão dele com meus dedos grudentos, e ele me leva até o banheiro. Enquanto me sento na tampa do vaso sanitário, ainda mal, ainda chorando, ele pega a toalha de rosto e a molha, depois se agacha na minha frente, mal cabendo no espaço estreito entre o vaso e a pia.

Não consigo sentir o cheiro de âmbar que ele emana graças ao meu nariz catarrento, então presto atenção em todo o resto enquanto ele passa a toalha na minha bochecha. Em certos dias, os olhos dele me lembram manhãs de primavera, ensolarados e vibrantes. Às vezes, quando ficamos acordados até tarde, eles ficam escuros e se transformam em uma floresta de vegetação infinita. Mas, neste momento, estão em um meio-termo, um tom de sálvia mais claro com notas de castanho. Eles me fazem pensar em cafeterias aconchegantes, no céu depois da chuva, em uma brisa forte entre os galhos das árvores.

— Como seu banheiro é limpo — comento.

Pelo amor de Deus. Estou falando abobrinha o dia inteiro, mas o olhar irreverente em seu rosto me diz que ele não se importa. E que talvez até goste.

— Banheiros são assim, não são?

— Não — respondo. — Você é um cara estranho. A maioria dos homens não tem papel higiênico.

O toque de Hayden é tão suave que me faz tremer.

— Pois é. Eu tenho até uns rolos extras no armário de toalhas.

— Você tem um armário de toalhas — sussurro, baixinho.

— Pois é — sussurra ele de volta. — Não conte para ninguém.

Passo a mão pelo meu cabelo e pego uma mecha grudenta de xarope. Não choro, mas tento desembaraçar os fios e não consigo. Ele segura minha mão com delicadeza e limpa cada dedo como se estivesse polindo uma obra de arte. Nunca alguém foi tão cuidadoso comigo. Talvez meus pais, principalmente quando eu era bebê e eles tinham que tomar cuidado para não me derrubar de cabeça no chão. Mas depois de adulta? Nunca. Não me vejo como uma pessoa delicada, mas gosto do jeito como Hayden me toca, como se eu fosse algo frágil que pudesse quebrar.

— Quer lavar o cabelo? Pode tomar banho se quiser.

— Eu quero lavar o cabelo. Mas não quero ficar em pé. E não quero ficar sem roupa. Seria esquisito.

Então magicamente estou pensando *nele* sem roupa. Sei o suficiente sobre seu corpo agora para que minha imaginação preencha as lacunas. Imagino a espuma do sabonete escorrendo pelos músculos de Hayden, descendo pelas tatuagens dos braços, pelo peito e pela barriga...

Desperto daquele sonho erótico e febril quando ele abre a cortina do chuveiro. Eu me preparo para ver algo repulsivo, como pentelhos ou restos de sabonete se fundindo com o azulejo, mas só encontro um conjunto inofensivo de banheira e chuveiro, nada mais. Tem um suporte de xampu na parede, mas não tenho tempo de examinar os produtos que ele usa antes de Hayden me guiar para a lateral da banheira.

— Fica aí.

Ele volta pouco depois com alguns travesseiros, depois empilha todos e dá um tapinha, sinalizando que eu me sente neles. Dou uma cambaleada, mas estabilizo quando ele me ajuda a encostar na borda da banheira.

— O que vai fazer?

— Ajudar você a lavar o cabelo.

Ah, droga, meu lábio está tremendo de novo.

— Não precisa fazer isso.

— Você não está toda grudenta?

Faço que sim com a cabeça.

— E triste?

Repito o movimento.

— Então por que não me deixa te ajudar? Vai levar cinco minutos.

Eu me inclino sobre a banheira, e ele abre a torneira. Quando a água esquenta, Hayden pega um pouco com a mão em concha e derrama sobre a minha cabeça, repetindo o movimento até que meu cabelo esteja totalmente úmido. Só isso já estaria de bom tamanho, mas, pelo visto, Hayden discorda, e se levanta para pegar o xampu.

— Vou ter que usar xampu masculino — resmungo.

— E daí? — pergunta ele, rindo.

— Vou ficar com cheiro de coisas de homem. Tipo cimento.

— Hã?

Abro os olhos e vejo que Hayden está bem ao meu lado. As mangas de sua blusa estão dobradas até o cotovelo, e seu relógio foi deixado em cima da pia. Meu Deus, ele é tão bonito que chega a doer. Ele tem um metro e oitenta e muitos de gentileza e peculiaridades charmosas que não saem da minha cabeça, embora para ele pareçam constrangedoras. Ele dá um sorriso contido, evidenciando as covinhas escondidas em meio à barba por fazer, o que me diz que não quer que eu cale a boca, por mais febril que eu possa estar soando.

— Deixa pra lá — digo, mesmo assim.

— Parece que o meu xampu com aroma de cimento acabou. Então... — Ele lê o rótulo do frasco. — Vai ter que ser este de eucalipto.

— Infelizmente não chega aos pés do de verbena com capim-limão.

Hayden esguicha um pouco de água em mim de brincadeira, e eu fecho os olhos. Ele coloca um pouco de xampu nas mãos, depois no meu cabelo. Uma de suas mãos está na minha nuca, apoiando meu pescoço, enquanto a outra se aprofunda nos meus fios azuis com movimentos circulares.

Sinto tudo em relação a ele com uma intensidade delirante. Tudo que sei é que o alívio do xarope antigripal nem se compara com a forma cuidadosa com que Hayden massageia o xampu em meu cabelo, com uma pressão suave e um toque mais suave ainda de suas unhas contra meu couro cabeludo. O som da respiração dele é calmante e ensurdecedor ao mesmo tempo.

— Você poderia simplesmente me afundar na água. Seria justo depois de eu espinafrar tanto as suas teorias.

— Também seria motivo de demissão.

— Não é verdade. Não posso te demitir. Além disso, preciso de você.

— Ah, fala sério. Não tem nenhum outro esquisitão na internet com quem você preferiria trabalhar?

— *Não* — respondo, depressa até demais.

Isso faz com que Hayden pare de esfregar meu cabelo. Ele ergue as sobrancelhas.

— É sério — digo, tentando corrigir o tom.

— Nós precisamos um do outro.

Assinto lentamente. Hayden morde o lábio inferior, atraindo meu olhar para sua boca. Imagino que o gosto dele venha acompanhado da sensação áspera de sua barba e de suspiros inebriantes do fundo da garganta. Tudo nele inspira segurança. Uma pessoa indiferente não me ofereceria a própria cama, não me faria sopa nem lavaria meu cabelo todo melecado de xarope. Ele teve muitas chances de me magoar ou de brigar comigo, mas, em vez disso, continua me surpreendendo positivamente.

Ele volta a lavar meu cabelo, massageando meu couro cabeludo outra vez. Para a frente e para trás, e depois em círculos, como se estivesse empenhado em desbravar cada centímetro meu simplesmente *porque sim*. Meu relógio dispara uma notificação de coração acelerado, vibrando suavemente em meu pulso. Se alguém perguntasse, eu diria que é coisa da febre, mas sei que, na verdade, é por causa do toque suave da mão de Hayden na minha nuca e da forma como ele olha para mim.

Ele me encara por um bom tempo antes de pigarrear e estender o braço para abrir a torneira. Mais uma vez, pegando água com as mãos em concha, ele enxágua com delicadeza o xampu do meu cabelo.

— Qual é sua cor natural?

— Por acaso não dá para ver nas sobrancelhas?

Hayden revira os olhos.

— Dá, mas conheço pessoas de cabelo loiro que têm sobrancelhas castanhas.

— Eu tenho cara de loira? — Ele não responde. — As loiras fazem seu tipo?

Eu sou ridícula.

Estou com vergonha alheia de mim mesma.

— Que pergunta ousada, senhorita cética — diz Hayden, dando risada. — Pode ficar tranquila, neste momento você é a única mulher na minha vida.

Vejo a sugestão de um sorriso no rosto dele, como se fosse uma tentativa de confessar alguma coisa da maneira mais delicada possível. Mas eu recebo o sinal da forma oposta, como se aquele sorriso tivesse me atropelado. É óbvio que ele gosta de mim. Ele não teria quase me beijado se não gostasse. Mas dizer isso de fato... comprovaria tudo que já aconteceu. Seria impossível não acreditar. As palavras e ações de Hayden estão muito alinhadas.

— Você e a Monstra do Lago Ness.

Solto uma gargalhada e fico feliz por ele ter estragado o momento, senão eu mesma teria que fazer isso.

— A Monstra do Lago Ness? Qual é o seu problema, hein?

— Ah, são vários. Você reclama deles todos os dias.

Quando paramos de rir, ele já terminou de tirar o xampu e me dá uma toalha. Eu a enrolo no cabelo e me sento ao lado dele, encostada na banheira. Nossos ombros se tocam, e tenho a impressão de que Hayden está se segurando para não encostar em mim. Queria que não fizesse isso. Queria que ele tocasse meu corpo inteiro. É tão fácil enxergar Hayden como um homem normal — ok, *mais ou menos* normal — que é meu amigo, cuida de mim e se importa comigo. É fácil enxergá-lo como o tipo de pessoa por quem eu poderia me apaixonar.

Mas, se isso ficar complicado, se não der certo, perco Hayden e meu emprego ao mesmo tempo. É arriscado demais, então não posso deixá-lo explorar todo o meu corpo como eu gostaria.

De repente, não estou com tanto medo de perder apenas meu emprego. Fico aterrorizada com a ideia de perder Hayden também.

Ele umedece os lábios, e eu me aproximo quando seu polegar percorre minha mandíbula.

Meu Deus, ele quer tanto me beijar que está disposto a se infectar com os meus germes.

Então, quebro esse silêncio torturante fingindo um acesso de tosse. Pouco depois, no entanto, vira uma tosse de verdade. Eu choramingo com o rosto encostado na dobra do meu cotovelo.

Nesse momento, Hayden se levanta e estende a mão para mim. Quando voltamos para o quarto, ele me dá outra dose de xarope e eu *não* derramo tudo em mim mesma desta vez.

— Posso ficar no sofá — murmuro.

— Não pode, não.

— Não?

— O Cthulhu pode acabar devorando você.

— Onde você vai dormir?

— No sofá.

— O Cthulhu pode acabar devorando você.

— Ele não vai fazer isso. Eu sou o humano dele.

— Entendi.

— Vou só colocar uma roupa mais confortável, e aí meu quarto é todo seu.

Enquanto ele revira a cômoda simples, eu tomo uma decisão. O xarope está começando a bater e, em meio à névoa mentolada do remédio, percebo que quero o calor de Hayden ao meu lado, quero saber que ele está logo ali. Se ele for para a sala, vou passar horas pensando nele no sofá, imaginando-o com um pijama fofo e abraçado com o gato, e aí vou ficar mais e mais louca a cada segundo.

— Você pode ficar?

Ele se vira.

— Ficar?

— É. Ficar aqui. Eu não quero expulsar você da sua cama. Não ligo.

Seu olhar se suaviza.

— Eu... Sim, posso ficar. Me dá um segundo.

Ele sai do quarto e retorna alguns minutos depois vestindo uma calça de pijama com estampa de dinossauros. Que ódio, é tão bonitinho. Quando Hayden se deita do outro lado da cama e se espreguiça, a barra de sua camiseta sobe, expondo um pouco de pele e o cós da cueca. Um lado de seu corpo é pálido e imaculado, o outro é coberto por uma série de tatuagens em linhas finas que descem pelo quadril. Ele cheira a pasta de dente e sabonete, e parece rejuvenescer vários anos quando tira os óculos.

Quando tenho outra crise de tosse, procuro colo. Eu me aproximo de Hayden, e ele não se opõe. Deixo escapar um gemido triste quando a tosse cessa e ele passa o braço pelas minhas costas, reforçando que também me quer por perto.

Levanto a cabeça. Minha visão está embaçada, então estamos em pé de igualdade.

— Obrigada.

— Pelo quê?

E ele ainda precisa perguntar...

— Por cuidar de mim.

Hayden não faria nada disso se não se importasse. Ele tentou me beijar e, mesmo eu tendo dito não, ainda quis lavar meu cabelo e ceder a própria cama quando fiquei doente. Ele ainda está aqui, e nada mudou. Exceto, talvez, pelo fato de eu estar com muito menos medo de entregar meu coração.

— Não precisa agradecer. Cuidei do meu pai por cinco anos, acho que consigo lidar com uma gripe...

— É, mas... — interrompo.

— Afinal, todo mundo merece ser cuidado quando está doente.

Solto uma risada e balanço a cabeça.

— Faz tempo que ninguém faz isso por mim. Tipo, desde que eu era criança. Então... obrigada.

— Ninguém te colocou na cama nem fez sopa para você ou trouxe remédio? — pergunta ele, surpreso. — Quem cuidou de você esse tempo todo?

— Eu mesma.

Mas eu poderia perguntar a mesma coisa para ele. Quem cuidou de Hayden enquanto ele cuidava de todo mundo? Existe *alguém* a quem Hayden pode recorrer quando precisa de ajuda?

— Bom, então hoje você tira uma folga — murmura ele.

São palavras simples, mas me dão confiança para segurar a camiseta dele com mais força, chegar mais perto e fechar os olhos. E isso o deixa à vontade para me abraçar e se virar de lado para mim.

— Me chama se precisar de alguma coisa.

Quero derreter, então é o que faço. Eu me derreto nele. Não preciso de muito mais do que o som de sua respiração, o carinho suave que ele faz na altura da minha lombar e a sensação de sua cabeça repousada sobre a minha para adormecer.

É quase uma conchinha, quase um beijo no topo da minha cabeça, quase uma declaração, e tudo isso faz com que eu me sinta *quase* corajosa o suficiente para tomar uma atitude.

CAPÍTULO 13

Quando Hayden envia a mensagem avisando que chegou, já me convenci a levar mais três calcinhas. Passar cinco dias fora de casa quer dizer que vou levar pelo menos doze calcinhas para caso eu me cague duas vezes todo santo dia e depois mais algumas extras para *ter opções*.

Escolho uma mais bonita só para... Bom... só por via das dúvidas. Hayden sai do carro, abre a mala e pega minha bagagem.

— Como você está? — pergunta ele.

Dou de ombros.

— Melhor.

O que *não* vou admitir é que vê-lo usando um suéter texturizado de caimento perfeito faz com que eu me sinta consideravelmente melhor.

Tentei dormir ao máximo enquanto estava pior e me entupi de xarope para conseguir seguir nosso cronograma de produção. Mesmo quando voltei para casa, passamos a maior parte do tempo no telefone ou no FaceTime discutindo os próximos episódios e nossa viagem do fim de semana. Acordei de manhã sentindo cheiros de novo, e minha voz não está mais tão anasalada. Ainda bem que Hayden não pegou o que eu tinha, porque, se ficássemos doentes ao mesmo tempo a esta altura da temporada, teríamos que declarar estado de calamidade.

— Excelente — diz ele. — Está mais coradinha, mesmo.

Quando entro no carro, vejo um café gelado me esperando no porta-copos. Um trânsito deprimente na rodovia 405 nos leva a um trânsito ainda pior na 5. Hayden me garante que não tem problema: ele encontrou um podcast fascinante sobre os segredos do Vaticano que eu simplesmente preciso ouvir.

Nós nos livramos do trânsito enquanto o narrador verborrágico fala de uma conspiração sobre três crianças portuguesas que recebem profecias terríveis da Virgem Maria. A atenção de Hayden está dividida entre o trajeto e o podcast, e de vez em quando ele arfa quando alguma coisa chocante é revelada, embora eu desconfie de que ele já saiba a história toda.

— Será que o Vaticano realmente tem a maior coleção de pornografia do mundo?

Ele dá de ombros.

— É o que dizem.

— Será que nos deixariam ver? Nós somos... jornalistas. De certa forma.

Ele ergue a sobrancelha. Seu braço está apoiado na janela.

— Acho que "jornalistas" não é a melhor descrição pra gente.

— Será?

— Além do mais, deve haver algum moleque de catorze anos com uma coleção maior de pornografia.

— Está falando por experiência própria?

Ele me olha por cima da armação dos óculos escuros.

— Está me estereotipando.

— Eu, estereotipando você como um conspiracionista virgem e antissocial? Jamais, isso seria muito pouco original da minha parte. Aposto que seus flertes mencionando o Projeto MK Ultra fazem muito sucesso. Deve ser infalível na hora de levar alguém pra cama.

Hayden revira os olhos, mas um sorriso começa a se formar em sua boca.

— As pessoas gostam de coisas diferentes na cama, e tudo bem.

— Você não fica falando sobre teorias da conspiração na hora H, né?

Sinto as bochechas esquentarem. Não sei se ouvir sobre o Pé Grande durante a transa seria muito excitante.

— Se me pedissem...

— Alguém *já pediu*?
— Não. Ainda, não.
— *Ainda?*
— É. Já faz uns anos que não tenho uma namorada.

Logo me pergunto se ele esteve com *alguém* nos últimos anos, se teve algum encontro constrangedor do Tinder ou uma noite de sexo casual quando chegou a Los Angeles. Hayden diz que não teve *namoradas*, mas encontros aqui e ali são outra coisa. Conforme nos aproximamos de uma virada de chave, esse é o tipo de coisa que tenho em mente.

— Entendi. Beleza, eu falo com a próxima mulher que for para a cama com você.

Parte de mim espera que seja eu. Hayden olha para mim, depois volta a se concentrar nas curvas à nossa frente em vez de nas do meu corpo. Há um lampejo de voracidade em seus olhos. Se ele continuar me olhando assim, vai poder falar sobre o que quiser na cama.

Paramos para abastecer em Bakersfield depois de ouvirmos dois episódios inteiros do podcast sobre os Arquivos Secretos do Vaticano e o suposto acervo de pornografia. Hayden concordou em fazer uma pausa porque era muita informação para processar, mas pelo menos enquanto outra pessoa estava falando não tínhamos que lidar com a atração sufocante pairando entre nós dentro do carro. Agradeço aos céus por estar no banco do carona, já que passei boa parte do trajeto sentindo um tesão inesperado ao observar Hayden dirigindo, atenta aos ângulos de suas mãos — uma no cabelo, a outra no volante — e aos óculos escuros que ele provavelmente *acha* que escondem os olhares que ele me dá.

Combinamos que vou pagar pela gasolina, então me encarrego de abastecer enquanto ele vai ao banheiro e compra mais coisas para beliscarmos no caminho. Hayden volta com duas garrafas de água, um pacote de alcaçuz e um de chips de batata. Quando entramos no carro, ele hesita.

— Podemos conversar sobre uma coisa? — pede ele, por fim.
— Claro.

Ele brinca com o chaveiro pendurado na ignição, girando a cabeça do pequenino alienígena várias e várias vezes.

— Minha mãe mora em São Francisco.

Já sei disso, mas sinto que não se trata de uma afirmação. É uma pergunta.

— Quer aproveitar e ir até lá? — proponho.

— Acho que deveria. — Ele esfrega o nariz por baixo dos óculos. — Estou devendo uma visita. Se ela souber que vim até aqui e nem sequer... sei lá...

— Claro. Podemos ir.

Concordo sem questionar. Para falar a verdade, qualquer parada extra que acrescentarmos à viagem vai significar menos tempo no meio do mato sendo comida viva por pernilongos, pois deduzo que a mãe de Hayden tem uma casa na cidade com paredes e camas de verdade.

Ou *pelo menos* um mosquiteiro.

Ele acena lentamente com a cabeça.

— Obrigado. Podemos cancelar uma das noites no hotel em San Jose e ficar na casa dela. Jantar etc. Aquela coisa toda.

Ficamos em silêncio. Não sou muito fã da ideia de passar uma noite na casa da mãe de Hayden. É tipo a primeira festa do pijama na casa de um amiguinho novo. Talvez eu não saiba onde ficam os banheiros ou acabe sendo obrigada a ter uma conversa desconfortável com os adultos se for a primeira a acordar.

Então, o sinal do celular dele retorna e a playlist indie que estávamos ouvindo volta a tomar conta do carro.

— Você não quer vê-la? — pergunto, em meio à música tranquila.

— Quero, sim. Só que... eu e minha mãe não somos muito próximos. A gente se vê de tantos em tantos meses. Eu a vi no Natal, mas acho que ela não vai ficar feliz em saber que estou aqui... para... Hum... para caçar o Pé Grande.

— É, a maioria das mães quer ser mais importante do que o Pé Grande.

Ele finalmente olha para cima e ri.

— Justo. Acho que ela ia preferir que o Pé Grande nem estivesse na lista de prioridades.

— Ela não apoia o podcast? Seu pai era o Mestre do Horror. Você gostar dessas coisas não deveria ser uma surpresa para ela.

— Não se esqueça de que eles *se divorciaram*.

Dou um tempo para que ele retome o assunto.

— Sei lá — continua Hayden. — Ela nunca gostou muito da ideia de que o único filho gostasse de caçar monstros na internet. Ou de falar sobre isso em um podcast.

Tento imaginá-lo fazendo algo diferente, mas é difícil. Mesmo que fosse um projeto paralelo a outro emprego mais convencional, sou incapaz de considerar um universo em que Hayden não esteja caçando monstros de alguma forma. Ele teve a sorte de conseguir *ganhar a vida* fazendo isso.

— Com meu diploma, acho que minha mãe esperava que eu fosse produzir música ou trabalhar com pós-produção. Acho que foi o que ela pensou que fosse acontecer quando me mudei para Los Angeles. Até trabalhei com edição de áudio para alguns curtas e fui freelancer por um tempo, mas eram só freelas mesmo. Não eram *meu trabalho*.

— Então ela vai ficar de queixo caído quando ganharmos dez temporadas da nossa série caçando monstros.

Ele finge um sorriso exausto, e pelo visto só de pensar na visita já se sente desgastado. Nem precisou tirar os óculos para parecer mais jovem: tem algo tão vulnerável nos olhos dele que me faz vê-lo como o menino que já foi um dia.

— Ela vai ser muito simpática com você, imagino, mas pode ser que surjam alguns elogios meio tortos. Estou acostumado com eles, mas...

— Hayden — interrompo —, posso muito bem lidar com alfinetadas de uma mulher branca de meia-idade.

— Eu sei, mas...

Eu o interrompo mais uma vez, pousando a mão sobre a dele na marcha.

— Não vou ficar ofendida. Eu só... quero que *você* fique bem.

Quando nossos dedos finalmente se entrelaçam, o tremor em suas mãos cessa, e ele desvia o olhar.

— Foi mal pedir uma coisa dessas.

— Está tudo bem. Eu juro.

Não é do feitio de Hayden compartilhar coisas assim comigo, e agora sei por quê. Ele tem medo de me sobrecarregar, sendo que ele é justamente o primeiro a tomar as dores de outras pessoas.

Ele acaricia o dorso da minha mão com o polegar e fica um bom tempo sem dizer nada.

— Aconteça o que acontecer, vamos passar por isso juntos. Vou estar lá para te apoiar.

Isso parece acalmá-lo.

— Tudo bem. Obrigado.

Hayden hesita antes de dar partida no carro, e percebo que sua cabeça ainda está em outro lugar. Solto a mão dele. Queria distraí-lo com algo menos doloroso.

— Não ficou faltando um episódio do podcast sobre o Vaticano?

Ele faz que sim com a cabeça.

— Quero descobrir o que eles sabem sobre o apocalipse.

— Quer nada — diz ele, rindo.

— *Claro que quero.*

Com um suspiro, Hayden desbloqueia o celular e pressiona o play.

Talvez eu esteja mudando de opinião sobre muitas coisas, mas duvido muito que isso vá incluir os Criptídeos de Fresno. Hayden insiste que é possível que criaturinhas parecidas com um par de pernas brancas sejam reais, mas tenho certeza de que não passam de crianças fantasiadas.

Ainda assim, desço do carro quando chegamos a Fresno e o acompanho. Vamos passar a maior parte do fim de semana na floresta, então acho que preciso ir me acostumando com a natureza. Estamos em um parque, acredito eu. A região central da Califórnia sempre me faz lembrar que tem pouquíssima coisa por aqui. No escuro, é difícil distinguir muito mais do que arbustos, árvores desfolhadas aqui e ali e, ao longe, uma ponte estranha. Ah, não. Espero que a gente não esteja indo para lá.

— Lembre-se — sussurra Hayden —, eles parecem *calças brancas.*

— Eles usam branco mesmo sem ser réveillon?
— O ano inteiro. Dá para acreditar?
— Bando de selvagens!

Ele coloca uma lanterna no bolso do casaco e pega nossa câmera de visão noturna. Depois da conversa no carro, fico feliz ao ver o brilho voltar aos olhos de Hayden. Nunca pensei que algo pudesse ofuscá-lo tão depressa, mas aparentemente é um talento que a mãe dele tem. Talvez eu não conheça a história dos dois a fundo, mas sei que a visita que está por vir não vai ser fácil para ele.

Estamos conversando sobre essa viagem há semanas, planejando as rotas, as caçadas, as acomodações. Ele sempre se enrolou ao falar de São Francisco. Agora entendo por quê.

Quero tentar animá-lo como posso, então, por mais que não queira entrar nesse parque sinistro no escuro, eu o acompanho. Pelo menos não estou sozinha. Só espero que Hayden goste de mim a ponto de enfrentar demônios da floresta para me proteger.

Enquanto seguimos por um caminho ao ar livre, enfio as mãos nos bolsos para que não congelem com o clima gelado da primavera. Não há sinais de criptídeos nem de qualquer outra criatura, mas Hayden olha atrás de cada árvore pela qual passamos, me dizendo para tomar cuidado com uma criatura chamada Esconde-Esconde.

— É assim que os lenhadores desaparecem — explica ele.
— Então é melhor você tomar cuidado. Só está te faltando um machado.

Ele franze a testa. Ouço um zumbido alto, pontuado pelo farfalhar das folhas. Posso sofrer diversos tipos de ataque aqui. De insetos, ursos, Criptídeos de Fresno.

— Não gosto da natureza — resmungo.
— Faz bem para a alma.
— Mas a doença de Lyme não faz! — protesto, apesar de as árvores e os arbustos não serem tão densos onde estamos.

Só vou correr um risco real se tropeçar e cair no meio da vegetação, o que não deixa de ser uma possibilidade.

Hayden vasculha a mochila e joga uma lata para mim. Eu me atrapalho para pegar e o alumínio se choca contra uma pedra no chão. Ele ri e aponta a lanterna para mim para que eu vá buscar. Tateio por folhas, galhos e algo molenga que me dá vontade de morrer, até finalmente alcançar o repelente.

— De nada. Você disse que tem medo da doença de Lyme, mas eu trouxe a salvação.

— Uau. Meu herói — ironizo. — Sabe, já dei uma lida sobre esses negócios. Eles foram vistos pela primeira vez por um cara que estava gravando a tela de um sistema de câmeras de segurança. Ele *filmou* um monitor e depois apagou o vídeo original "sem querer". Muito estranho, né?

Hayden inclina a cabeça como se fosse um filhote de cachorro e eu tivesse acabado de dizer a palavra "petisco".

— Você pesquisou sobre isso?

— Claro. Gosto de opinar com propriedade. E essa história parece um ótimo jeito de usar uma filmagem chinfrim como prova. Se não dá para ver nada, também não dá para desmentir.

— Hallie! Você começou a acreditar nos Criptídeos de Fresno, não foi?

Chuto um monte de folhas no chão.

— Se eu fosse acreditar em alguma coisa, não seria nisso.

— No que seria, então? — pergunta Hayden. — Só quero saber o que parece plausível para você, senhorita cética.

— Em nada.

Não vou admitir nem morta, mas a existência do Pé Grande me parece cada vez menos absurda. Não é inteiramente irracional considerar que um primata bípede exista por aí, habitando a floresta, ou que uma versão das neves viva no Himalaia. Mas não acredito que o Pé Grande seja um alienígena.

— Um dia, quem sabe — resmunga ele.

— Vai sonhando.

Ele se vira para mim com um semblante brincalhão. Penso muito na maneira como Hayden me olha. Cada expressão travessa é uma oportunidade de implicarmos um com o outro e de mostrar que sou tão esperta e capaz quanto ele. Longe de mim fazer acusações, mas diria que ele adora isso. O homem se ilumina quando eu o provoco e o desafio.

Ele se aproxima e coloca as mãos nos meus ombros. Meus olhos saltam para a curva de seu lábio inferior, prestando atenção no biquinho sutil que se forma enquanto ele me observa. A floresta tem cheiro de grama molhada e chuva, mas só consigo sentir o perfume dele — âmbar e uísque — e pensar em como seu cabelo provavelmente vai estar com aroma de verbena e capim-limão esta noite (se a teoria de Hayden se confirmar). De repente, só quero me aconchegar nele e respirar fundo.

Seria tão fácil para Hayden subir as mãos pelos meus ombros e tocar meu pescoço. Eu o imagino inclinando meu queixo para cima e fazendo o que eu secretamente gostaria que tivesse feito quando estávamos na nave espacial. Tenho medo de minha recusa ter soado como rejeição. Talvez ele esteja com medo de tentar de novo, mas já estou ficando sem forças para resistir.

Pela primeira vez em anos, algumas partes de mim não parecem trancadas a sete chaves. Não tenho tanto medo do que ele vai encontrar quando se aproximar de mim. Talvez minha mente esteja alterada, tipo em uma versão tesuda do experimento MK Ultra, ou talvez eu tenha encontrado alguém que realmente quer respostas em vez de guerra.

O pomo de adão de Hayden oscila quando ele engole, e suas pálpebras ficam pesadas, como se estivesse prestes a fechá-las e se entregar a esse momento. Eu facilmente poderia fazer isso também. Nem paro para pensar nos insetos, e isso *sempre* me atormenta quando estou no meio do mato.

O ar parece pesado ao nosso redor, como se o mínimo toque fosse atravessar meu corpo como uma corrente elétrica. A pior parte é que eu quero que isso aconteça. Seria o melhor choque da minha vida. *Ele* foi o melhor choque da minha vida. Sinto Hayden como partículas radioativas correndo pelo meu sangue, e parece que nunca vou me acostumar. É como se ele estivesse me matando e salvando minha vida ao mesmo tempo. É a primeira vez em tempos que quero tanto acreditar em alguma coisa.

Continuo sentindo a presença de Hayden mais do que eu deveria, quando ele se afasta, e sei que a culpa é minha.

— Vamos seguir em frente, senhorita cética — diz ele, me conduzindo em direção a uma ponte no meio da floresta.

— Não quero passar por ali.

— Aquela ponte aguenta *um trem,* não vai quebrar com a gente. Vamos. Podemos observar melhor de lá.

Hayden pisca a lanterna como se eu fosse Cthulhu e ele estivesse brincando comigo com uma caneta laser. Não entro na brincadeira, mas o sigo mais uma vez, choramingando depois de pisar em algo mole. Fico feliz por estarmos indo para um lugar firme. Eu gosto de estruturas de madeira. Madeira é melhor do que lama. Mas aí eu me lembro que cupins existem.

Hayden finalmente para bem no meio da ponte e se senta, depois tira a mochila das costas e continua iluminando o caminho para mim com a lanterna enquanto me aproximo com cuidado. Muito cavalheiresco, ele despe o casaco e o coloca no chão para que eu não tenha que me sentar na madeira úmida. Passo as pernas entre as barras da ponte e olho para a escuridão. Acima de nós, a lua brilha o suficiente para que eu possa enxergá-lo e também achar qualquer criptídeo que apareça por ali.

— Agora a gente fica sentado aqui tentando ver criaturas que se parecem com calças brancas?

— Podemos brincar de Eu vejo.

— Eu vejo com os meus olhinhos... Algo verde.

Hayden revira os olhos.

— Estamos na natureza. Tudo é verde.

— Às vezes a natureza é marrom.

— Beleza. Você estava falando daquele arbusto? — diz ele, e aponta para o arbusto mais próximo.

— Droga.

— Você nem se esforçou! Até sem óculos eu conseguiria escolher algo melhor.

— Ah, é? Então tira — desafio, rindo.

Ele faz o que eu digo e passa os óculos para mim. Sinto que estou segurando uma parte vital dele, tipo um vilão do Scooby-Doo escondendo os óculos da Velma. Coloco a armação no rosto e olho para o chão logo em frente. As lentes são muito grossas, e o mundo se transforma em um borrão de preto e azul, com toques de verde. Eu me volto para Hayden, e a armação desliza pelo meu nariz.

— Caramba, você realmente não enxerga nada, hein.

— Eu disse.

Mas ainda vejo a silhueta do corpo dele: o azul-escuro da calça jeans e o cabelo castanho. Ainda vejo o sorriso contido e, pela primeira vez, Hayden está tirando proveito da minha falta de visão, como costumo fazer com ele. Sempre me demoro nas covinhas dele ou nos cílios escuros tocando a pele de seu rosto quando ele fecha os olhos. Ali, naquele momento, o mundo não passa de uma mancha confusa para nós dois, mas ainda conseguimos ver o que importa.

Mais do que isso, ainda ouço a respiração de Hayden como se fosse a coisa mais ruidosa do mundo. Quando me arrasto para mais perto dele, nossas pernas se tocam, e nenhum de nós recua. Cada toque é um risco ocupacional. Lavar meu cabelo, dormir na cama dele, me aconchegar no peito dele, nossas mãos dadas no carro. A cada toque fico mais segura de que só quero mais.

— Hayden, eu...

— Eu sei. Assim vai ser difícil encontrar os criptídeos.

O choque ao sentir suas mãos em meu rosto faz meu corpo inteiro estremecer. Eu me inclino na direção dele, tocando seu peito e sentindo sua respiração. Então não consigo me controlar: seguro o tecido do suéter de Hayden e o puxo para mim. Ele engole em seco, e seus polegares tocam minha mandíbula, um deles perigosamente perto do meu pescoço, o que deve deixá-lo ciente de como meu coração está acelerado.

Hayden está muito perto, e não consigo parar de olhar para a boca dele. A pressão aumenta em meu peito, como se algo estivesse sentado sobre mim e me sufocando. Essa é a parte mais perigosa da paixão: o limbo que existe entre a ação e a inércia. É como um arbusto ressecado: qualquer coisa pode colocá-lo em chamas e nos incendiar.

Não tenho mais forças para resistir e estou transbordando de desejo — pelos lábios de Hayden, pelo gosto de sua boca e pela sensação da barba dele no meu rosto. Quando ele pega os óculos de volta, por uma fração de segundo consigo perceber que tentou se convencer a não fazer isso, mas não conseguiu. Ele umedece a boca com a língua. Eu me imagino afundando os dentes no lábio inferior dele, meus dedos se enroscando em seu cabelo ondulado, me imagino beijando o pescoço dele até Hayden gemer meu nome. Quando ele coloca os óculos de volta, há outra fração de segundo de silêncio antes de nos libertarmos das ilusões em nossa cabeça e chegarmos mais perto.

CAPÍTULO 14

Gostaria de agradecer a cada um dos Criptídeos de Fresno por me arrastarem para o meio do mato até uma ponte cheia de cupins de modo a procurá-los em suas gloriosas calças brancas. Se não fosse por eles, talvez eu não soubesse como é beijar Hayden. Não agora, não dessa forma.

Talvez eu não soubesse como é devagar no começo: mordidinhas cuidadosas enquanto ele vai explorando meu corpo e aprende a decifrar os sons suaves que faço quando ele inclina meu queixo e aprofunda o beijo. Passo a mão por seu peito e seu pescoço, segurando seu cabelo. Eu não respiraria se não fosse necessário, porque me afastar dele por um segundo sequer parece absurdo e impensável. Enquanto recupero o fôlego, assinto, sinalizando que podemos dar o próximo passo.

As mãos de Hayden percorrem meu corpo, memorizando cada curva até chegarem aos meus quadris e me puxarem para o colo dele. Fecho as pernas em torno de seu corpo até não restar espaço entre nós. Sinto a armação dos óculos dele na minha testa quando nos afastamos para respirar.

Penso em todos os dias que passei observando Hayden com desejo, desde o modo como ele gesticula enquanto fala até os olhares intensos de reflexão e os grunhidos que ele deixa escapar quando estamos trabalhando. Imaginei as mãos dele fazendo as coisas mais íntimas comigo, mas nada se compara à sensação real de senti-lo me segurando como se nenhuma proximidade fosse suficiente. Nada poderia me preparar para os suspiros cheios de desejo que ele solta ao respirar ou para o *puta merda* que murmura baixinho antes de se inclinar para me beijar de novo.

Quero que ele saiba que *nunca* desejei outra pessoa assim. Desejo Hayden da cabeça aos pés, cada centímetro de altura e músculo, cada fio do cabelo macio e da barba áspera dele. Quero explorar cada tatuagem em seu corpo como se fosse uma grande obra de arte. Não sei tudo sobre ele, e ainda existem muitos segredos que estou tentando desvendar, mas tenho certeza de que vou desejá-lo da mesma forma.

Hayden se afasta, ofegante.

— Eu não via a hora de isso acontecer.

Traço a curva de seu sorriso com meu polegar.

— É mesmo? Desde quando?

— Desde que você acordou abraçada em mim no *Queen Mary*.

A resposta vem seguida de outro beijo.

— Você percebeu?

Ele faz que sim, e eu me sinto derreter.

— Percebi. Não parei de pensar nisso. No calor do seu corpo, em como você se encaixa em mim de um jeito que nunca senti.

Minhas pernas ficam moles igual pudim. Estou atenta aos sons que ele faz enquanto me beija, concentrado como se eu fosse a teoria da conspiração mais interessante que já ouviu. Ele se aprofunda mais e mais. O desejo se espalha por todo o meu corpo como pequenos choques: pelas minhas costas, pelos meus braços em forma de arrepio, entre as minhas pernas como um calor crescente.

Nossos quadris se encontram e seus braços me envolvem, me segurando tão perto que não há nada entre nós além de camadas de roupas que eu queria que já tivessem desaparecido. Quando mordo de leve seu lábio inferior, ele xinga e tensiona o corpo. No momento seguinte, sinto a ponta dos seus dedos percorrendo a parte de baixo do meu suéter. O calor entre nós se intensifica e, enquanto nos esfregamos um contra o outro na altura dos quadris, fico com vontade de descer a mão, abrir o zíper da calça dele e fazê-lo gemer tão alto que os criptídeos por toda aquela área se dispersariam depressa, assustados.

Hayden me levanta como se eu fosse a coisa mais valiosa que já segurou e me apoia delicadamente sobre o casaco que colocou no chão para que eu me sentasse. Sei que aquela jaqueta impermeável, sem dúvida caríssima, vai me manter limpa e seca, mas, mesmo que não fosse o caso, eu não me queixaria. Não sinto a madeira úmida nem nenhum galho ou lasca de madeira, nada além de suas mãos explorando meu corpo e decifrando cada ponto que me faz estremecer. A cada gemido ou espasmo, Hayden assente em aprovação.

— Eu amo sentir você — balbucia ele. Suas palavras se transformam em vapor quente no ar gelado. — É *tão bom*.

Nunca tive tanta vontade de transar com alguém no meio do mato, e é assim que vou acabar levando uma picada de pernilongo em algum lugar lamentável.

— Me diz o que você quer. — Ele só se afasta para respirar fundo e me desestabilizar com essas palavras. — Eu faço o que você quiser. Qualquer coisa.

Estou pensando no preservativo que sei que está na minha mochila e em como vai ser gostoso senti-lo por inteiro. Meu coração dispara ao pensar em pedir que Hayden continue, mas algo nisso ainda me assusta. Não quero ir devagar demais, só quero dar um passo de cada vez.

— Não quero ir além disso por enquanto.

Ele se afasta, ainda sentindo meu gosto em seus lábios.

— Eu... Hum... é... isso é um pouco além do que normalmente acontece nos meus primeiros beijos.

Observo seu sorriso torto. Um sorriso. Nem sinal de decepção ou frustração.

— Seu conspiracionista reprimido colecionador de pornografia.

— Sua cética mala sem alça que não sabe como apimentar as coisas.

Ele me beija de novo, me provocando enquanto o abraço. Os beijos de Hayden não são uma transação, e sim algo que ele quer fazer porque *me deseja*. E ele me mostra isso com cada beijo no pescoço, me instigando e usando o som da minha risada como guia.

— Não vamos nos esquecer de que estamos em uma floresta.

— E você odeia insetos — sussurra ele contra a minha boca.

— Odeio insetos com todas as minhas forças.

Passo a mão pela bochecha dele, descendo para o peito e brincando com os botões do suéter. Agora que já conquistei parte de Hayden, quero me apropriar dos detalhes mais simples até os mais atraentes dele. Das clavículas protuberantes, dos pelos escuros em seu peito que se insinuam por baixo da gola, das tatuagens que percorrem seu corpo.

— E, mesmo assim, sua mão está na minha bunda — comenta ele.

Está mesmo. Não consigo evitar, é uma belíssima bunda.

— Já cansou de caçar criptídeos por hoje?

Hayden franze a testa. Ele parece indignado, como uma criança que descobriu que dentro da fantasia de urso gigante no parque existe um adolescente de dezessete anos recebendo um salário mínimo para estar lá.

— Nunca vou me cansar.

— Tudo bem. Podemos ir para algum lugar sem insetos?

— *Tá* — concorda ele, saindo de cima de mim e me ajudando a limpar a roupa.

Quando já estamos no carro e seguimos caminho, Hayden estende o braço para mim e nossos dedos se entrelaçam. Adoro a expressão no rosto dele, como se não acreditasse que eu o quero também, que me conquistou. Eu não sabia como era ser desejada assim. Gosto da alegria serena de saber que minha presença faz alguém feliz; é algo pequeno e gigante ao mesmo tempo.

Seguimos em silêncio até o hotel, ouvindo uma playlist chamada "O Homem-Mariposa é real e é meu namorado", que toca baixinho ao fundo. Hayden dirige segurando minha mão e de vez em quando a acaricia com o polegar no ritmo da melodia. Ao chegarmos, fazemos o check-in e vamos para o quarto. Dessa vez, acho que nenhum de nós vai se importar se houver apenas uma cama. Nós nos revezamos no banho e nos preparamos para dormir, já que amanhã teremos que acordar cedo para gravar. Acho que já posso começar a dormir sem sutiã, levando em consideração que ele estava com a mão nos meus peitos uma hora atrás. Hayden se acomoda na cama, zapeando pelos canais da TV até encontrar algo para assistir: uma reprise de *Conspirações Cósmicas*.

O tema do episódio: Abraham Lincoln estava ou não em conluio com alienígenas durante a Guerra Civil?

Enquanto limpo o rosto com um lenço demaquilante, olho de soslaio para a TV e depois para ele. Hayden sorri, e já sei que não vai querer mudar de canal. Há pouco tempo, ele era só alguém que encontrei por acaso, mas agora parece tudo menos isso. Parece ter sido o destino. Uma conspiração cósmica, talvez.

Eu me deito e me aninho no ombro dele. Recém-saído do banho, ele está mais uma vez com a fragrância familiar de verbena e capim-limão do sabonete do hotel, mascarando o cheiro almiscarado que normalmente tem. O som de sua respiração embala meu sono enquanto Hayden oferece aqui e ali uma explicação ou informação adicional sobre o episódio. Há um mês, eu teria refutado e tirado sarro disso tudo. Agora, ouço qualquer teoria bizarra que ele queira compartilhar porque é *ele* quem está contando.

— Eu conheci um cara — murmura ele. — Insuportável. Uma vez, batemos boca sobre o Projeto Stargate. Ele dizia que não era real. Mas foi confirmado, é real, sim.

— Muito gentil da sua parte achar que eu faça ideia do que seja Projeto Stargate.

Ele ri, passando os dedos pelo meu cabelo.

— Nos anos 1970, a CIA estava tentando estudar habilidades psíquicas como visão remota e PES...

Ouço como se fosse a melhor história de ninar do mundo. Falamos sobre os detalhes mais malucos do episódio, rindo e criando nossas próprias conspirações. Estou ocupada demais pensando em outras coisas, como os braços de Hayden me abraçando e a forma como sua cabeça repousa sobre a minha, como se ele quisesse que todas as partes possíveis de nós dois estivessem em contato. Quando não temos mais teorias ruins para discutir, ele desliga a TV e se vira de lado, depois passa o braço por cima de mim e encosta a testa na minha. Não há nenhum som além da vibração do ar-condicionado e dos sussurros distantes dos hóspedes perto dos elevadores. Sei o que vai acontecer em seguida, mas esta noite será diferente.

Ele tira os óculos e ajeita uma mecha de cabelo atrás da minha orelha, guiando-se pelo azul que se destaca no escuro. Ele acaricia a lateral do meu rosto até encontrar meus lábios e se inclina mais para perto. Assim como nosso primeiro beijo, este é lento e cuidadoso, como se ele ainda estivesse se perguntando se isso é real ou não. Eu o tranquilizo, retribuindo o beijo enquanto acaricio seu cabelo, ainda ligeiramente úmido do banho. Eu me sinto tão bem. Quero que cada parte dele seja toda minha.

— Boa noite — sussurra Hayden, com um último beijo. — Não deixe nenhum fantasminha puxar seu pé.

O DESCONHECIDO
EP #5: "Discovery Home & Health, mas com assombrações"

No episódio desta semana de O Desconhecido, Hayden e Hallie viajam para San Jose, na Califórnia, para investigar a Mansão Winchester. Será que os dois vão conseguir sobreviver sem cair em um alçapão ou vão ficar encurralados em um corredor sem saída? Não percam.

HAYDEN
Cara, são muitos cômodos. Tipo... muitos.

HALLIE
E olha que sua família tem dinheiro.

HAYDEN
Pois é.

HALLIE
Acho que eu ficaria sem ideias, não saberia o que fazer com tantos quartos.

HAYDEN
Ah, eu arranjaria algum propósito para eles.

HALLIE
Para cento e sessenta cômodos?

HAYDEN
É, tudo bem. Pensando nos quartos... Pelo menos vinte, por que não? E aí uns vinte e cinco banheiros, porque todo quarto seria uma suíte, e mais alguns de reserva só para garantir. Nem todos teriam chuveiro ou banheira.

HALLIE
Beleza, já deu quarenta e cinco.

HAYDEN
Closets contam? Porque...

HALLIE
Claro que não.

HAYDEN
Merda.

[PAUSA]

HAYDEN
Dez salas de estar, onze salões...

HALLIE
Por que onze? De onde tirou isso?

HAYDEN
Seria falta de criatividade se fossem dez de cada um.

HALLIE
E eu que me ferre para somar.

HAYDEN
Catorze salas de jantar. Cinco cozinhas. Oito lavanderias. Já foram quantos?

HALLIE
Noventa e três.

HAYDEN
Porra. Tá bom. Pista de boliche. Cinema. Duas academias. Piscina interna. Quadra de tênis. Seis bibliotecas.

HALLIE
Cento e cinco.

HAYDEN
Cinco pistas de boliche. Quatro salas de cinema, uma para cada classificação indicativa. Uma para filmes livres para todos os públicos, outra para filmes para dez anos ou mais, outra para doze e outra para dezesseis.

HALLIE
E para maiores de dezoito?

HAYDEN
É a mesma coisa que dezesseis, só que com mais nudez. Ah, e não pode entrar acompanhado de nenhum responsável. E aí, quantos foram?

HALLIE
Cento e doze.

HAYDEN
Ah, quer saber? Foda-se.

CAPÍTULO 15

Quando chegamos à casa da mãe de Hayden, as mãos dele estão tremendo no volante. Não foi o que eu imaginei quando ele disse que ficava nervoso com a ideia de ver a mãe. Eu já o vi falar com fantasmas usando a Spirit Box e dormir em hotéis mal-assombrados, mas nunca assim.

Ele está apavorado.

Estacionamos em frente a uma casa de estilo europeu com janelas amplas enfeitadas com flores e um gramado bem-cuidado. Tudo parece perfeito, desde a luz alaranjada do pôr do sol que cobre a casa até a topiaria e o som das ondas ao longe. Mesmo assim, para Hayden parece ser o lugar mais desconfortável do mundo.

Eu não *adoro* ir para a casa dos meus pais. É um lugar que conheço bem, mas no qual não me encaixo mais. Por mais interessantes que as pessoas nos bairros residenciais de Nova York possam ser, superei a cidade e sempre soube que isso aconteceria, mas me sinto à vontade de ser quem eu sou na casa dos meus pais. Consigo entender o desconforto de Hayden, mas nunca tive medo de voltar para casa como ele tem.

Ele desliga o carro, mas não tira a mão da porta nem a abre. Estendo o braço e seguro a mão dele.

— Você está bem?

— Tenho que estar.

— Não *tem* que estar.

Eu gostaria que alguém tivesse me dito isso anos atrás. Hayden se detém por um momento, mas minhas palavras entram por um ouvido e saem pelo outro, da mesma forma que algumas das teorias mais ousadas dele nunca entram na minha cabeça. Por fim, ele acaricia minha mão e sai do carro. Quando vamos até a mala, já dá para reconhecê-lo, mas há um vazio em seus olhos que ainda não me parece familiar.

Ele pega minha mala e me conduz pela casa em direção a um solário telado. O homem e a mulher que estão ali esperando por ele parecem ricos e refinados. Poderiam se passar por membros da família Kennedy. A mãe está com um vestido Lilly Pulitzer de cores vibrantes, e o padrasto, juro por Deus, tem um suéter azul-bebê amarrado nos ombros por cima da camisa de botão. Parece que estou alucinando ou que fui teletransportada diretamente para a Nova Inglaterra. De repente, me sinto totalmente malvestida com minhas leggings e camisa de flanela, mas tenho a impressão de que trocar de roupa não faria diferença alguma. Há um sentimento de inferioridade que me faz pensar que, não importa o que eu faça, jamais vou me encaixar aqui. Nunca pertenceria a essa versão ao vivo e a cores de um cartão de Natal de uma família branca e rica.

— Meu amor, como é bom ver você — cumprimenta a mãe.

Eles têm o mesmo cabelo escuro e a mesma estatura alta, mas enquanto Hayden é uma figura mais excêntrica, tudo na mãe dele me lembra um comercial de margarina. Hesitante, ele a cumprimenta com um abraço. Ela o segura com força por um bom tempo, depois dá um beijo na sua têmpora. Apesar da tensão que vejo nos olhos dele e que observei na última hora, Hayden corresponde.

Sua mãe estende uma mão firme para mim.

— Ellen. Prazer em conhecê-la.

— Hallie — respondo, com um aperto de mão. — O prazer é meu.

Seus olhos se demoram na cor do meu cabelo e nas roupas confortáveis que escolhi para viajar. Eu trouxe algo mais bonito para o jantar, mas por ora nós dois estamos com roupas casuais. De alguma forma, parece que as horas no carro e o fato de termos passado um tempão trabalhando não são uma boa desculpa para a nossa aparência.

Hayden cumprimenta o padrasto com um aperto de mão másculo, mas as palavras entre eles não passam de um breve "Hayden" respondido com um "Jeff" sem emoção. Tento não julgar o livro pela capa, mas a mãe de Hayden está claramente me julgando, então não sinto vergonha de pensar que Jeff parece o tipo de pessoa que trataria um garçom de forma grosseira.

— Posso pegar alguma coisa para vocês beberem? — pergunta Jeff, esfregando as mãos.

— Bourbon com gelo — responde Hayden, prontamente.

Cruzo os braços e me aproximo dele. Eu me sinto uma criança em um lugar onde não conheço ninguém além do meu único amiguinho.

— Aceito qualquer vinho que vocês tenham aberto.

Ellen tagarela sobre as reformas que fez na casa recentemente (a cozinha é novinha em folha e a adega de vinho chegou na semana anterior; a mesa de jantar no solário é de segunda mão). Quando Jeff retorna, fico aliviada por ter uma bebida em mãos. Hayden engole metade de seu bourbon de uma vez só enquanto a mãe e o padrasto conversam entre si sobre os bolinhos de siri que estão no forno.

Nem Jeff, nem Ellen perguntam sobre a série enquanto estamos ali.

Quando Hayden pede licença para nos trocarmos para o jantar, eu vou atrás dele até a casa de hóspedes. No caminho, observo as molduras nas paredes, procurando pistas sobre a infância dele. Passo por fotos de um garotinho franzino de óculos posando todo orgulhoso em frente a um projeto de feira de ciências, fotos em pistas de corrida, cartões de Natal antigos e uma foto tenebrosa de um baile de formatura.

Quando entramos no quarto, ele propõe que eu tome banho e me arrume primeiro, o que soa como se estivesse se sacrificando para ficar mais uma hora conversando com a família. A casa de hóspedes fica acima de uma garagem separada da casa principal, tem um quarto e um banheiro com vista para o mar, teto inclinado e uma pilha de toalhas limpas sobre a cama.

Tomo uma ducha rápida e seco meu cabelo azul para domá-lo. Penso em usar alguma faixa ou arco que ajude a amenizar o impacto da cor, mas, em vez disso, prendo tudo em um rabo de cavalo, deixando algumas mechas soltas ao redor do rosto. Hayden volta quando já estou quase terminando de me maquiar. Ele parece ter corrido uma maratona, mas seus olhos recuperam a empolgação quando me vê.

— Oi.

— Oi — responde ele, apoiando-se no batente da porta do banheiro.

— Você está bem?

Ele faz que sim. Já estou me sentindo um disco arranhado, fazendo a mesma pergunta o tempo todo, e não sei por que espero que a resposta mude. Não posso forçá-lo a falar a verdade, só me resta tentar melhorar as coisas. Deixo o rímel em cima da pia e me aproximo, passando os braços ao redor de sua cintura. Hayden me puxa para si como se eu fosse um bote salva-vidas no meio do Triângulo das Bermudas. Ele abaixa a cabeça, e nossos lábios se encontram com delicadeza. Ainda parece algo proibido. Passei tempo demais acreditando que não tenho permissão para viver algo bom por motivos completamente descabidos, mas me sinto muito segura e tranquila quando estou com ele.

Sua boca está com gosto de bourbon, e ele solta um gemido abafado quando afundo a mão em seu cabelo. Em meio ao beijo, quando seus óculos batem no meu nariz e começamos a rir, Hayden me abraça como se estivesse se sentindo o homem mais sortudo do mundo por estar comigo.

— Sua mãe sabe que estamos juntos? — pergunto.

— Acho que ela desconfia.

— Eles costumam gostar das suas namoradas?

— Ah, já faz um tempo que isso não acontece. — De repente, ele se afasta. Suas mãos ainda estão aninhando meu rosto, mas ele empalidece, nervoso. — Eu... Caso o assunto surja, preciso te contar uma coisa.

É a *minha vez* de ficar nervosa.

— Eu estava noivo antes de me mudar para Los Angeles.

Não tenho o direito de ficar com ciúme, e de fato não estou, pelo menos não até imaginar uma aliança no dedo dele com o nome de outra pessoa. Fico com vontade de vomitar. O fato de ter existido um noivado significa que, em algum momento, Hayden achou que tinha encontrado a pessoa certa. Ele já esteve tão apaixonado ou tão certo disso que pediu alguém em casamento.

Sair de um relacionamento assim e ficar tanto tempo sozinho...

— Estávamos juntos fazia quatro anos. Eu a pedi em casamento quando nos formamos na faculdade e... Não sei... Meu pai estava piorando, e acho que eu queria que ele pelo menos me visse casando, já que ia perder o resto da minha vida. Então tentamos fazer tudo depressa, mas sempre acontecia alguma coisa para atrapalhar os planos. Aí meu pai piorou repentinamente e... eu... O luto estraga muitas coisas. Abby merecia um marido melhor do que eu teria sido naquela época.

Ele não olha para mim ao dizer isso. Traço com o dedo a tatuagem de OVNI em seu pulso.

— Obrigada por ter me contado. — É tudo que consigo dizer. — Sinto muito que não tenha dado certo.

Ele assente.

— Acho que nós dois somos mais felizes agora, está tudo bem. Ela acabou de ficar noiva de outra pessoa, então, caso minha mãe diga algo, não queria que você pensasse que eu estava escondendo isso. Não agora que estamos...

Seguro a mão dele.

— Eu sei. Você já disse que eu e a Nessie somos as únicas mulheres da sua vida.

Hayden morde o lábio, e, quando ri, a tensão evapora.

— Juro que vai dar tudo certo no jantar — digo. — E por você ter sido tão legal, vou te deixar escolher o filme esquisito que quiser para assistirmos depois. E nem vou ficar reclamando no seu ouvido.

Ah, não. Ele parece ter se animado com a ideia. Eu me ferrei.

— Eba! — comemora Hayden. Quase consigo ver as opções pairando acima da cabeça dele, tipo um catálogo com todos os criptídeos e alienígenas do cinema mundial. — Você não perde por esperar.

— Se for ruim demais, talvez eu precise me distrair beijando você.

Ele considera a proposta com a sobrancelha arqueada. Não é mau negócio para nenhum dos dois, mas imagino que escolher entre me fazer assistir a um filme de abdução e me beijar possa ser desafiador para ele. Todo mundo tem seus fetiches, e Hayden certamente tem os dele.

— Vamos ver — diz ele.

E então se afasta e entra no chuveiro. Passo os minutos seguintes retocando a maquiagem e fazendo alguns cachos mais volumosos no cabelo antes de Hayden sair do banheiro, passando um suéter verde-escuro pela cabeça por cima de uma camisa branca. Demos uma passada no shopping mais cedo para comprar algo para que eu vestisse à noite. A maioria das minhas roupas fora escolhida para explorar a natureza ou para longas viagens de carro, não para jantares com mães de nariz empinado.

Hayden se olha no espelho por mais tempo do que o necessário. O cabelo está penteado e em ordem, mas vejo que ele se segura para não o bagunçar como faz quando está nervoso. Mas o que mais me chama a atenção é que as mangas da camisa estão abotoadas nos pulsos.

Estou acostumada a vê-lo de mangas enroladas até o cotovelo, deixando à mostra as tatuagens do antebraço. Na casa da mãe, ele parece um pouco limpo e polido demais, quase outra pessoa. Os olhos estão sérios e mais escuros depois do banho, longe do verde-esmeralda brilhante que conheço e mais próximos do verde carregado de uma floresta pós-tempestade. Quando ele engole em seco e se afasta, é impossível não pensar que seria muito melhor se ele estivesse com uma de suas camisetas engraçadinhas e uma calça xadrez de flanela. Este Hayden parece um impostor, a cabeça mais fechada do mundo, o tipo de pessoa que zombaria da ideia de um pouso forçado de alienígenas na Terra.

Se Hayden também tivesse feito a barba, eu poderia jurar estar diante de seu irmão gêmeo do mal, Josh, que trabalha no mercado financeiro.

A manga de sua camisa sobe sem querer, expondo parte da tatuagem de disco voador, e Hayden a puxa para baixo de novo.

— Como estou? — pergunto.

Ele parece despertar dos próprios devaneios. Seu pomo de adão oscila, e outra emoção surge em seu rosto. Ele dá uma olhada para minha calça jeans e meu suéter, as roupas mais arrumadinhas que eu encontrei. Devo estar parecendo uma orientadora pedagógica do ensino médio. Uma mecha do meu cabelo cai do rabo de cavalo, e, com um sorriso, Hayden se aproxima para colocá-la atrás da minha orelha.

— Linda como sempre. Está pronta?

Faço que sim com a cabeça e seguimos pelo pátio até a casa principal. Quando chegamos à sala de jantar, o corpo inteiro de Hayden se enrijece, mas sua mãe sorri ao vê-lo.

— Você fica muito bonito todo arrumado.

Não fica, não, penso. *Não tem nada a ver com quem Hayden realmente é.*

Então, um pensamento terrível me ocorre. Será que a mãe dele não o vê como ele é de verdade? Será que Hayden precisa fingir ser outra pessoa para conquistar o amor dela?

Nós nos sentamos enquanto Ellen e Jeff preparam os pratos para servir. Pouso a mão na perna de Hayden, e seus músculos se contraem, mas, em vez de afastá-la, ele coloca a mão trêmula sobre a minha.

Nada deu errado até agora, mas ele está preparado para o pior mesmo assim. É claro que Ellen menciona Abby, e ele responde que já sabia do noivado e que está feliz por ela. Percebo que Ellen parece querer insistir no assunto, mas eu a interrompo para elogiar a salada grega. Toda mãe *ama* essa salada.

Ouço um longo monólogo sobre a rotina de paisagismo de Jeff, e só na metade do jantar eles resolvem mencionar a série.

— Hallie, então você está produzindo a série de Hayden?

— Sim, e apresentando com ele. A ideia inicial era que eu ficasse na produção, mas, depois do primeiro episódio, decidimos que Hayden deveria ter um parceiro.

A explicação não parece bastar para Ellen.

— Como assim? — pergunta Jeff, mordendo a cenoura. — Hayden criou o podcast sozinho, não foi?

Hayden parece prestes a responder, mas, antes que diga algo autodepreciativo, eu intervenho:

— Ele é ótimo no que faz, mas às vezes é mais dinâmico ter uma segunda pessoa. O diálogo entre apresentadores deixa tudo mais interessante.

— Entendo. Então você também gosta dessas... — começa Ellen, gesticulando com a faca no ar como se fosse uma varinha mágica e ela estivesse me lançando um feitiço sabor bife — ... maluquices?

— Não muito.

— É uma bobagem, não é? Era coisa do pai de Hayden. Nós pensamos que ele ia amadurecer e deixar isso para trás depois de um tempo.

Até onde sei, o pai de Hayden gostava de tudo que o filho é e sempre foi. Ele cuidava do garoto introvertido que chegava da escola triste depois de sofrer bullying a semana inteira, negociava prazos para levá-lo para aventuras e o fazia se sentir importante. Apesar de algumas das teorias dele serem bizarras, gosto do fato de que Hayden acredita de coração em coisas que nunca viu. Eu me apaixono mais por ele em seus momentos mais absurdos porque é sempre algo novo e inesperado, e, quando voltamos ao "normal", me vejo cada vez mais envolvida.

— É mesmo?

Será que foi uma bola fora? Hayden para de comer, abaixa o garfo e olha para mim.

— Ora, não sei que carreira ele vai conseguir ter com essa coisa de falar sobre monstros.

— Ele está se adaptando muito bem até agora — garanto. — As coisas estão ótimas, na verdade. Ele tem tantos fãs que minha chefe contratou a série dele sem nem pensar.

Ellen e Jeff se entreolham. O padrasto coloca outra garfada de salada na boca e fica com um pedaço de tomate preso no bigode. Enquanto isso, Hayden continua em um silêncio sepulcral ao meu lado.

— Está dando dinheiro, então? — questiona Jeff, pegando um pedaço de carne.

Hayden pigarreia.

— O contrato é para uma temporada. Se a série for a mais popular das estreias, vamos receber um orçamento considerável para a segunda temporada e vai ser possível lucrar com o programa. De qualquer forma, eu estava de férias do podcast, então já tinha me preparado para ficar sem salário fixo por um tempo.

— Eu me preocupo com você, querido. — Ellen estende o braço sobre a mesa, segurando a mão de Hayden. Suas unhas são perfeitas. — Meu medo é que isso não esteja ajudando você a seguir em frente. Não quero que fique remoendo o passado. Você pode fazer o que quiser agora.

Hayden murcha, mas não diz nada. Este é o garoto que voltava do colégio interno toda semana, calado e abatido?

— E se eu quiser fazer *isso*?

— Fazer o quê? Caçar o Abominável Homem das Neves?

— Eu sou bom no que faço e nunca precisei pedir ajuda para vocês. Estou me virando muito bem.

Sua voz oscila no fim da frase. Quando diz "muito bem", Hayden quer dizer que passou três anos por conta própria, tentando melhorar sem sobrecarregar outra pessoa ou forçar alguém a apoiá-lo quando ele não conseguia seguir em frente sozinho. "Muito bem" na verdade soa muito solitário quando ele fala dessa forma.

A mãe respira fundo e cobre o rosto com a mão.

— Hayden, não estamos dizendo que você não é bom nisso, só que você poderia fazer qualquer outra coisa agora.

— Você sumiu — dispara ele.

De repente, sinto que *eu* é que deveria sumir. Penso em pedir licença e passar uma hora trancada no banheiro até que eles se perguntem se eu caí no vaso sanitário e morri.

— Foram inúmeras consultas médicas e idas ao pronto-socorro de madrugada e você simplesmente *sumiu*.

O rosto de Hayden está vermelho de raiva, e seus olhos estão marejados. Aquilo é frustração, não mágoa. Conheço o sentimento muito bem.

— Talvez esse não seja o tipo de coisa que você se orgulhe de contar para suas amigas do clube, e sinto muito se é constrangedor que seu filho seja o cara que fala sobre caçar fantasmas no YouTube, mas essa é a primeira vez que me sinto bem *em anos*. O que tenho com a Hallie...

Não sei se ele está falando da série ou de *nós dois*. Mas, de qualquer forma, se sou responsável por seu bem-estar, preciso ser forte, preciso aguentar por ele. Prometi que faria isso.

— Deus que me perdoe por eu estar feliz com alguma coisa depois de tudo que tive que passar — conclui ele.

— Hayden... querido. — Ellen acaricia a mão do filho.

Eu mal consigo olhar. Não suporto vê-la menosprezar a dor e os sentimentos do filho assim. Se ele não disser nada, eu vou dizer. Como é possível que a mãe de Hayden não esteja vendo a mágoa em seu semblante ou as lágrimas em seus olhos? Estou imóvel, sem tocar na comida, esperando uma brecha para intervir.

— Estou fazendo o meu melhor. — Ele suspira. — Não queria voltar nesse assunto. Não agora, com a Hallie aqui. Mas que se foda.

Ele se levanta e joga o guardanapo de tecido bordado na mesa.

— Olha só como fala nesta casa, rapaz — repreende Jeff.

Hayden olha para ele e depois para Ellen.

— Isso *não é da sua conta*, Jeff.

Ele sai da sala de jantar antes que eu possa tentar fazer alguma coisa. Então há um momento de silêncio. Ellen e Jeff se entreolham, depois olham para mim. Pego meu celular e abro um de nossos vídeos, mas não dou play. Em vez disso, desço até os comentários.

até que enfimmmmmm. essa é a melhor parte da minha semana, eu tava desesperado por esse episódio

obrigada obrigada obrigada. minha semana foi uma merda, mas acabou de melhorar com esse ep

espero que vcs saibam como alegram as pessoas! essa série é puro amor e caos

São só alguns, mas toda semana nossa seção de comentários transborda. Tem muita coisa inútil, algumas pessoas querendo desmascarar nossas teorias e descobertas, mas também recebemos mensagens como essas. Eu sei que a primeira regra para criadores de conteúdo é nunca ler os comentários, mas, às vezes, justamente por saber que há pepitas de ouro como essas no meio da lama, é impossível não ler. Há dias em que é difícil acreditar que sou a apresentadora espetacular que nossos fãs acham que sou, mas recebemos tanto amor que às vezes penso que me colocar no centro das atenções não foi uma má ideia, afinal.

Passo meu celular para Ellen e Jeff, e eles se aproximam para ler.

— Sei que tudo isso pode parecer estranho. Eu também não me imaginava caçando o Pé Grande ou alienígenas. Não acredito em nada disso, mas Hayden me fez querer acreditar. Ele leva jeito com as pessoas e todo mundo o adora. Ele deixa as pessoas felizes, não é de se admirar que tenha alcançado todo esse sucesso. Ele está dando duro e colhendo os frutos. Pode não ser o que você imaginou para o seu filho, mas deveria estar orgulhosa dele.

Ellen devolve meu celular sem dizer uma palavra. Em algum ponto da casa, uma porta bate com um estrondo.

CAPÍTULO 16

Peço licença e sigo o som da porta, que me leva a uma enorme varanda nos fundos da casa. Hayden está sentado na escada que dá no gramado, com as mãos na nuca e a cabeça baixa. Não sei se ele quer companhia, mas a possibilidade de deixá-lo sozinho acaba comigo. O mínimo que posso fazer é perguntar. Sei que ele não está bem, não posso fingir que está.

Ele não se manifesta quando me sento ao seu lado e coloco a mão em sua perna para que saiba que estou ali. Seus músculos se tensionam, mas depois de um instante Hayden segura minha mão.

— Me desculpa. — As palavras saem em um sussurro. — Eu sabia que isso ia acontecer e quis trazer você mesmo assim.

— Eu não ligo. Só quero que você fique bem.

— Não tem problema, já estou acostumado.

Os anos de sofrimento pesaram tanto sobre Hayden que ele precisou procurar ajuda. Quantas vezes não menosprezei minha própria dor para poupar os sentimentos de outras pessoas? Não posso deixar que ele faça o mesmo, embora entenda que talvez ele sinta vergonha de se mostrar vulnerável. Não sei há quanto tempo Hayden não tem alguém o apoiando.

— *Claro* que tem problema.

Ele não diz nada, mas sua tentativa de esconder o que está sentindo permeia o ar ao nosso redor.

— Aquilo que você disse... Não precisava ter feito isso.

— Precisava, sim. Eles tinham que saber como você é incrível e que o que você faz é relevante para as pessoas. Isso é muito mais importante do que um contracheque gordo. E, pode acreditar em mim, um dia você vai ter isso também.

Às vezes não é tão fácil crer que somos bons o suficiente para vencer a competição e conseguir mais temporadas. Eu me preocupo com o impacto que uma possível derrota teria na minha confiança ainda em construção. Mas, por Hayden, preciso ser corajosa. Ele colocou o podcast nas mãos de uma mulher completamente cética e confiou que daria certo. Não posso demonstrar fraqueza quando ele precisa que alguém seja forte por ele.

— Esta série... Parece uma das últimas coisas que ainda me restam. Meu pai ouvia minhas ideias para cada episódio e me ajudava a contar boas histórias. Aprendi tudo que sei sobre escrita com ele. Foi algo em que pude focar quando... Sabe, depois que tudo aconteceu.

— Sim, sim — respondo, incentivando-o a continuar.

— Ninguém precisava estar presente ou saber de mim quando eu estava tendo dias ruins — diz Hayden. — Eu podia fazer pausas se precisasse, e as pessoas ficavam felizes quando eu voltava. Ninguém era obrigado a ver o lado ruim da coisa. Acho que isso fez com que eu me sentisse menos sozinho. Não parecia que estava sozinho.

— Ele soa abatido. — Parecia que as pessoas se importavam sem que eu tivesse que pedir ajuda. Não queria sobrecarregar minha mãe quando estava no fundo do poço. O mesmo valia para Abby. Só estava tentando ser o mais fácil possível de se lidar. Só queria que o meu melhor fosse suficiente.

Desço um degrau e me coloco entre as pernas dele, segurando sua cintura. Os olhos de Hayden se enchem de lágrimas de novo, e ele desvia o olhar.

— Antes de conhecer você, eu não queria acreditar em nada. Mas te vi na TV naquela noite e imediatamente soube. Eu *soube* que você era especial.

Verdade seja dita: eu estava meio bêbada e chapada, mas encontrar Hayden foi uma decisão embriagada da qual nunca vou me arrepender.

Ele acaricia minha mão com o polegar, e sinto toda a tensão em seu corpo. Eu faria qualquer coisa para que ele se sentisse melhor.

— Sinto muito por sua mãe não enxergar como é precioso o que você faz, mas saiba que muitas outras pessoas enxergam. Seu pai, todos os seus fãs. *Eu*. *O Desconhecido* deixa muita gente feliz, e isso não é pouca coisa. O que nós estamos fazendo é importante. E eu queria que você soubesse que você foi a escolha mais fácil que já fiz.

Ouço as palavras de Hayden em minha cabeça. Ele está fazendo o melhor que pode, mas precisa de ajuda. Ele precisava de ajuda e não tinha ninguém para cumprir esse papel. Não posso deixar que ele volte ao estado de antes.

— E, se estiver sofrendo, te ajudar vai ser muito fácil para mim, também.

Uma lágrima escorre pela bochecha de Hayden, e ele a seca, depressa, em pânico, como se eu não devesse ter visto aquilo, como se pedir qualquer tipo de ajuda fosse uma inconveniência. Meu Deus, como eu queria que ele não conhecesse esse sentimento da mesma forma que eu! Mas é evidente que passamos por coisas parecidas. Ele não pode cuidar de outras pessoas se estiver ocupado cuidando de si mesmo, então acaba se negligenciando.

— Sinto muito — suspira ele.

Seguro seu rosto e seco as lágrimas por trás das lentes de seus óculos com o polegar. Meu toque o pega de surpresa, e suas mãos vão para meus braços como se ele quisesse me afastar, como se não pudesse aceitar esse tipo de coisa.

— Está tudo bem — digo.

Então, Hayden me deixa abraçá-lo. Sua cabeça repousa sobre a minha, e sinto algumas lágrimas quentes caindo em meu cabelo, o que só me faz abraçá-lo com mais vontade. Quero compensar todos os anos em que ele precisou de alguém e nunca teve um ombro em que pudesse chorar. As mãos de Hayden se enroscam no tecido do meu suéter, e ele me segura com força.

— Tudo bem estar triste se é assim que você está se sentindo.

Hayden me abraça tão apertado que quase dói, mas quero lhe dar o que quer que ele precise. Qualquer coisa. Depois de um tempo, ele se afasta. Seus óculos estão embaçados por causa das lágrimas, e eu o ajudo a terminar de secá-las. Como se estivesse envergonhado por me mostrar esse lado de si mesmo, ele recua.

— Quem cuidou de você esse tempo todo?

Ele contém um sorriso choroso ao ouvir a mesma pergunta que me fez antes.

— Eu mesmo?

— Não é muita gente.

— Não — suspira Hayden. — É bem solitário.

— Você não tem mais que se sentir sozinho.

E talvez isso não valha só para ele.

— Eu não me sinto mais assim desde que conheci você.

Tento conter minhas lágrimas, e o que Hayden diz me toca num lugar tão específico que não sei o que responder. Passei tanto tempo acreditando que eu era uma pessoa difícil, desagradável e irritante, mas agora sei que a vida de alguém é mais feliz porque eu existo. E não tenho escolha a não ser acreditar, pois Hayden faz o mesmo por mim.

— Que bom. Não reprima mais esse sentimento, tudo bem? Estou aqui.

Hayden segura meu rosto e me beija de um jeito que ainda não tinha beijado. Devagar, em um ritmo manso, quase como se ele pudesse adormecer bem ali porque, pela primeira vez em anos, encontrou um lugar seguro onde pode descansar. Sei que blindou o próprio coração e fugiu do amor por muito tempo, mas ele não se afasta quando o abraço. Não acredito em alienígenas, fantasmas nem em qualquer outra coisa sobre a qual falo no meu ganha-pão, mas sei que há algo muito bonito entre nós. Pela primeira vez em muito tempo, algo me diz que tudo vai ficar bem. Hayden não revolucionou minhas percepções e crenças sobre teorias da conspiração, mas mudou o que eu pensava em relação aos meus sentimentos. Já não acho impossível voltar a amar alguém.

— Trouxe uma coisa para você — digo.

Nós nos afastamos, e eu tiro da bolsa um saquinho plástico, depois me sento ao lado de Hayden e o entrego para ele.

— Isso... é um baseado?

Faço que sim.

— Você disse que nunca quebrou as regras, que nunca ficou chapado em um porão universitário nem dividiu um *bong* com várias pessoas. Então, já que estamos aqui decepcionando sua mãe...

Ele sorri enquanto tiro o baseado do plástico e o acendo.

— Você vai me ensinar?

— Não é tão difícil assim, Hayden.

— Eu sou novo nisso.

— Tudo bem.

Dou uma tragada. Não fumo desde a madrugada em que o vi na TV, e nem tenho o hábito de fazer isso, mas em uma escala de zero a dez, eu diria que estou mais ou menos na posição cinco quando se trata de maconha. Na posição dez estão os pais de Nora, que são donos de uma loja de maconha artesanal. Prendo a fumaça na boca por alguns segundos antes de soltar.

— Puxe e segure um pouco para fazer efeito.

— Entendi — diz ele.

Hayden dá uma tragada e segura, depois tosse um pouco e solta a fumaça como se fosse profissional.

— Muito bem.

— Obrigado, eu tento. Ainda bem que você está aqui para garantir que não vou fazer nenhuma loucura.

— É só maconha. Na pior das hipóteses, você vai se jogar no sofá e comer um pacote inteiro de Cheetos.

— Não tem Cheetos aqui — informa ele, como se estivesse dando uma grave notícia de relevância nacional.

— Pode ser massa de cookie, também. Nossa, eu comeria isso agora.

— Você sabe que comer massa crua de cookie pode causar infecção por salmonela, não sabe?

— Isso é uma teoria da conspiração — retruco.

Eu me deito na varanda ao lado dele e olho para as estrelas.

— *Finalmente* uma conspiração em que você acredita — diz Hayden, deitando-se ao meu lado.

Passamos o baseado algumas vezes até restar apenas a ponta, que eu apago.

— Como está se sentindo? — pergunto.

Minha cabeça está leve, assim como meus membros. Não estou sentindo tanto frio quanto antes, mas, fora isso, só estou com fome e com vontade de comer massa crua de cookie.

— Achei que veria as cores de uma forma diferente.

Eu rio e reviro os olhos.

— O que faz isso é LSD, não maconha.

— Hum. Fica para a próxima, então. Vai ser o meu projeto MK Ultra.

Olho para ele deitado ali. A lua está refletida em seus óculos, e, por trás das lentes, seus olhos estão avermelhados graças à combinação de maconha e lágrimas, mas pelo menos Hayden não parece mais tão constrangido. Gostaria que houvesse algo que eu pudesse dizer para que ele entendesse que não me importo de vê-lo vulnerável, que sei como é difícil ter uma crise na frente de outra pessoa.

Hayden olha para mim também. O primeiro pensamento que me vem à cabeça é que tenho sorte. Sorte por tê-lo encontrado, por ter alguém que me vê como igual, por pelo menos conseguir entender que havia algo mais além de Cade. Algo melhor.

Meu cérebro chapado quer se declarar e dizer que amo tudo em Hayden, mas não posso fazer isso. É cedo demais. Ele me observa enquanto me aproximo e toco seu pulso à procura da barra da manga. Quando encontro, abro o botão e dobro o tecido até o meio do antebraço, onde ele gosta de deixá-la. Traço o contorno da tatuagem em sua pele, e ele se arrepia.

— Cervo — digo, mexendo com ele.

Ele balança a cabeça.

— *Não* Cervo.

Ele dobra a outra manga e finalmente parece à vontade com suas roupas elegantes. Quando volto a me deitar, me aproximo e seguro seu rosto. As bochechas dele estão ásperas graças à barba, mas seus lábios são macios. Quero sentir o gosto terroso da maconha na boca dele e ouvir os sons que ele faz quando o beijo se intensifica.

Mas, antes que eu consiga fazer isso, a luz da varanda se acende e a porta se abre. Quando Ellen vem até nós, Hayden fica paralisado e olha para mim, devagar, sentando-se. Ela com certeza sente o cheiro da maconha no ar e vai sentir o cheiro em nós a qualquer momento. Que surpresa, o filho leva para casa uma mulher de cabelo azul e é pego fumando maconha na mesma noite.

Mas a gente só fez isso porque ele *nunca* teve o surto de rebeldia que todo adolescente vive. Acho que foi merecido.

Ellen se abaixa e acaricia o cabelo escuro de Hayden, depois beija o topo de sua cabeça. Imagino que ele vá se esquivar, mas isso não acontece. É um primeiro passo, aceitar ajuda quando se precisa. Aceitar amor quando se precisa.

Os reflexos dele estão um pouco lentos, mas ele se inclina para a mãe quando ela o abraça. Isso basta para que eu perceba que ele quer muito a aprovação e o amor dela.

— Quero ver um episódio da sua série — sussurra Ellen.

— Estão no YouTube.

Ai, meu Deus. Ele está falando devagar feito uma lesma. Se isso não nos entregar, nossos olhos vermelhos com certeza vão.

Ellen sorri gentilmente para mim e apoia o queixo na cabeça do filho.

— Quero que *você* me mostre um episódio.

Hayden olha para mim. Penso em nossos episódios e sei que me orgulho de todos eles, mas me pergunto qual seria o melhor para mostrar para a mãe do meu quase namorado. Não sei o que vai pegar melhor: o episódio em que digo que não acho JFK o presidente mais gostoso de todos ou o episódio em que encontro um cômodo sinistro na Mansão Winchester e o batizo de "Quarto de Orgia da Sarah Winchester".

De qualquer forma, não vou causar uma boa primeira impressão.

Ellen sorri.

— Posso tentar convencer vocês a voltarem lá para dentro se oferecer algumas laricas?

Não sei se o que vejo nos olhos de Hayden é pavor ou uma fome feroz.

— Por que eu estaria de larica? — murmura ele. — Isso é coisa de pessoas que usam drogas. O que não é o meu caso.

Pelo amor de Deus.

Ellen revira os olhos.

— Eu fui adolescente nos anos 1970. Confie em mim. Vamos lá.

Hayden finalmente se levanta, ainda que devagar e se apoiando em mim para não perder o equilíbrio. Decidimos mostrar a eles o episódio de estreia. Ellen e Jeff nos conduzem até a sala de lazer, que tenho certeza de que é um cômodo encontrado apenas em casas de gente branca e rica.

Quando Jeff aparece com uma tigela de Cheetos, concluo que ele não é tão ruim assim e aceito a oferta de paz. Ele também nos oferece pipoca artesanal de sua nova pipoqueira, e parece pronto para passar a noite inteira ali, mesmo que cada episódio de *O Desconhecido* dure só meia hora. De qualquer forma, respeito o comprometimento dele.

Eu me sento em um dos sofás de couro ao lado de Hayden. Ainda não sei que papel estamos desempenhando, por isso mantenho uma distância razoável a princípio. Mas, para minha surpresa, Hayden me puxa para si, e eu me encosto em seu ombro. Ele me quer por perto. Não só isso, ele *me quer* e ponto-final. Entrelaçamos os dedos, e ele me olha com um sorrisinho de canto e delirante.

Ellen e Jeff parecem contentes, e eu também estou. Sei que Hayden está tentando encontrar conforto em mim, e fico feliz que esteja disposto a pedir e a comunicar o que precisa.

— Na minha época, só existia um tipo e ninguém reclamava — diz Jeff casualmente.

Hayden ergue a sobrancelha.

— Como assim?

— Um tipo de maconha. Agora vocês têm um monte de sabores divertidos.

— Parece que Jeff já fumou, hein — sussurro para Hayden.

— *Pois é* — responde ele, provavelmente mais alto do que pretendia.

Ellen e Jeff são submetidos a trinta minutos de nós dois provocando fantasmas e passeando pelo hotel, sem falar nos seis vídeos das seis vezes em que Hayden acordou assustado no meio da noite achando que estava sendo cutucado por um espírito. Eles riem bastante, mas ficam confusos quando ele começa a falar sobre os detalhes da caça aos fantasmas. Eu os asseguro dizendo que geralmente também fico confusa.

Imaginei que precisaria de drogas mais pesadas para conseguir assistir aos meus próprios episódios vergonhosos com os pais do meu quase namorado, mas estar ali, confortavelmente aconchegada ao lado de Hayden, enquanto ele vê a mãe se interessar pelo que ele faz pela primeira vez... me deixa inebriada.

Quando o primeiro episódio termina, Ellen aperta o botão para reproduzir o seguinte.

CAPÍTULO 17

A nossa brisa já passou quando voltamos para a casa de hóspedes. A quantidade de Cheetos e pipoca trufada que comemos foi tão obscena que ficamos mais do que sóbrios. Ellen e Jeff assistiram a todos os episódios de *O Desconhecido* e parecem ter gostado. Os dois ficaram desconfortáveis em alguns momentos, o que me fez pensar no que os *meus* pais acharam, mas não falamos muito sobre isso, e nem faço questão.

Hayden se atrapalha com a chave, e eu me aproximo por trás e o abraço pela cintura. Começamos o dia de conchinha em uma cama de hotel com lençóis engomados que ele fez parecer muito mais confortáveis do que realmente eram. Trocamos um beijo de bom dia com o frio na barriga de saber que agora isso é permitido. Lá dentro, na frente da família dele, nós nos controlamos, mas agora estamos sozinhos de novo.

Antes de outra tentativa de destrancar a porta, ele estende os braços para trás para me segurar. Quero entrar logo e despi-lo daquela armadura, ter de volta o Hayden que conheço. Ele está à espreita debaixo daquela camisa de botão e do suéter, mas quero acelerar o processo.

— Obrigado — sussurra ele.

Assinto, beijando o local entre suas escápulas.

Seu corpo relaxa em contato com o meu, como se ele tivesse passado a noite toda querendo se apoiar em alguém.

— Você não tem que agradecer. Pode contar comigo para o que precisar, é só pedir.

— Eu sei. Há muito tempo não tenho alguém com quem contar.
— Agora tem.

Devagar, Hayden se vira para mim. Seus olhos ainda estão vermelhos, mas a expressão está serena, diferente da máscara de tensão que usou o dia inteiro. Espero que o progresso com a mãe tenha tirado um peso de seus ombros.

— Está melhor? — pergunto.
— Bem melhor.
— Que bom.

Subo as mãos por seu peito e abraço o pescoço dele, encontrando sua boca. Já estou rendida quando ele me abraça com força. O beijo tem um gosto amanteigado de pipoca e toques de uísque, e isso basta para que eu me entregue por completo.

Mordo seu lábio inferior, e ele solta um gemido abafado, pressionando as costas contra a porta. Nós a abrimos enquanto suas mãos passeiam pela lateral do meu corpo. O ar do norte da Califórnia é frio, mas o toque de Hayden me aquece como um cobertor que não quero largar nunca mais.

De repente, sinto uma necessidade descontrolada de tirar as roupas dele. Passei a noite inteira olhando para uma versão de Hayden que não reconheço: cabelo arrumadinho, camisa de botão, suéter. Ele parecia irritado e desconfortável escondendo todas as coisas que fazem dele quem realmente é, desde suas tatuagens até a carreira pouco convencional e as piadas idiotas das quais acho que sou a única que ri.

Entramos na casa de hóspedes, e Hayden quase não tem tempo de fechar a porta antes que eu o beije de novo e minhas mãos entrem por baixo da parte da frente de seu suéter. Em um movimento ágil, ele o tira pela cabeça, e sua respiração acelera. Eu poderia me perder nos sons ofegantes e gemidos involuntários que saem da boca dele quando os meus lábios encontram os dele de novo. Sinto seu sorriso no meio do beijo enquanto tropeçamos em direção à cama.

Começo a tatear a camisa que Hayden está usando. A cada botão, um novo vislumbre de tatuagem. Mergulho nas ondas em seu ombro, flutuo pelo espaço entre os galhos na lateral de sua barriga, toco o Não Cervo em seu braço. Sinto as palavras se formando em seus lábios entre cada beijo. Perguntas. Hayden pergunta se há alguma coisa nele que eu não queira, alguma parte que ele deva manter por trás da armadura. Com outro beijo, respondo que não há nada que ele precise esconder, nada que deva ser deixado debaixo do tapete por minha causa.

Eu o quero por inteiro e acredito que ele me quer por inteiro também.

Toco a pele nua de Hayden e só quero parar de beijá-lo para olhar para ele. Esta é a primeira vez que estou tirando sua roupa e posso olhá-lo abertamente. Não me apresso, nem mesmo nas áreas que já conheço bem, porque é tudo parte do pacote. As tatuagens complexas em seu braço, as ondas quebrando em seu peito, cada músculo e ângulo de seu corpo.

Não consigo acreditar que alguém como ele é meu. Para tocar, beijar, *conhecer*.

Eu me sento na cama, e Hayden fica de joelhos em um piscar de olhos. Ele tira minhas botas e acaricia minhas coxas, depois segura a barra do meu suéter, hesitando antes de continuar.

— Posso? — pergunta ele, com um beijo.

— Parece justo. Já tirei sua camisa — respondo, rindo.

Quando tiro o suéter pesado que usei a noite toda, ele me toca quase que imediatamente. Mãos passando pelas minhas costas, barba arranhando minha pele, um desejo crescente despontando dentro de mim.

— Você nem imagina tudo o que eu deixaria você fazer comigo, Hallie. Qualquer coisa. O que você quisesse.

— Qualquer coisa? — pergunto, arqueando a sobrancelha.

— Acho que você entendeu o que quero dizer. — Ele sorri. Seus olhos percorrem meu corpo, e depois ele faz o mesmo caminho com as mãos, parecendo encantado com cada curva. — E quero te dar o que você quiser. Não vou descansar até que isso aconteça.

Então, meu nervosismo entra em cena. Sexo nunca foi como o esperado para mim. Achava que, quando acontecesse comigo, eu entenderia por que todo mundo não para de falar sobre isso. Mas, na maioria das vezes, foi constrangedor e cheio de suor, só mais uma tarefa a ser riscada da lista. Com Hayden, finalmente parece diferente. É novo e confuso, mas acho que não estou com medo.

— Eu...

— Ou... — sussurra Hayden, acariciando minhas bochechas com os polegares. — Podemos parar aqui. Podemos fazer o que você achar melhor.

Ficamos em silêncio enquanto procuro as palavras e me decido. Hesito em dizer a ele o que me assusta e o que não quero admitir, mas, se aquele Hayden for a mesma pessoa que lavou meu cabelo e me abraçou enquanto eu chorava, sei que vai me ouvir.

— Sexo pra mim é... não sei. Ninguém nunca me perguntou do que eu gosto antes. Talvez eu nem saiba direito do que gosto. Eu só fiz isso com Cade.

— Cade — resmunga Hayden. — Esse cara é uma decepção ambulante.

— Você nem imagina. — Ele não sabe nem da metade, e eu não quero mesmo que saiba. Quero que continue me olhando como está fazendo agora. Quero reaprender tudo com ele. — Mas gostei de tudo o que eu e você fizemos até agora.

— Eu também. — Ele coloca uma mecha azul atrás da minha orelha. — Para ser sincero, também já tem um tempo que não faço isso. Provavelmente estou um pouco enferrujado.

Eu reviro os olhos.

— Duvido.

Ele roça o nariz no meu e beija minha bochecha.

— Nós podemos ir descobrindo tudo isso juntos. Que tal?

— Boa ideia.

— Que bom — diz ele, sorrindo. — Vamos começar devagar. Assim...

Minha boca e a dele se tocam de novo, e nos encaixamos como se tivéssemos sido feitos sob medida um para o outro. É lento e embalado por nossas respirações suaves. Acarício os ombros esguios e musculosos de Hayden, aceitando o que ele me dá e proporcionando a mesma sensação.

— Ainda que a gente só faça isso, o que eu sinto com você é enlouquecedor — sussurra ele.

— Continue — digo. — Fale mais. Quero que fale comigo, que diga tudo que vai fazer.

— Sabia que você ia gostar de falar sacanagem com pitadas de teoria da conspiração. — Hayden sela nosso acordo com um beijo antes de se afastar devagar, então estreita os olhos e fica mais sério. — Desde ontem à noite, só consigo pensar em como seu gosto é bom.

Os lábios de Hayden traçam um caminho abrasador até a base do meu pescoço. Seus beijos são ligeiramente ásperos por causa do arranhar leve da barba. Arqueio o corpo contra o dele enquanto ele me inclina para trás na cama. Ele tira a camisa e volta a beijar minha pele.

— E qual é o meu gosto?

— Depende. — Ele mordisca abaixo do lóbulo da minha orelha e suas palavras acendem meu corpo inteiro. — Sua boca tem gosto de frutas vermelhas. São aqueles hidratantes labiais que você adora.

Eu sorrio.

— Abacaxi e maracujá.

— O quê?

— É de abacaxi e maracujá. Meu hidratante labial.

— Acho melhor refrescarmos minha memória, então.

Ele segura meu queixo e inclina minha boca para a dele, mas eu o impeço, e ele ergue as sobrancelhas em expectativa. Faço Hayden esperar por um instantinho de tortura antes de beijá-lo de novo. Hoje eu estava de batom, é claro — que tem um gosto diferente, mas a essa altura não sobrou quase nada, já que a maior parte ficou em seu pescoço e seu queixo quando o beijei —, mas ele não quer saber *qual é* meu gosto exatamente, só quer senti-lo.

— Está diferente — diz ele.

Ouço cada respiração embargada e gemido sutil que escapa do fundo de sua garganta como se fossem os únicos sons do mundo.

— É bom mesmo assim, *mas* você me induziu ao erro.

— Coitadinho!

Hayden ri e tira os sapatos, depois fica por cima de mim com uma perna de cada lado do meu corpo. Deslizando as mãos pelos meus braços, ele os ergue acima da minha cabeça e os segura contra o colchão. Então, hesita por uma fração de segundo, se perguntando se não estamos indo rápido demais, mas não estamos. Não me sinto vulnerável, pressionada ou mesmo incomodada quando seus dedos tocam a pele macia na parte interna dos meus pulsos. Sei que ele vai me soltar caso eu peça, o que não vai acontecer.

— Continue — digo.

Com as mãos imobilizadas, minha vontade de tocar e explorar cada centímetro dele se torna insuportável. Quero tocar cada tatuagem em seu corpo e despi-lo até ficarmos empatados. Ele pressiona os quadris contra os meus, e sinto o volume em sua calça, beijando Hayden sem parar até ficar sem fôlego.

— Você pensa em mim? — pergunto.

— Constantemente.

— Quando não estou por perto? Quando você está sozinho?

Ele entende o que quero dizer agora, e responde com um sorriso tímido.

— Respeitosamente.

— Você tem permissão para ser um pouco menos respeitoso — provoco.

Hayden solta meus pulsos e me pressiona contra o colchão, olhando para mim enquanto decide o que quer fazer em seguida. Então, segura meu rosto com as duas mãos e começa a beijar da minha testa até a orelha, depois mais para baixo.

— Nem sei por onde começar — confessa ele, sussurrando perto da curva do meu pescoço.

Ele continua me beijando e tocando meu corpo. Ouvir sua voz grave no pé do meu ouvido me faz entender por que as pessoas procuram por serviços de sexo por telefone.

— Não existe uma única parte sua que eu não queira conhecer em detalhes.

Subindo pela minha barriga, ele desliza com delicadeza as mãos por baixo do tecido do sutiã. Eu rio.

— Eu mal tenho peitos!

— Não me importo — diz ele entre beijos. — Você não tem ideia do que faz comigo.

Penso em todas as inseguranças que outras pessoas colocaram na minha cabeça. Estrias, rosto sardento quando tomo sol, pneuzinhos na barriga. Enquanto todas essas imperfeições me vêm à mente, as mãos de Hayden mapeiam meu corpo como se ele tivesse percebido tudo isso também, mas, em vez de não gostar, ele faz parecer que essas são suas novas coisas favoritas no mundo. Não faz sentido ter medo quando ele me trata dessa forma. É bem fácil me deixar levar.

— Como está se sentindo? — pergunta ele.

— Estou sentindo que quero que você continue.

Meu corpo responde ao dele quando Hayden beija meu pescoço e meu peito, explorando minhas curvas com a boca. Deixo escapar um gemido suave. Ele acha graça e ri, e a vibração do riso arrepia a minha pele. Quando chega ao botão da minha calça, ele olha para mim de novo.

— Posso continuar?

Autorizo com um gesto de cabeça, deixando que ele desabotoe minha calça e a puxe pelos meus quadris. Meu corpo tem um espasmo quando sua barba roça a pele acima do cós da minha calcinha.

— Mas preciso te dizer uma coisa — começo. — Eu nunca gozei com um homem.

Hayden olha para mim como se eu tivesse dito que os minutos misteriosamente removidos das fitas de Watergate foram encontrados e que é só a música "Macarena".

— Nunca? Hallie, nunca *mesmo*?

— Nunca.

— Qual é o problema daquele cara? — sussurra ele. — Como ele não era obcecado por fazer você gozar?

Essas palavras provocam algo como uma descarga elétrica entre as minhas coxas.

— Boa pergunta. É o seu caso?

Ele sorri.

— É, se for o que você quer.

— Por favor.

É a maneira mais breve de dizer que quero as mãos e a boca dele em cada centímetro do meu corpo.

Deixo que Hayden decida como continuar, e ele começa me beijando. Nossos corpos se tocam com uma intimidade que até então era inédita para nós. Ele não me beija como se a noite passada tivesse sido a primeira vez que fizemos isso, mas como se fizéssemos isso há anos e anos, sem nunca nos cansarmos. Com nossa pele despida em contato, suas mãos guiam as minhas enquanto tiramos minha calcinha juntos.

— Me mostra — pede ele, sussurrando contra minha boca. — Quero ver como você faz.

Ele não precisa repetir. Eu obedeço. Hayden está em completo silêncio, atento enquanto posiciono sua mão entre minhas pernas. Eu o conduzo como se estivesse sozinha, mas penso nele me tocando. Os suspiros abafados que ele solta me incentivam, fazendo parecer que sou a coisa mais preciosa que ele já viu. Estremeço ao sentir o toque frio de seus dedos, seguindo os movimentos circulares conforme as minhas instruções.

— Acho que entendi.

Minha mão paira sobre a de Hayden enquanto ele continua sozinho, testando uma pressão que eu não tinha ensinado. No começo é devagar, e ele vigia minhas reações. Pressiono as coxas uma contra a outra quando os movimentos ficam mais fortes e mais rápidos, fazendo minhas pernas tremerem.

— Você é uma delícia.

A sensação dos dedos de Hayden deslizando em mim me faz arquear as costas. Com um gemido, me agarro ao cobertor, mas um riso de repreensão soa do fundo da garganta de Hayden.

— Se quiser segurar alguma coisa, que tal eu? — diz ele.

Sua mão livre se entrelaça com a minha, guiando-a pelo corpo dele até afundar nossos dedos em seu cabelo enquanto ele alcança um ritmo que me deixa ofegante.

— Agora, sim — diz Hayden.

Naquele momento, descarto as lembranças de cada toque desagradável ou indesejado em minha memória e me agarro a este momento com ele. Só quero me ater a isso e a tudo que vier depois.

— Quero saber exatamente como fazer você ficar sem ar.

As palavras são como ferro em brasa, escaldantes e insuportáveis. Perdi a conta de quantas horas já passei ouvindo Hayden falar, mas nada soa tão gostoso quanto sua voz me provocando assim. Meus quadris se erguem contra sua mão, e ele murmura em aprovação.

— Claro, porque você está "enferrujado".

Ele revira os olhos e cala minha boca com um beijo.

— Tá, chega de falar.

Esse é o tipo de sexo que eu sempre quis. Com carinho e até brincadeiras, tudo verdadeiro e espontâneo. *Como nós dois*. Adoro que o lado dominador de Hayden seja capaz de desaparecer em um segundo e dar lugar ao nerd que ele é todos os dias.

Envolvo o corpo dele com minhas pernas quando a sensação dentro de mim começa a ficar mais intensa, me fazendo curvar os dedos dos pés e soltar gemidos mais ofegantes e entrecortados. Hayden morde meu pescoço, desce pelo meu peito e continua pelos bojos do meu sutiã.

— Você é tão linda — diz ele. — Sua beleza parece coisa de outro mundo.

O toque dele muda, e eu agarro seu cabelo com mais força. Está muito gostoso, e estou quase lá. Eu arqueio as costas de novo e fecho os olhos, sentindo algo dentro de mim prestes a se libertar.

— Está tudo bem — sussurra Hayden no pé do meu ouvido.

Sua outra mão segura meu quadril para que eu não saia do lugar. Ele solta um suspiro enlouquecedor sobre minha pele. Fico mil vezes mais sensível a todos os detalhes: o toque de seus óculos enquanto ele percorre meu corpo com a boca; o roçar de sua barba quando me beija e o fato de que sei como meu pescoço vai ficar amanhã; ele, duro entre minhas pernas. Eu não precisaria de mais nada para gozar, mas então Hayden sussurra com sua voz grave antes de beijar minha boca de novo:

— Não se preocupe, ninguém vai ouvir, só eu. E é exatamente o que eu quero.

Não consigo me segurar. Algo desata dentro de mim e me sinto despencar. Vejo estrelas e me agarro a Hayden como se ele fosse o único porto seguro no mundo. Ele sussurra coisas como "você é linda", "pode se soltar" e "eu sou seu", que soam como música.

Hayden se afasta. Ainda não sei se consigo falar, mas, quando ele sorri, sinto algo inundar minhas veias. Afeto, cuidado e amparo.

— Como está se sentindo? — pergunta ele.

Meu corpo parece não ter peso, mas me sinto aterrada pela sensação de tê-lo em cima de mim. Ninguém nunca me incentivou a chegar lá primeiro; ninguém nunca *priorizou* isso. Pela primeira vez na vida, quando penso em sexo, penso em algo que Hayden e eu faremos para explorar um ao outro, não porque é o esperado.

Visualizo na cabeça seu olhar embriagado de luxúria quando me viu gozar, como ele gostou de fazer isso por mim. Quero trocar de lugar com ele agora, vê-lo se soltar e perder a compostura. Hayden é ótimo em esconder partes de si mesmo atrás de uma armadura, mas agora está desprotegido, e eu o quero o mais vulnerável possível. Quero que ele saiba que somos iguais e sempre seremos.

— Ótima — sussurro. — Posso...?

Ele engole em seco, acariciando meu rosto com o polegar.

— Não precisa. O foco era você.

— Mas eu quero.

Então ele assente. Levo as mãos até seus quadris e desabotoo sua calça jeans. A respiração de Hayden está pesada, e seu olhar me atinge como um trem, da melhor maneira possível. Lembro que suas tatuagens continuam abaixo da cueca, e a máquina de pensamentos intrusivos em meu cérebro se pergunta se ele tem uma tatuagem do Pé Grande na bunda ou sei lá, mas acho que não preciso descobrir tudo esta noite.

Tiro sua calça e coloco a mão por dentro do cós de sua cueca boxer. Hayden puxa meu queixo e me beija enquanto fecho minha mão em torno dele. Nenhum participante de um programa chamado *Conspirações Cósmicas* tem o direito de ser tão bem-dotado. Ele solta um gemido ardente contra minha boca e agarra os lençóis com força.

— Porra — ofega ele.

Estou hipnotizada, atenta aos cílios escuros de Hayden quando seus olhos se fecham. Um gemido escapa do fundo de sua garganta, a voz falhando.

Sigo os sinais que o corpo dele me dá — gemidos, o jeito como ele segura meu cabelo — e só consigo pensar que estamos quites. Fico feliz em deixá-lo no mesmo estado que ele me deixou.

— Hallie — diz ele, arfando. — *Hallie*.

Observo seus dedos puxarem os lençóis embaixo de nós quando ele chega ao clímax com uma tentativa frustrada de chamar meu nome de novo. Nos beijamos, dividindo o sabor de bourbon e batom, chamando o nome um do outro com voracidade, como se fossem teorias irrefutáveis, respostas pelas quais procuramos há muito tempo.

— Eu... — começa ele.

— Não é todo dia que você fica sem palavras.

Hayden afasta uma mecha de cabelo azul do meu rosto com um sorriso.

— Não mesmo. Você é a única pessoa que faz isso comigo.

Hayden se inclina para outro beijo, dessa vez vagaroso, sem a fome e o desespero de antes. Ele cobre meus lábios e minha mandíbula com beijos, até chegar à carne macia abaixo da orelha que me faz cócegas. Eu rio e me aninho em Hayden.

— Queria pedir uma coisa — diz ele.

— Tudo bem... — respondo, rindo.

— Vai colocar o pijama.

Considerando os últimos minutos, pedir que eu vá dormir de repente parece um balde de água fria, emocionalmente falando.

Eu franzo a testa.

— Ah.

— Mas *calma*. É só o primeiro passo.

Seu olhar parece malicioso, mas não de um jeito sexy, o que me deixa nervosa. Mesmo assim, concordo, e vamos nos limpar. Quando volto do banheiro, o computador dele está na cama.

— Você disse que poderíamos assistir ao que eu quisesse — murmura ele, aconchegado debaixo do cobertor.

É tão fofo que nem consigo ficar irritada com a ideia de ver um filme esquisito de alienígenas.

— O que vai ser? — pergunto, revirando os olhos enquanto me acomodo na cama ao lado dele.

Hayden sorri, vitorioso, e aperta o play.

CAPÍTULO 18

Juro que tirei fotos de Hayden em frente a cada uma das paradas temáticas do Pé Grande pelas quais passamos.

Na Rota Cênica do Pé Grande.

Ao lado da placa "Atenção: Travessia do Pé Grande".

Em frente à estátua gigante do Pé Grande no centro da cidade.

Ele parece uma criança em uma loja de doces, se a loja de doces vendesse exclusivamente hominídeos peludos.

É a coisa mais fofa que já vi. Posto tudo em nossas redes sociais para atualizar os fãs sobre nossas viagens. Paramos na Churrascaria Pé Grande para um almoço tardio (e decepcionante) antes de fazer o check-in no chalé onde passaremos a noite. Temos uma tarde inteira de caça ao Pé Grande pela frente antes do pôr do sol. Fico feliz por Hayden não querer acampar aqui porque, embora eu ainda não acredite no Pé Grande, acredito em ursos. E sei que um urso me engoliria viva.

Depois de finalmente terminarmos o filme que ele escolheu, *A Última Profecia*, na noite anterior, Hayden e eu fomos logo dormir para pegar a estrada bem cedo. Nós nos despedimos de Ellen e Jeff depois de muitos abraços, e Ellen até disse que gostaria de me ver de novo em breve. Pelo visto não causei uma impressão tão ruim quanto pensei.

Passamos as seis horas de viagem ouvindo mais podcasts para complementar o meu "aprendizado", mas às vezes é difícil aprender quando Hayden fica pausando os episódios a cada cinco minutos e se distrai com novas explicações e assuntos correlatos. Meu momento favorito foi quando ele falou sobre um alienígena chamado Valiant Thor, que viveu no Pentágono nos anos 1950 e supostamente era um verdadeiro galã. Tenho minhas dúvidas em relação a um alienígena sendo considerado sexy, mas Hayden, é claro, tem uma resposta pronta. E é aí que descubro que sexo com alienígenas é mais popular do que eu poderia imaginar.

— Tem uma série inteira de jogos sobre isso. Dá para namorar alienígenas gostosões — informa Hayden. — Também dá para namorar o Homem-Lagarto, um cara que se parece com uma alcachofra ou uma garota toda azul. Mas a alienígena que eu escolhi tinha o sistema imunológico comprometido, então acho que ela morreria se fosse exposta a fluidos humanos.

Eu imediatamente imploro para que ele pare de falar.

Nosso chalé fica a uma curta distância da Floresta Nacional Six Rivers, o local exato onde o famoso filme de Patterson e Gimlin sobre o Pé Grande foi gravado. Quando estávamos pensando nas acomodações para a viagem, Hayden segurou minha mão e disse:

— Pode deixar comigo.

Por isso fiquei muito aliviada quando vi que era um chalé normal. Horas depois, já estamos no meio da floresta, em uma clareira ampla que parece estranhamente familiar.

Não acredito que Hayden conseguiu me convencer a colocar botas de trilha.

Vou ser devorada por pernilongos.

— É o seguinte, em 1967, Roger Patterson e Bob Gimlin *não vieram* caçar o Pé Grande por aqui. Eles gostavam do Pé Grande, mas não estavam *tentando encontrá-lo*...

— Diferente de você — comento, seguindo-o com a câmera. Dou um pulo quando sinto um pernilongo sugando meu sangue igual ao chupa-cabra (claramente estou aprendendo). — Ai!

— Isso mesmo — concorda Hayden. — Vou achar o Pé Grande nem que essa porra me mate! — grita ele para a floresta, depois tropeça feio em uma raiz solta e se esborracha no chão na frente da câmera.

Um bando de pássaros levanta voo, fugindo da cena lamentável.

— Isso com certeza vai entrar no episódio.

Ele faz cara feia enquanto espana a sujeira da calça jeans e avança em direção a uma parte específica da clareira.

— Dá para me ouvir? — grita ele.

— Sim, Hayden, em alto e bom som.

Ele faz um sinal de joinha com os dois polegares.

— O filme é um dos registros mais famosos do Pé Grande e tem sido muito estudado, inclusive por meio de recriações que tentam desacreditá-lo. Patterson e Gimlin estavam a cavalo, e vieram direto para essa clareira. Os cavalos perceberam primeiro, porque são muito intuitivos, então...

— A gente vai precisar andar a cavalo? Eu não gosto de cavalo.

— Por que não, Hallie? — pergunta ele, e semicerra os olhos, procurando os óculos escuros na mochila.

O sol da tarde vai refletir nas lentes pretas de um jeito que vai ficar péssimo na câmera, mas acho que parte do charme da nossa série é que somos amadores, nenhum de nós é um cineasta experiente. Como estamos explorando a floresta, vamos nos revezar atrás da câmera e depois afixar o tripé de Hayden à mochila, se precisarmos. Quando Jamie está com a gente, temos a vantagem de filmar em uma qualidade melhor, mas, se não fosse por ele e por Nora, Cthulhu passaria fome em todas as nossas viagens. E é claro que, se eles tivessem vindo, eu não teria pegado Hayden na floresta e ele não teria me proporcionado meu primeiro orgasmo com um homem.

Por mais que eu ame meu sugador de clitóris, não é a mesma coisa. Ele não me diz que sou linda e não se parece em nada com o homem extremamente gato que está à minha frente... investigando... um toco de árvore.

Hum.

— Cavalos são grandes.

— Eu também, mas você gosta de mim.

Hayden coloca os óculos escuros e faz um gesto que dá a entender que ele deu uma piscadinha por trás das lentes.

— Foi uma piada de duplo sentido?

— Está querendo saber, senhorita cética?
— Hayden, eu *já sei*.
Ele dá um sorriso insuportável de tão fofo. Quer a piada fosse de duplo sentido ou não, estou pensando nele sem roupa de novo. Talvez dessa vez a gente vá mais longe.
— E isso *não vai* aparecer no episódio.
Eu assinto.
— Enfim. Quando a criatura aparece, Patterson pega a câmera e Gimlin saca o rifle. Eles mal conseguem *acreditar* no que gravaram. Por mais que a filmagem tenha pouca definição, a grande criatura parecida com um macaco é vista caminhando pela clareira com os braços balançando e as costas curvadas.
— Tem certeza absoluta de que eles não avistaram só o homem mais peludo do mundo? — grito para ele.
— Hallie, não é um tipo *normal* de peludo. É *muito*, muito peludo. Tipo, absurdamente peludo. E, só para constar, eles avistaram um Pé Grande fêmea.
— Amei. Mulheres no topo.
— Enquanto a criatura passa pela clareira, a mão de Patterson fica mais firme e a filmagem melhora. O Pé Grande dá uma única olhada por cima do ombro direito antes de fugir para a floresta. A autenticidade da filmagem é discutida há décadas, mas eu particularmente acho que é real. E estou prestes a provar isso. Diante das câmeras. Agora mesmo. De uma vez por todas.
Abaixo a câmera.
— Por que isso está me deixando nervosa?
— Não fica assim. Só me filma.
Comprimo os lábios e levanto a câmera de novo. Hayden se posiciona na extremidade da clareira, acenando para mostrar onde está, como se ele não fosse a única coisa à vista.
— Existem estimativas aproximadas da real altura do Pé Grande, que variam entre 1,80 metro e dois metros. Eu tenho 1,93, então essa criatura poderia ser *ligeiramente* mais alta do que eu. Se formos considerar a estimativa de 1,90 metro, que é a mais aceita pela maioria das pessoas, eu poderia muito bem ser dublê de Pé Grande.

— Esse fim ficou bem esquisitinho.

Outro pernilongo pica meu braço, e começo a sentir que estou sofrendo bullying. Não gosto de estar no meio do mato e não gosto de caçar o Pé Grande, mas estou quase torcendo para que encontremos algo. Com o dinheiro que poderíamos faturar com um conteúdo genuíno dele, daria para comprar muito repelente.

— Então vamos lá. Vou atravessar a clareira e imitar o vídeo da melhor forma possível. Vou mostrar que os humanos não andam daquele jeito. É impossível que aquilo tenha sido um homem muito peludo ou fantasiado. Impossível. Olha só.

E eu olho, por mais que pareça loucura. Hayden dá passos longos e determinados pela clareira, e a parte mais assustadora é que parece que ele *ensaiou* para esse momento. Ele conhece cada movimento do vídeo. A maioria das pessoas provavelmente já viu a filmagem Patterson-Gimlin, mas ninguém a *decorou*. Pelo amor de Deus, Hayden *decorou* o vídeo!

Embora as palavras "eu poderia muito bem ser dublê de Pé Grande" tenham saído da boca dele, ainda estou pensando em Hayden tirando todas as minhas roupas quando voltarmos para o chalé.

Ele curva as costas e anda balançando os braços, depois dá a famosa virada para trás. Mas, em vez do olhar evasivo do Pé Grande, ele dá um sorriso e faz o sinal de honra dos escoteiros antes de continuar em direção à floresta. Eu me pergunto até onde ele vai andar antes de voltar. Não sei até que ponto Hayden está comprometido com essa atuação, mas é do Pé Grande que estamos falando. Simplesmente não faço ideia de quanto ele vai se empenhar em ser autêntico quando o assunto é o criptídeo favorito dele. Parando para pensar, nem sei do que o Pé Grande se alimenta. Será que preciso me preocupar com a possibilidade de Hayden ser devorado por um Pé Grande?

Eu *deveria* estar mais preocupada?

Hesito entre minha obrigação de garantir que meu coapresentador não morra e minha vontade de ficar esperando que ele volte. Viro a câmera para mim mesma.

— Estou sendo comida viva por pernilongos e não faço ideia de quanto tempo Hayden pretende ficar aqui. Talvez a gente morra e esse seja nosso último episódio. Aos que encontrarem meu corpo... digam aos meus pais que eu amo os dois e que eles podem dividir o valor do meu seguro de vida meio a meio.

Hayden finalmente aparece.

— FOI CONVINCENTE?

Ah, que bom, ele voltou.

— Sim, foi excelente, Hayden. Parabéns! — grito de volta.

Quando chega até mim, ele está suado e secando a testa com a camisa cheia de folhas grudadas. Sua calça está suja, e ele se abaixa, curvando as costas e apoiando as duas mãos nos joelhos.

— Deu um jeito nas costas imitando o Pé Grande? — pergunto.

Eu me agacho e enquadro o rosto dele. Não dá para dizer que o ângulo é muito lisonjeiro, mas o conteúdo é bom demais para ser desperdiçado. À medida que as semanas passam e gravamos mais episódios, parece que a nossa dinâmica só melhora e nossos fãs ficam cada vez mais afeiçoados a nós. O número de adolescentes querendo que a gente se beije na frente das câmeras e confesse que estamos namorando também aumentou. Se elas soubessem o que Hayden e eu andamos fazendo...

Ele se endireita e respira fundo.

— Se quisermos atrair um Pé Grande, acho que precisamos fazer uma dança de acasalamento.

— *Nem pensar.*

— É sério!

— E o que a gente faz se o Pé Grande sair correndo da floresta com uma ereção? Qual é o seu grande plano?

— Bom, para que o Pé Grande tenha uma ereção, ele tem que ser real, então *xeque-mate* — argumenta Hayden. — Se isso acontecer, acho que talvez eu tenha que aceitar que chegou a minha hora. Queria que fosse assim ou libertando um alienígena da Área 51.

— Nunca conheci alguém que não deseja ter uma morte indolor, tipo dormindo.

Então, um trovão estrondoso ecoa no céu.

— A gente está na Califórnia. Essas coisas não acontecem — resmunga Hayden.

Leva apenas alguns segundos para a chuva começar a cair. Ele tem razão, isso não é comum na Califórnia. Talvez ao norte, mas não conheço essa área tão bem. Em Los Angeles, a chuva faz com que todo mundo vire barbeiro no trânsito e que a Mulholland Drive fique lamacenta e cheia de pedras.

Espero que pelo menos a chuva aniquile todos os pernilongos que estavam praticamente fazendo *happy hour* com o meu sangue.

— Ah, não — lamenta ele. — Estamos caçando o Pé Grande!

— Hayden! — grito debaixo da chuva torrencial. Minha calça e botas já estão encharcadas. — Acho que a caça ao Pé Grande precisa ficar para depois.

Fecho a câmera e a guardo na mochila. O que gravamos ficou bom demais, não podemos correr o risco de que seja danificado. Além disso, Hayden talvez me mate se perdermos os registros dele recriando o filme de Patterson. Ele segura minha mão enquanto seguimos para o carro, embora o trajeto seja barrento e escorregadio e nos obrigue a nos apoiar em árvores úmidas. Passo a maior parte do caminho dando risada e segurando Hayden quando ele escorrega na lama, até que finalmente chegamos ao carro. Minhas roupas estão encharcadas, minhas pernas estão pesadas devido à calça jeans molhada e, graças aos comentários na Amazon que juraram que essas botas eram à prova d'água, concluo que não dá para confiar em ninguém. Afinal, minhas meias estão ensopadas e sinto que minha morte é iminente.

Hayden abre a porta para mim e corre para o lado do motorista. A chuva tamborila no teto do carro enquanto ele tira os óculos e tenta secá-los, sem sucesso. Depois que damos partida e começamos a descer as colinas rumo ao chalé, aumento a temperatura da ventilação e estico a camiseta para perto da saída de ar na tentativa de secá-la. Demoramos alguns minutos para chegar de fato, mas não dá tempo de secar nada. Hayden estaciona e puxa a mochila do banco de trás, depois saímos correndo até a varanda, mas não antes que eu enfie o pé em uma poça imensa. Parece que Deus me abandonou.

O chalé só tem um cômodo: há uma cama no aposento principal e uma cozinha de conceito aberto com janelões. Temos uma varanda perfeita para tomar café com vista para um amontoado infinito de árvores verdes que parecem subir até o céu. Talvez eu não goste de *estar na natureza*, mas não dá para negar que o lugar é muito bonito e que é um alívio respirar ar puro em vez da névoa de poluição de Los Angeles.

Subo correndo os degraus, e Hayden joga as chaves para mim. O cabelo dele está todo ensopado; os óculos, embaçados; e a camiseta do Pé Grande, grudada no corpo. O tecido molhado se molda nele, e eu o encaro enquanto ele tira o cabelo do rosto.

— O Pé Grande obviamente não quer ser encontrado — digo, dando risada e errando o buraco da fechadura na primeira tentativa.

— Como castigo, ele decidiu nos dar um banho.

Hayden me segura pela cintura e ri com o rosto encostado na minha nuca, me causando um arrepio. Cada respiração vem em um suspiro profundo e pesado que faz com que eu não consiga sair do lugar. Estou congelada em um momento com cheiro de âmbar, madeira e chuva, sentindo a mão de Hayden na minha barriga, segurando o tecido da minha camiseta.

— Hallie — diz ele.

Ele desce até o cós da minha calça jeans. Minha única resposta é um simples aceno de cabeça, então ele me segura e me gira para que fiquemos um de frente para o outro. Ele me encosta na porta, e suas mãos estão em mim antes que eu precise pedir.

Hayden segura meu queixo, inclina minha cabeça para cima e me beija. Ele hesita, tomando fôlego e me observando por trás das lentes embaçadas antes de me devorar em um beijo lento e delirante. Seus músculos rígidos pressionam meu peito, e eu estou pronta para despi-lo daquela camiseta molhada e admirar o relevo e os ângulos de sua barriga, assim como os traços finos das tatuagens que descem pelo peito e pelas laterais do corpo. Mais uma vez, me pego imaginando até onde elas chegam.

Ele geme e morde meu lábio inferior, depois beija minha mandíbula e desce pelo meu pescoço, me arranhando com a barba e me marcando como sua. Saboreio cada toque enquanto suas mãos invadem os bolsos traseiros da minha calça e apertam minha bunda com vontade. Sinto o volume de Hayden pressionando meu quadril e sei que a hora é essa. Tem que ser. Faz tempo que eu o desejo, mas aquele é o momento em que não tenho nenhuma dúvida.

Nossos beijos são desesperados, e, apesar de nossos dedos se enroscarem nas roupas molhadas, agarro sua camiseta, reivindicando-o. Em meio à tempestade implacável, ouço em minha mente as palavras que ele disse na noite passada: *eu sou seu*. E decido que também sou dele.

Hayden se atrapalha com as chaves, mas finalmente tropeçamos porta adentro. Ele mal se dá ao trabalho de trancá-la antes de deixarmos nossas mochilas no chão e só me solta para tirar a camisa. Eu me deito no colchão, mas sou puxada de volta.

— Nós estamos muito molhados — diz ele, rindo.

Eu rio também, envolvendo seus ombros.

— Então você quer tirar minha roupa antes de cairmos na cama?

Hayden segura meu rosto e acaricia minhas bochechas. Ele parece estar esperando por permissão. Neste momento, estamos decidindo se vamos em frente ou não. Quando nossos lábios se encontram de novo, devagar e com calma, ele aguarda minha resposta pacientemente, como sempre. Cada toque faz com que eu saiba que ele se importa, independentemente do que eu responda. Eu sei que posso desistir a qualquer momento sem que haja consequências. Adoro o fato de que, com Hayden, não tenho medo de hesitar.

— Hallie, se você não quiser, a gente não precisa continuar.

— Eu sei — respondo, assentindo. — Mas eu quero, se você quiser.

— E ainda duvida que eu quero?

Ele morde minha boca, e seus olhos escurecem, tão verdes quanto a floresta lá fora. Ele deixa escapar um murmúrio de satisfação e segue beijando minha bochecha, mandíbula, testa. Hayden não vai deixar nenhuma parte de mim intocada.

— Eu quero fazer amor com você desde a noite em que nos conhecemos.

Faz tanto tempo assim? Ele me queria desde o alienígena no copo, desde o desastroso tour fantasma com Gary.

— É mesmo? — provoco.

Quero mais de sua voz. Quero que ele fale sacanagem no pé do meu ouvido e que faça tudo que diz. Quero mais da noite passada. Mais de seus gemidos e mais de seu corpo.

— É — responde Hayden. — Cheguei em casa louco para tomar um banho gelado depois daquele tour.

Enfio as mãos por baixo da camiseta dele. Seu corpo estremece sob meu toque frio, e sua pele fica arrepiada.

— Ouvi dizer que Gary, o guia de turismo, causa esse tipo de efeito nas pessoas. Comentaram isso nas avaliações do site dele.

Sem que eu precise pedir, Hayden puxa a camiseta por cima da cabeça em um movimento ágil. Meus olhos vão direto para o mar e os galhos, e para o resto da tatuagem que ainda não terminei de ver. Há árvores, ondas e Não Cervos. Sigo os traços até chegar em sua calça, como em uma brincadeira de caça ao tesouro.

Quando tento tirar o cinto de Hayden, ele interrompe meu avanço com uma risada profunda.

— Sua vez. Tira alguma coisa.

A verdade é que fico muito feliz por ser minha vez. Minha roupa está tão molhada que não aguentaria ficar com ela por mais nem um minuto sequer. Eu puxo a camiseta para cima, mas o tecido enrosca no meu rosto e fico presa no momento menos sexy de toda a minha existência.

— *Socorro* — peço, morrendo de rir.

Não consigo ver nada, mas sinto as mãos de Hayden subindo pelo meu corpo até me soltar das garras cruéis da camiseta, que vai ao chão com um baque molhado. Quando ele finalmente olha para mim de novo, é como se estivesse me vendo pela primeira vez. Alívio, paixão, emoção.

— Pronto, agora você está segura — brinca ele, me beijando outra vez.

As palavras de Hayden me tocam em mais de um sentido.

Ele começa a tirar as botas e as meias, e eu faço o mesmo.

— Todos os comentários da Amazon diziam que isso era *à prova d'água* — choramingo. — Meus pés estão ensopados!

— Meias molhadas, insetos... Você não gosta de nada, mesmo.

Eu seguro a fivela de seu cinto e o puxo para mais perto. Ele me deita na cama com uma mão atrás da minha cabeça e a outra acariciando abaixo do meu umbigo, se segurando para não tirar minha calça.

— Isso é completamente normal. Quem é que *gosta* de meias molhadas?

— Alguém deve gostar.

— Isso parece uma teoria da conspiração.

Seguro uma das mãos de Hayden, guiando-a até o meio das minhas costas. Ele abre meu sutiã com facilidade, escorregando as alças pelos meus ombros, uma de cada vez. Ele respira fundo, atento, enquanto tiro meu sutiã.

Seus dedos gelados roçam meus mamilos, que endurecem no mesmo instante. Tudo em mim arde de vontade. Ele beija meu peito e minha barriga, encontrando com a boca as partes mais geladas e sensíveis do meu corpo e cobrindo-as de calor.

— Posso? — pergunta Hayden, logo acima da minha cintura.

Eu autorizo com um aceno. Fomos mais longe ontem, mas ele não considera isso uma permissão permanente. A simples noção disso faz com que meus olhos se encham de lágrimas. Quando nossos olhares se cruzam, ele acaricia minha bochecha.

— Estou falando sério. Se mudar de ideia, pode me dizer.

Tenho a sensação de que isso não vai acontecer, mas adoro que ele me tranquilize assim. É maravilhoso aprender a gostar de fazer isso com alguém como Hayden. Achei que teria uma vida inteira de encontros ruins, agora não sei o que vem pela frente. Só sei que não vejo a hora de descobrir com Hayden.

— Pode deixar.

— Ótimo — sussurra ele.

Hayden se afasta e me observa enquanto abro a calça. Eu não tinha planejado ficar nua na frente dele quando coloquei o estoque inteiro de uma loja de esportes na mala. Claro que nem me ocorreu trazer minha calcinha mais sexy para caçar o Pé Grande. Mas, considerando a quantidade de calcinhas que trouxe, eu de fato poderia ter me preparado melhor.

Quando nos beijamos de novo, grudamos o corpo todo. Ele espanta o frio dos meus ossos com cada toque e pressão dos lábios quentes em minha pele. Cada beijo é vertiginoso, e eu me sinto prestes a derreter.

Ele leva minha mão até seu cinto, e tiro suas calças, revelando uma cueca boxer com estampa do Pé Grande. Não faço ideia de onde ele encontra esse tipo de roupa.

Ele fica constrangido.

— Hum... eu... esqueci que estava usando isso.

— Está tudo bem — digo, rindo. — Eu acho bonitinho.

Ele sorri quando me beija e me abraça com força.

— Que bom. Ainda está tudo bem?

— Está. Quero que você continue.

Hayden umedece o lábio inferior, sentindo meu gosto na boca. Quero sugerir que ele sinta outro gosto, e ele parece ler meus pensamentos. Seus dedos seguram o elástico da minha calcinha, descendo-a lentamente pelas minhas pernas. Não percebo que é a primeira vez que ele me deixa completamente nua até que vejo-o respirar fundo, como se tivesse levado um golpe físico.

— Porra — balbucia ele. — Não acredito que ninguém nunca tenha te enaltecido como você merece.

Inclino seu rosto para mim.

— Por que não me mostra o que estou perdendo?

Hayden coloca minhas pernas em seus ombros enquanto acaricia minhas coxas, traçando círculos, corações, seja lá o que for. Ele se dedica a cada imperfeição, às estrias e ao emaranhado de veias nos meus quadris, à pele manchada entre minhas pernas.

A língua dele desliza para dentro de mim, e sinto que estou entrando em combustão. Minha pele arde e deito a cabeça na cama, fechando os olhos. Ele é cuidadoso e metódico, me destrinchando como faz com cada teoria, explicação e história que conta. Eu me pego com medo de quebrar seus óculos quando minhas pernas se contraem em torno de sua cabeça.

— *Porra.*

O gemido que eu solto é suficiente para que o Pé Grande saiba que deve ficar bem longe, porque estamos mais do que ocupados.

A tatuagem em seu peito e ombro se move a cada movimento e contração de músculo. Ele me preenche de novo com um movimento de língua mais profundo, fazendo com que meus dedos dos pés se contraiam, minha voz embargue e meu coração acelere. Cada gosto, cada toque e cada beijo faz com que eu me aproxime mais da loucura.

Estremeço ao gozar, puxando o cabelo de Hayden. Todo o meu corpo parece leve e pesado ao mesmo tempo, e as sensações que me atravessam são tão boas que chegam a doer. Mal consigo sentir minhas pernas, mas sinto a barba dele subindo pelo meu corpo até ele encostar a testa na minha.

Hayden me envolve em seus braços como se eu fosse algo que ele está desesperado para ter para si.

— Como você está? — pergunta ele, com a voz ardente e grave.

Minha resposta é um aceno débil e um suspiro de súplica por mais. Ele ri e dá um beijo carinhoso na minha têmpora, acariciando meu queixo com o polegar.

— Que bom — diz Hayden.

De novo, nos encontramos em beijos preguiçosos, mas ávidos. Estou tão maravilhada com a sensação de seus cabelos úmidos entre meus dedos e sua ereção entre minhas pernas que mal o vejo pegando a bolsa ao lado da cama e tirando uma pequena caixa de preservativos.

— Você anda com *isso* por aí? — pergunto.

Presunçoso, mas preparado. Não vou repreendê-lo por isso.

— Comprei no último posto de gasolina em que paramos. Depois da noite de ontem, achei que deveria estar preparado para tudo.

Enquanto o ajudo a abrir a caixa, Hayden retoma nosso beijo.

— Entendo. Você estava claramente planejando encontrar uma Pé Grande gostosa na floresta.

Seu sorriso é tão radiante que poderia espantar as nuvens de chuva lá fora.

— Na verdade, eu estava torcendo para que a mulher que não sai da minha cabeça estivesse interessada. Tenho uma teoria da conspiração de que ela talvez goste de mim também.

— Será?

Ele abre um sorriso confiante e faz que sim com a cabeça. Penso em todas as maneiras de dizer a ele que também o quero — e concluo que a melhor delas é tirar sua cueca. A tatuagem na lateral do corpo de Hayden desce quadril abaixo, e eu sigo os traços como um mapa, sentindo minha boca ficar seca.

— Estou otimista. Minhas observações me dizem que sim — responde Hayden.

Ele rasga a embalagem do preservativo com os dentes e depois o coloca com a minha ajuda. Não consigo tirar os olhos dele. Um homem que ganha a vida falando sobre alienígenas não deveria ter o direito de ser tão lindo.

— Não se preocupa. Estou totalmente pronta para ser abduzida por você — digo, sem conseguir conter uma risada.

Ele sorri ao olhar para mim. Eu estava guardando essa piadinha há tempos, e sabia que ia deixá-lo feliz.

Hayden passa os dedos pela lateral do meu rosto, pelos meus seios, e segura minha cintura enquanto abre minhas pernas com o joelho. Ele me segura contra o próprio corpo, posicionando-se entre minhas pernas, e eu fecho os olhos quando ele entra em mim.

— Hayden.

O nome dele escapa da minha boca ao mesmo tempo que ele diz o meu. Senti-lo é indescritível, parece que ele foi feito para mim.

— Tudo bem? — sussurra Hayden, afastando meu cabelo do rosto.

Ele pergunta em voz baixa para que, apesar de estarmos sozinhos, o momento seja o mais íntimo possível. Confirmo com a cabeça. Nossos dedos se encontram na armação de seus óculos. Juntos, nós os tiramos, e eu os coloco na mesinha de cabeceira ao lado.

— Não se preocupa. Eu consigo ver você perfeitamente bem.

Seus lábios se aproximam, e seus quadris se chocam contra os meus. Ele é preciso e metódico, mas aberto ao improviso enquanto aprendemos um sobre o outro.

E é exatamente isso, um aprendizado. Isso é bom, isso poderia ser melhor, pode ir mais fundo. Gosto da maneira como suas mãos passeiam por todo o meu corpo, dos palavrões contidos que ele solta entre os beijos e de como cada um é acompanhado de um sorriso, como se ele se sentisse sortudo por estar comigo. Nossos lábios se afastam, mas sempre se encontram de novo.

Sem os óculos, Hayden talvez não consiga me ver em detalhes, mas estou muito feliz por poder enxergá-lo por inteiro. Quero ver a expressão no rosto dele quando o seguro com mais força pelo cabelo, mordo sua boca e digo como está gostoso. Quero passar o resto da vida olhando os cachos escuros que caem no rosto dele, ainda molhados de chuva, complementando as sardas quase imperceptíveis no nariz e na bochecha. Tiro uma foto mental da forma como ele entrelaça nossos dedos, segurando minha mão contra o peito. Ele se importa com cada segundo disso tanto quanto eu.

Envolvo as pernas nas costas dele e arranho seus ombros de leve. Sempre que tem a oportunidade, Hayden sorri e diz que sou linda. Ele me quer como sou, como mais do que um objeto, e quer fazer isso comigo porque é *comigo* que se importa. Eu não sabia que sexo podia ser assim, cheio de provocação, diálogo e amor.

Meu coração já é dele, e não consigo me imaginar pedindo-o de volta.

— Como está se sentindo? — sussurra ele.

Sinto sua barba na ponta dos dedos e, quando nos olhamos, toco seu lábio inferior com o polegar. Não sei o que ele está enxergando, mas, mesmo que eu seja só uma imagem borrada parecendo uma aquarela em tons de azul, Hayden me olha como se eu fosse sua obra de arte favorita.

— Em choque por você não estar fazendo um monólogo sobre como a Finlândia não existe.

— Essa teoria... — começa ele, roçando os lábios pelo meu queixo e descendo pelo meu pescoço. — É bem obscura, senhorita cética. Parece até que você...

Eu o silencio com um beijo e me sinto derreter por dentro. Hayden me segura pela cintura, e os movimentos de seus quadris ficam mais rápidos e mais fortes, seus gemidos mais intensos a cada investida. A voz de Hayden fica trêmula, pronunciando meu nome como uma língua estrangeira.

Eu o aperto entre minhas pernas, segurando a cabeceira da cama com uma das mãos. No instante seguinte, alcançamos a linha de chegada juntos. Mordo a boca dele com força quando gozo, mas Hayden não reclama, tudo que faz é me beijar com mais vontade. Sinto gosto de sangue em nossos beijos enquanto minhas pernas ficam moles e estremeço nas mãos dele, desfrutando a euforia que toma meu corpo inteiro. Ele sussurra meu nome como se fosse a primeira vez e me beija com carinho e desejo, me trazendo de volta à realidade.

Tudo que consigo fazer é abraçá-lo quando ele desaba sobre mim. Toco cada vértebra de suas costas, atenta à respiração dele. Nada me faz sentir em casa como Hayden. Beijo o topo de sua cabeça, brincando preguiçosamente com as mechas de cabelo suado e molhado de chuva que emolduram seu rosto.

— Você está bem, Hallie?

— Sim. Muito bem.

Ele ri.

— Que bom. Fico feliz.

— Espero que isso tenha servido de consolo por termos levado um bolo do Pé Grande.

— Com certeza serviu.

CAPÍTULO 19

Sinto cheiro de bacon quando acordo.

O bacon em questão parece estar um pouco queimado? Sim. Mas qualquer bacon cairia bem neste momento. Eu me apoio nos cotovelos e me ergo um pouco. O outro lado da cama já está vazio, mas isso não é motivo para preocupação. Hayden tem alguns traços de personalidade meio preocupantes — como saber onde ficam muitas bases militares dos Estados Unidos e falar sem parar sobre assassinatos trágicos e avistamentos de criaturas inexplicáveis —, mas ele também sai para correr de manhã bem cedo. Eu, por outro lado, não correria nem de um ladrão.

Os lençóis ainda estão com o cheiro dele — ou melhor, com o *nosso* cheiro —, algo amadeirado misturado com rosa e baunilha. Quando me levanto de vez, procuro minha calcinha e pego também a primeira peça de roupa que encontro, que por acaso é uma camiseta cinza que Hayden deixou no chão.

Vou para a cozinha, seguindo o cheiro do café da manhã. Hayden está de olho nas panquecas e no bacon fritando ao lado. Também vejo uma garrafa de café recém-passado. Ele ainda está usando a camiseta suada do Red Sox e short de corrida — é tão bonito que deveria ser crime. Como isso é possível? Quando termino de me exercitar, não consigo fazer nada além de ficar largada no sofá como se tivesse levado uma surra.

Quando me apoio na bancada, Hayden finalmente olha para cima e abre um sorriso tímido.

— Bom dia.

Antes que eu possa responder, ele nota a camiseta que estou usando e cruza os braços na frente do peito, exultante. É claro que nos divertimos transando loucamente na noite anterior, mas isso já é outro nível.

— Por que está sorrindo?

— Gostei da sua camiseta. Bom, da *minha* camiseta.

Olho para baixo e reviro os olhos. A peça já foi lavada inúmeras vezes e mesmo assim tem o cheiro dele, como se estivesse entranhado no tecido. Fica gigantesca em mim e, se eu adicionasse um cinto bonito, viraria um vestido descolado para ir a um brunch com o Pé Grande. A camiseta tem uma estampa que diz "Eu quero acreditar".

— Ficou bem em você.

— Vê se me erra — disparo de volta.

— Você deve me amar *mesmo* para usar uma camiseta que diz "Eu quero acreditar". Tipo, *muito*.

Amar. Fico receosa com a palavra e com a maneira como Hayden *não fica*. Ela tem aparecido cada vez mais quando penso nele, mas dizê-la em voz alta me forçaria a confessar o que sinto: que ter alguém disposto a me amar soa como uma teoria da conspiração que ainda não me parece muito razoável. Engulo meu ceticismo e vou até ele.

— Estou usando isso porque foi a primeira peça de roupa que encontrei. Eu nunca usaria algo assim em público. *Nunca*.

Hayden ergue a sobrancelha, e eu o abraço. Com uma mão, ele continua virando o bacon crepitante no fogão, e com a outra ele me puxa para um beijo. O sabor é de café e pasta de dente, com o toque de um dia de barba por fazer. Os beijos são ásperos e espetam, mas não consigo reclamar nem pensar em me afastar.

— Então só vou saber que suas intenções são sérias quando pegar você usando minha camiseta do *Arquivo X* em público?

— Claro, claro — respondo, assentindo.

— Combinado. Pode ficar com essa, tenho mais três iguais.

Inacreditável.

— Você... tem três... Ah, quer saber? Não precisa explicar.

— Melhor assim — responde ele com uma piscadinha.

Tem muita coisa que é melhor não perguntar, como, por exemplo, se ele escrevia fanfics de *Arquivo X* no ensino médio ou se realmente se arriscaria a ser atingido por um raio laser ao invadir a Área 51. Tenho medo de saber as respostas.

— Qual é o cardápio do café da manhã?

— Bom, depois da minha corrida, percebi que não tínhamos muita coisa para comer — diz ele, gesticulando com a espátula. — Aí fui ao mercado. Agora temos panquecas, bacon, outra caixa de preservativos...

— Legal. Para comer com as panquecas também?

— *Não*. Eu quis dizer... que temos mais agora. No ritmo em que estamos, talvez o pacote pequeno que comprei na loja de conveniência do posto acabe antes de voltarmos.

Eu rio e me apoio junto ao peito de Hayden, que me abraça e beija minha cabeça. A floresta está silenciosa, e nosso chalé é meio isolado, sem vizinhos. As calhas pingam água da chuva, mas o sol está atravessando a copa das árvores e iluminando a sala de estar. Também estou ouvindo um pássaro cantando ao longe. E a pessoa que está comigo quer me fazer feliz. É muito mais do que eu poderia pedir.

— Não fica muito animadinha, não — brinca ele. — Ainda temos que compensar o tempo perdido na caça ao Pé Grande.

Solto um grunhido.

— Estava torcendo para você desistir.

Ele ergue meu queixo e esfrega o nariz no meu.

— Jamais.

Quando volto para casa, Nora está vendo algum programa de variedades na TV e dando uvas para Lizzie, que está aninhada em seu colo. Por melhor que o fim de semana tenha sido, senti falta da minha cama e não vejo a hora de tirar todos os resquícios de natureza do meu cabelo e da minha pele.

— Muito bem — sussurra ela para o lagarto, antes de olhar para mim. — Oi. Acharam o Pé Grande?

— Por incrível que pareça, *não* achamos — respondo, jogando as malas na poltrona. — Também não encontramos nenhum Criptídeo de Fresno nem fantasmas na Mansão Winchester. Mas, segundo Hayden, alguma coisa desamarrou o sapato dele enquanto estávamos lá, então o veredicto ainda está pendente. Conteúdo bom, mas sem criptídeos.

— *Esse* deveria ser o slogan de vocês. Hayden nunca toparia, mas é a verdade.

Abro o zíper da minha mochila para pegar o celular, e a camiseta cinza estampada com "Eu quero acreditar" escorrega e cai no chão. Nora ergue as sobrancelhas ao vê-la.

— Uau. Como é aquele ditado? "Nunca diga dessa água não beberei"?

— Não é isso, é que...

Eu me pergunto se prefiro mentir e dizer que tenho uma camiseta de alienígenas ou se é melhor desembuchar e contar de uma vez que ela não é minha. Mas estamos falando de Nora. Nora, que me viu no fundo do poço. Nora, que é tão excêntrica e peculiar que aceita as particularidades de todo mundo também. Nora não me julgaria.

E eu preciso zelar pela minha reputação, afinal.

Não posso deixar alguém pensar que acredito em alienígenas.

— Hum... não é minha. É do Hayden.

As sobrancelhas dela continuam nas alturas.

— Entendi. Algo normal a se fazer, dividir roupas com seu coapresentador.

E *tirar as roupas* também, claro.

— Nunca se sabe quando vou precisar estar a caráter para o programa.

Eu soo quase tão convincente quanto aquelas fotos adulteradas de criptídeos, que por sinal são numerosas. Será que Nora já nos sacou faz tempo?

— Óbvio.

Nora assobia a música tema de *Jeopardy!* e joga a camiseta de volta para mim. Eu a enfio na mochila e solto um longo suspiro.

— Tá bom, eu transei com ele.

— Viu só? — Ela se alegra. — Essa é uma explicação *muito mais* razoável.

— É que...
— Ah, fala sério, Hallie. Parece que você não viu nenhum dos seus próprios episódios. Por que acha que tem tanta fanfic sobre você dois?
— VOCÊ PROMETEU NUNCA ME CONTAR!
Ela ergue as mãos, se rendendo.
— Desculpe, desculpe. Já foi. Eu só quis dizer que todo mundo já sabia. Não era nada...
— Não se atreva a fazer essa piadinha.
— ... Desconhecido.
Jogo uma almofada nela.
— Eu te odeio.
— Os fãs que *shippam* vocês vão ficar tão felizes — comenta Nora.
— Não sei se vamos contar ainda. — Ainda não conversamos sobre isso, mas, para o bem da série, fica a dúvida se vale ir de oito a oitenta tão depressa. — Não quero que isso cause... Sei lá.
Ficamos em silêncio, e eu me afundo no sofá ao lado dela, cruzando os braços. Foi como se eu tivesse estado em transe durante todo o fim de semana. Mesmo nos momentos mais intensos, não parei para pensar nas consequências de estarmos juntos.
— O que vai acontecer é que a internet vai enlouquecer. Pelo menos a bolha de vocês.
— Pois é...
— Tem algum outro problema?
— Cade. Skroll.
— O que tem? — pergunta ela.
Como explicar que tenho medo de alguém que cortei da minha vida? Ainda me preocupo com o que Cade pensa. As garras dele se fincaram em mim por tantos anos que, mesmo agora, é como se uma delas tivesse se estilhaçado e ficado incrustada na minha carne.
— Eu sabia que isso aconteceria quando eu começasse a sair com alguém — digo. — Eu fico com medo do que Cade vai dizer e...
— Quem se importa com o que aquele otário pensa?

— Eu não me *importo*. Mas me preocupo com as consequências. Com o que ele vai dizer ou fazer em relação a mim e a meu parceiro. Não quero meter Hayden nisso tudo.

— O que ele poderia fazer? Sério, o que Cade poderia fazer?

— Não sei, Nora... Dizer para todo mundo que sou péssima, ou... Ela dá um empurrãozinho no meu joelho com o dela.

— E daí? Ele é arrogante e só pensa no próprio umbigo. Ele só vai deixar de ser babaca quando morrer. Se começar a falar idiotices sobre você ou Hayden, acho que isso diz mais sobre o caráter dele do que sobre o seu. Seus fãs não vão dar a mínima. E se você o deixar controlar sua felicidade, nunca vai ser feliz. Você não pode permitir que ele faça isso, Hal. Se você abrir mão do que é saudável e te faz bem, onde isso vai parar? Não desista de você só porque Cade é um merda. Ele sempre foi e *sempre* será. — Ela gesticula exageradamente acima da cabeça. — Aquele cara já nasceu podre! Mas você deu um pé na bunda dele para poder ser feliz, para não ter mais que lidar com ele. E eu sei que é difícil quebrar esse ciclo, mas não pode deixá-lo controlar você. Ele não tem esse direito.

Eu me encolho. Não quero que Cade ainda exerça esse poder sobre mim. Mas tenho medo de que ninguém consiga amar alguém que dá tanta atenção ao ex como eu. Até quando Hayden vai aguentar ouvir sobre minha bagagem emocional antes de pensar que eu não valho a dor de cabeça?

— Como você se sente em relação ao Hayden? — pergunta Nora.

Não sei o que dizer. O que sinto não é fácil de expressar em palavras. É a sensação de uma cama quentinha, uma fogueira aconchegante, um abraço apertado. É como estar segura e cheia de coragem ao mesmo tempo.

— Como se eu acreditasse em algo pela primeira vez em muito tempo.

— Tipo alienígenas?

— *Claro que não.*

Hayden passou a vida cuidando de outras pessoas, muitas vezes se deixando de lado. Nunca esperou algo em troca. Ele não espera que eu o coloque para cima, porque ele faz isso sozinho, e muito bem, mas não quero mais que seja uma tarefa solitária. Ele descobre o que é importante para mim, depois vai e faz. Ele sabe como gosto de passar o café, me consulta antes de fazer escolhas. Ele me deseja boa noite todas as noites porque eu disse *uma vez* que gosto disso.

Apaixonar-se por alguém deve ser assim. E eu sei que é o caso, porque é algo que eu nunca tinha sentido até então.

Dói, mas de um jeito bom.

— Se Hayden faz você sentir o que eu imagino que faça, já que está extremamente *na cara*, isso é entre vocês dois — diz Nora. — Cade não tem o poder de ditar o que você pode ou não fazer, nem o que te deixa feliz. Além do mais, eu não me preocuparia. Hayden conseguiria aniquilar esse cara de olhos fechados. É curioso, na verdade. Para alguém que coloca whey protein em tudo o que come, Cade é surpreendentemente mediano.

— Em todos os sentidos possíveis.

— Menos quando o assunto é ser um imbecil. Aí ele é profissional — diz ela. — Porra, *tomara* que Hayden dê um soco nele em algum momento. Seria uma vitória pessoal para mim.

O DESCONHECIDO

EP #7: "Por favor, responda à pesquisa para melhorarmos futuras abduções"

Esta semana, em O Desconhecido, *Hayden e Hallie abordam casos de abduções alienígenas. Eles falam sobre sondas, agroglifos e o aparente gosto dos extraterrestres por roupas de látex. Apertem os cintos em seus discos voadores, criançada.*

HALLIE
Tenho uma pergunta sobre os glifos nas plantações.

HAYDEN
Diga.

HALLIE

Toda abdução alienígena gera um agroglifo por tabela?

HAYDEN

Não, senão o mundo inteiro teria que ser uma grande plantação para dar conta, o que não é o caso. Os desenhos nas plantações chamados de agroglifos são um mistério e muita gente acha que são falsos. Algumas pessoas já admitiram que elas mesmas fizeram os desenhos, o que é bem possível.

HALLIE

Ainda assim, parece muito trabalhoso.

HAYDEN

E é mesmo! Por isso não sei no que acredito. Claro que é algo que poderia ser feito por humanos buscando fama, mas alguns agroglifos são tão imensos e reproduzem a geometria sagrada com tanta precisão que seria muito mais fácil fazê-los pairando sobre as plantações em um disco voador equipado com laser.

HALLIE

De fato. Mas acho que o que eu quero saber é: por que os alienígenas fariam isso, para começo de conversa? Será que é um tipo de mensagem? Isso é o equivalente extraterreste a escrever "fulano esteve aqui" na cabine de um banheiro público?

HAYDEN

É bem mais maneiro do que isso. Pelo menos demonstram habilidade.

HALLIE

Eu gosto da ideia de que os alienígenas vêm pra cá pra fazer arte. Isso, sim, é legal.

HAYDEN

Você acabou de dizer que "os alienígenas vêm pra cá"? Quero ouvir de novo.

HALLIE
 Hipoteticamente, né? Eu quis dizer hipoteticamente. E quero acrescentar que a coisa mais curiosa que eles fazem não é nem arte: os homenzinhos verdes também gostam de bundas.

HAYDEN
 Oi?

HALLIE
 As sondas! Por que eles escolhem a bunda? De todas as partes do corpo humano para passar uma sonda... é sempre a bunda.

HAYDEN
 Não é uma questão de gosto. É ciência. Mas, para refutar seu ponto, saiba que em alguns casos a sonda entra pelo umbigo. Então, quando você for abduzida por alienígenas, não se esqueça de dizer que você prefere a sonda pelo umbigo, não por trás.

HALLIE
 Eles perguntam?

HAYDEN
 Ah, sim, você tem que preencher um formulário antes do procedimento.

COMENTÁRIOS

SlimGiggly
Vcs vão dizer que é teoria da conspiração, mas eles estão se olhando diferente nesse episódio...

Blucifer
@SlimGiggly vdd

GatinhaDeFlatwoods201
@SlimGiggly @Blucifer caso interesse, um fã fez uma análise de quantas vezes eles se tocam por episódio. o número tem aumentado pelo menos dois toques por episódio. crescimento exponencial.

SrVinganca
@GatinhaDeFlatwoods201 não é assim que crescimento exponencial funciona

TerraPlanaBundaRedonda
se vcs shippam haylie, acabei de postar o último cap da minha fic "cinco vezes em que hallie não acreditou em hayden (e a vez em que ela acreditou)"

<link>

CAPÍTULO 20

Por anos, tudo que Cade mais quis foi ser um convidado fixo no circuito de convenções. Ele implorou a Kevin que o levasse para as maiores, tipo a Comic-Con de San Diego, a WonderCon e a Comic-Con de Nova York, mas não deu certo. Então fico muitíssimo orgulhosa de ter sido convidada a participar de uma convenção antes dele.

É claro que Cade ia preferir ficar deitado no meio da estrada a ser visto na Feira da Conspiração. Se me perguntassem isso alguns meses atrás, a resposta seria a mesma, mas agora estou *participando de um painel*.

Toma essa, seu babaca.

— É raro que eu seja uma das pessoas de aparência mais normal em um lugar.

O cabelo azul chama a atenção aonde quer que eu vá e faz com que criancinhas pensem que sou legal e que adultos achem que sou uma bruxa. Enquanto Hayden optou pelo uniforme de sempre, ou seja, calça jeans, uma camiseta engraçadinha (hoje é uma da Majestic 12) e uma camisa xadrez, eu tentei parecer o mais séria possível. Estou de calça jeans e uma blusa de gola alta cinza com um blazer preto por cima. Pareço uma Dana Scully contemporânea, o que explica por que Hayden não consegue parar de olhar para mim.

Mas, em comparação com os participantes da Feira da Conspiração, parece que sou uma ministra de Estado. É uma convenção em Los Angeles dedicada exclusivamente ao estranho e inexplicável. Não é um lugar onde eu esperava estar, mas pareço me encaixar muito bem.

— Eu estava pensando a mesma coisa sobre mim! — concorda Nora, ajeitando meu coque.

— Mas você passa despercebida por ser uma tampinha — diz Jamie, apoiando o cotovelo na cabeça dela.

O rosto e o corpo inteiro de Nora se encolhem, de pura irritação. Ela se contorce para sair de baixo dele.

— Você, por outro lado, está *completamente* deslocado — rebate ela.

— É porque eu tenho bom gosto.

— Você gosta de musicais, Jamie.

Hayden entra em nosso camarim no Centro de Convenções de Los Angeles com quatro crachás na mão. Eles são de plástico e têm o formato de uma cabeça de alienígena, mas no lugar do que seriam os traços faciais há um adesivo:

HALLIE BARRETT
TALENTO
O DESCONHECIDO

Eu me sinto levemente eufórica. Acho que nunca pensei que seria *conhecida* pelas coisas que faço, pelo menos não publicamente. Meu nome está nos créditos do Skroll há anos e apareci em alguns vídeos do Cade aqui e ali, mas nada disso rendeu muito mais do que alguns seguidores no Twitter e no Instagram. Eu era "A Namorada", tipo um objeto cenográfico que *por acaso* aparecia de vez em quando.

Desde a estreia de *O Desconhecido*, meu número de seguidores aumentou dez vezes. Eu me sinto mais pressionada a postar porque as pessoas *se importam* com o que tenho a dizer, querem fotos de nós dois brincando, do que acontece nos bastidores. Querem saber até qual tinta de cabelo eu uso.

As pessoas pedem minha opinião, e, quando a compartilho, ela é valorizada.

Tudo isso é novo e desconhecido, e, se essas coisas acabaram me levando a um encontro de fãs de teorias da conspiração, por mim tudo bem.

Fico me perguntando se não vou ficar deslocada. Será que vão saber logo de cara que sou a única cética do lugar? Mas, verdade seja dita, a programação já não me deixa tão embasbacada quanto teria feito antes.

Vermes espaciais: Um mergulho nas profundezas

Portais & Pontos sem retorno

Bohemian Grove: Clube do bolinha na floresta ou algo pior?

Eu me pergunto se não seria melhor desempenhar meu papel de sempre. Se fomos convidados como Hayden e Hallie de *O Desconhecido*, as pessoas vão esperar que eu critique as teorias de Hayden e banque a cética no palco.

Hayden passa meu crachá pela minha cabeça antes de entregar os outros dois para Jamie e Nora.

— Muito bem, estamos oficialmente dentro. Com isso, vocês podem participar de qualquer painel que quiserem e de várias sessões de autógrafos.

Jamie arqueia a sobrancelha.

— Excelente, eu queria mesmo um autógrafo no meu exemplar do livro de nudes do Pé Grande. Mas, brincadeiras à parte, vai ser ótimo para divulgar a série. O pessoal daqui não é o tipo de audiência que costuma acessar o Skroll.

Espero que isso seja suficiente para tirar *Os Amadores* do primeiro lugar. Nosso episódio do Pé Grande teve um engajamento maior do que o normal, mas *Os Amadores* também. O restante das séries está muito atrás de nós.

— É, eles não conhecem o Skroll — concorda Hayden. — Mas eles me conhecem, e logo vão conhecer nossa série também. Eu sabia que pagar aquela bebida para o Bernard dois anos atrás viria a calhar. Mas é uma pena o que aconteceu com o Mark.

— O que... aconteceu com ele? — pergunto.

Originalmente, não tínhamos planejado participar da Feira da Conspiração. Deu certo, por acaso, quando Mark Larkin, um ufólogo supostamente vanguardista e renomado, de repente não pôde comparecer. Bernard, um pesquisador que Hayden conheceu em outra convenção, precisou de um substituto de última hora para um painel.

— Ele foi para o Monte Shasta.

— E a viagem se estendeu?

O Monte Shasta não era muito longe de onde fomos procurar o Pé Grande. O norte da Califórnia é muito bonito, então faz sentido que um cara queira tirar férias longas e tranquilas nas montanhas.

— Não. Ele foi para o *Monte Shasta*. Não se lembra do que falamos? O Monte Shasta é um portal para outra dimensão. Ele não vai voltar.

— Você parece preocupado.

Nora e Jamie geralmente nos veem em nosso modo Mais ou Menos Profissional. Quando estamos nos escritórios do Skroll, temos roteiros, trechos de vídeos e pontos de discussão. Eles nos veem errar palavras aqui e ali e sair do personagem para dar risada, mas ainda não tinham visto... tudo isso.

Eles nunca viram as brigas em que Hayden e eu nos metemos quando falamos sobre as teorias mais ridículas dele. Nunca *brigamos* de verdade, não é nada pessoal. Se Hayden decidir levar para o lado pessoal a intensidade com que refuto a teoria de que George Washington se encontrou com alienígenas na batalha do Vale Forge, isso é problema dele e do psiquiatra dele.

Hayden ergue os braços, na defensiva.

— Ele sabia dos riscos e foi mesmo assim.

— Que barra.

Caminhamos por entre a multidão que forma filas para sessões de autógrafos e fotos com figuras notáveis da Sociedade Forteana. Algumas meninas risonhas nos param e pedem para tirar foto com Hayden, e outro cara aleatório pede um autógrafo. Um terceiro cara aleatório aluga nossos ouvidos. Não entendo nada do que ele diz, mas ouço com atenção mesmo assim. Ele fala alguma coisa sobre monólitos na Antártida e linhas de ley. Hayden dá uma resposta diplomática, dizendo que não pode comentar sobre o assunto no momento.

Seguimos para o salão de exposições, uma salinha com cerca de cem cadeiras dispostas de frente para um palco elevado com uma longa mesa. A plateia entra, e outros palestrantes tomam seus lugares marcados. Hayden conversa casualmente com as pessoas que conhece, me apresentando como "parceira" dele. Gosto mais desse termo do que de "coapresentadora". Somos parceiros. O que fazemos é *nosso*.

Ocupamos nossos assentos, e eu tiro fotos de nossas placas de identificação porque isso é maneiro demais, então uma súbita onda de ansiedade toma conta de mim. Estou prestes a enfrentar uma multidão de fãs de teorias da conspiração com meu ceticismo e não sei como isso será recebido. Talvez joguem tomates em mim. Tenho medo dos tipos de pergunta que vão fazer.

Quando já estamos sentados, Hayden massageia minhas costas, sentindo meu nervosismo. Ele, por outro lado, está completamente à vontade.

O tópico é "O inexplicável na era da mídia digital". Eu me sinto confiante para falar sobre isso do ponto de vista técnico, minha experiência como produtora pode ser útil aqui. Sei como fazer muitas coisas parecerem interessantes. Até criptídeos.

A mediadora dá início ao painel, listando ufólogos e demonólogos renomados que viralizaram ou fizeram sucesso com seus programas em plataformas de streaming. Hayden me conta baixinho que a mediadora, Nina, ficou famosa reagindo a vídeos assustadores no YouTube. Ao nos apresentar, ela menciona rapidamente que Mark Larkin não pôde comparecer e pediu para dizer que sente muito.

— Não pediu, nada — sussurra Hayden, cobrindo o microfone.

Todos aplaudem antes de Nina começar com as perguntas. A primeira é sobre as estratégias dos participantes no uso dos meios mais contemporâneos para divulgar os respectivos trabalhos. Hayden dá uma resposta curta sobre como isso permitiu que ele fizesse o que amava e ficasse perto da família. Respondemos perguntas sobre nosso histórico de trabalho, o que descobrimos de mais intrigante etc. Finalmente, Nina faz menção à declaração anterior de Hayden e direciona uma pergunta para ele.

— Hayden, que bom que você levantou esse ponto agora há pouco. Obviamente, estamos em um momento em que todo mundo tem um smartphone, todos já ouviram falar do YouTube, temos tudo na palma da mão. Você diria que a era digital tornou a busca pelo sobrenatural mais acessível?

Ele se inclina para a frente, pigarreando.

— Acho que a parte mais importante é que *qualquer um* pode fazer esse tipo de conteúdo agora. Penso nos vídeos que viralizam, nas experiências que as pessoas registraram, e é tudo gente *comum*. Você não precisa de equipamentos de ponta ou qualquer coisa assim para compartilhar o que viveu. Acho que isso destaca o quanto o mundo é *estranho* e a frequência com que as pessoas passam por esse tipo de coisa.

Nina ri.

— Agora, considerando o que você disse, quero ouvir Hallie. Hayden diz que o mundo é estranho. Enquanto isso, todos sabemos que você é muitíssimo cética. Tenho me divertido muito com *O Desconhecido* nas últimas semanas, então parabéns pelo sucesso. Mas você não dá corda para muitas das coisas sobre as quais Hayden quer falar.

Eu me inclino para a frente.

— Isso não prova que *qualquer um* pode se envolver nisso?

Algumas risadas em resposta.

— Acho que sim. E como foi, então, que você entrou nesse ramo?

— Trabalho no Skroll há anos, e muito do que eu fazia era produzir séries e outros conteúdos por trás das câmeras. Quando estava procurando um projeto em potencial, me deparei com Hayden no programa *Conspirações Cósmicas*.

— Ótimo episódio — diz outro participante do painel.

— Hayden estava falando sobre como o Pé Grande talvez tenha sido um alienígena. Verdade seja dita, era tarde da noite e eu talvez estivesse bêbada, mas foi a coisa mais interessante do mundo e...

— Mas você não acredita nisso — argumenta Nina.

— Claro, mas orcs e elfos e outras criaturas também não são reais e mesmo assim assistimos a doze horas de *O Senhor dos Anéis* sem piscar. E, quer eu acredite ou não, é interessante. Além disso,

Hayden é um roteirista espetacular. Ele fez com que alguém como eu quisesse trabalhar com ele na mesma hora.

— Então talvez seja genético? — sugere Nina.

Hayden se remexe na cadeira e mordisca o lábio. Algumas pessoas ali pediram para que ele autografasse os livros do pai, e ele educadamente recusou, o que é compreensível. Em vez de falar sobre isso, ele se inclina para o microfone.

— Ou foi a genética, ou o monte de fanfic de *Arquivo X* que escrevi quando era adolescente serviu para alguma coisa.

— Eu sabia! — grito, provocando risadas, depois volto ao assunto principal. — No começo, não estava nos planos que eu participasse da série...

— Tudo é melhor quando ela está envolvida — intervém Hayden. — *O Desconhecido* não seria nem metade do que é sem a contribuição de Hallie. Ela traz um charme e uma perspectiva ao programa que não existiam antes.

Mordo o lábio inferior, e a mão de Hayden repousa na parte interna da minha coxa. Sei que meu olhar para ele entrega tudo. Passei meses me perguntando se algo que eu fazia tinha valor, se alguém queria ouvir o que eu tinha a dizer. Consegui me destacar e me fiz importante. Eu *melhorei* as coisas.

— Não existe contraponto melhor do que a Hallie — continua Hayden. — E o ceticismo dela não necessariamente é algo ruim. É bom ter alguém desafiando você nessas horas. Caso contrário, tudo se torna um grande monólogo. Isso também testa o rigor das minhas teorias. Por mais que eu tente ser o mais embasado possível, nada deixa uma pessoa mais pé no chão do que alguém dizendo que você "não tá falando nada com nada" na frente de sabe-se lá quantos espectadores.

— E como é que isso reverbera por trás das câmeras? — pergunta Nina.

Ficamos em silêncio por um momento. Como é por trás das câmeras? Nós tiramos a roupa um do outro, transamos enquanto deveríamos estar caçando o Pé Grande e eu só consigo ouvir partes da música de abertura de *Arquivo X* entre os beijos.

— Eu nunca levo nossos debates para o lado pessoal — afirma Hayden.

— E eu faço o mesmo com as bizarrices que ele diz — complemento, acertando na mosca. — É quando batemos de frente que a mágica acontece. Não importa que esquisitice Hayden diga, eu respeito o direito dele de dizer o que quiser. Também é muito bom que ele não permita que teorias da conspiração prejudiciais recebam muita atenção. Se isso acontecer, ele vai sinalizar qual é o problema dessas coisas. Acho que é algo louvável. E ele faz você pensar... nem sempre sei sobre o quê, *mas estou pensando*.

— Como alguém que já acompanhava o podcast antes — acrescenta Amara, outra participante do painel —, acho que isso trouxe mais intimidade para o programa. A maneira como a Hallie cutuca você é muito engraçada. E, falando sério, ela tem alguns argumentos convincentes!

— Mas eu também tenho! — brinca Hayden, fingindo estar indignado. — Obrigado!

O painel termina, e Nina abre a seção de perguntas da plateia. A maioria das perguntas é específica e direcionada aos outros participantes do painel, mas isso é perfeitamente aceitável para mim. Alguém pergunta sobre minha tinta de cabelo e penso que vou ter que pedir à empresa que me patrocine logo, logo. Acho que tenho que manter o cabelo azul como parte da marca™.

Quando saímos do palco, procuramos Nora e Jamie, que estavam tirando fotos e postando nas redes sociais enquanto conversávamos. Estou me sentindo animada e importante. Sinto que *fui vista* e que me destaquei o tempo todo, e Hayden está feliz por isso. Em nenhum momento ele tentou me diminuir; em vez disso, direcionava perguntas para mim quando *sabia* que eu teria algo engraçado a dizer, e nunca fazia cara feia se eu o interrompia para pegar no pé dele. Nós somos assim. Amamos as peculiaridades um do outro.

Na verdade, acho que me apaixono mais por Hayden nos momentos mais estranhos dele.

Como é a terceira vez que participa da Feira da Conspiração, Hayden já tinha avisado que os salões de exposição não eram muito grandes, então não precisaríamos passar um dia inteiro lá. Andamos pelo salão central algumas vezes, parando para tirar fotos em estandes que imitam naves alienígenas e para ele falar com escritores e pesquisadores que já convidou para o podcast. Ele está tão em casa… Adoro vê-lo assim.

No momento em que Hayden entra em um mundo onde sabe que é aceito, ele desabrocha. É gentil e atencioso, e dá atenção até aos fãs mais curiosos, sem deixar a peteca cair.

Nós quatro nos reunimos para tomar um drinque em um bar próximo depois de cumprirmos nossa programação na Feira da Conspiração. Diante de um prato enorme de nachos e copos de cerveja, sinto que há um lugar para mim nesse mundinho estranho. Nunca imaginei o conforto que isso me traria, e sei que há mais coisas boas e empolgantes pela frente.

Em determinado momento, Jamie e Nora se levantam para ir ao banheiro e ficamos a sós.

— Você foi espetacular hoje.

Eu sorrio.

— Jura?

— Juro.

— Você também. Gosto de te ver assim, tão…

— No auge da esquisitice?

— *Não*. Inteligente. Confiante. Autêntico. Foi o que vi naquela noite no *Conspirações Cósmicas*. Eu sabia que tinha algo de especial em você. É tão sexy que chega a intimidar.

Hayden sorri e, com um rápido olhar para os banheiros, se aproxima. Minha boca encontra a dele, com gosto de cerveja, e eu me arrepio com o leve toque de jalapeño dos nachos.

Ele termina com um beijo no meu nariz, antes que alguém nos veja juntos.

Já está anoitecendo quando meu telefone toca em cima da bancada da cozinha de Hayden. Eu ignoro.

— Você não pode *teletransportar* um navio de guerra inteiro — insisto.

— Como você sabe? Por acaso já tentou? Olha, eles estão falando sobre como alguns dos braços e pernas da tripulação ficaram embutidos no casco do navio. Enquanto eles ainda estavam *vivos* — diz Hayden, gesticulando com uma caixa cheia de comida chinesa para a série documental que estamos vendo na TV sobre o Experimento Filadélfia.

Meu celular continua tocando. Dessa vez, eu o pego. Minha tela está cheia de notificações. Eu meio que esperava que fosse minha mãe ou alguém me dizendo que um membro da família morreu, mas não. São notificações de comentários nas redes sociais. Estávamos mais ativos do que o normal hoje, mas nada do que publicamos nos trouxe tanta atividade assim.

— O que foi? — pergunta ele.

Eu rolo a tela, e meu coração dispara.

EU SABIA

Gente, vcs não vão acreditar

Tiro, porrada e bombaaaaa

Será q eles já vão ter terminado qdo eu fizer 18 anos? Estou com 15. Eu estava torcendo pra ele não namorar ng até ter a chance de me conhecer

Os emojis apaixonados e com carinha de choro são tantos que nem sei o que pensar. Vejo que me marcaram em fotos novas, e é coisa demais para um único dia de uma convenção razoavelmente cheia, afinal a Feira da Conspiração não é a Comic-Con de San Diego. Então, eu entendo o porquê.

É uma foto do happy hour, quando Jamie e Nora foram ao banheiro. A mão de Hayden cobre a lateral do meu rosto, e eu estou segurando sua camisa. Não há dúvidas sobre o que estamos fazendo. Posso sentir o gosto da boca dele, os beijos suaves, provocantes e deliciosos. Mas agora parece que um segredo veio à tona, e fico com vontade de vomitar.

— Hayden...

Deslizo o celular pela ilha da cozinha até ele, que ruboriza, parecendo achar bonitinho. Queria ter tido a mesma reação.

— Ahhhhh — diz ele, inclinando a cabeça como um cachorrinho, e só depois registra minha expressão. — Ficamos fofos, mas acho que não foi exatamente assim que pensamos em contar. Tudo bem por você que o mundo saiba que está transando com o maluco das teorias da conspiração?

— O problema não é esse — digo, e bufo.

Após um momento de reflexão, Hayden larga a comida e se inclina, segurando minhas mãos.

— Qual é, então?

— Não tenho vergonha de você. Não acho que você seja estranho nem me sinto constrangida. É só que...

— Todo mundo sabe agora?

Eu assinto.

Ele acaricia minha mão.

— Não íamos conseguir guardar esse segredo para sempre — argumenta Hayden. — Eu ia sugerir que contássemos no fim da temporada.

Do jeito que ele fala, parece que ainda há muito no futuro para nós. Penso que um dia não vou ser mais a coapresentadora de *O Desconhecido* e, de repente, não sei o que vou fazer. Sinto tanto orgulho do que construímos juntos e do que esse programa fez por mim como pessoa. Sinto vontade de criar de novo, estou empolgada e cheia de ideias. Antes eu achava que essa parte de mim tinha morrido.

O que está acontecendo entre nós não é um namoro bobo que vai acabar se formos cancelados. Pela primeira vez em muito tempo, acredito que há uma chance de amar de novo. Não sei quando estarei pronta para dizer isso, mas a sensação no meu peito me diz que não vai demorar tanto assim.

— Quanto mais eles souberem de nós, mais munição vão ter para nos atacar.

Hayden dá a volta na ilha da cozinha e se senta ao meu lado, bem perto de mim.

— Como assim? Não podemos namorar? É uma regra do Skroll? Pensei que a gente só não podia ter ficha criminal.

— Não, não existem regras quanto a isso. Todos sabiam que eu estava namorando Cade, mas, agora que estou com você, são dois relacionamentos seguidos. Isso pode parecer...

— Eu entendo. — Seus dedos acariciam meu braço. — Não tenho vergonha de nada que fizemos juntos, nem de nada que construímos. Nós dois somos uma equipe. O que quer que alguém use contra um de nós, Hal, vai usar contra nós dois.

Sei que Hayden está formulando possibilidades na cabeça. Como sou uma mulher na mídia, a guilhotina sempre vai cair com muito mais força em mim. Sempre vai ter alguém comentando sobre como me visto, quanto peso, se minha voz é irritante ou não, e aprendi a conviver com isso. Aprendi a conviver com alguém fazendo isso na porra da minha própria casa. Mas não queria mais ter que lidar com uma situação assim.

— Se alguém disser algo que magoe você, espero que saiba que serei a primeira pessoa a revidar — promete Hayden.

— Eu sei.

Ele afasta o cabelo do meu rosto.

— Não podemos fazer nada. Já foi.

Em algum lugar, nas profundezas do apartamento, Cthulhu mia e nós dois rimos.

— Ele está bravo por estarmos comendo e ele não.

— Vá alimentar seu filho, Hayden.

— Ele tem ração.

— Ele quer a especial — digo, chegando mais perto.

Hayden brinca com a manga da minha blusa, separando os lábios e me encontrando no meio do caminho.

— *Ele tem ração.* Será que não posso comer meu macarrãozinho em paz?

Ele me dá um beijo antes de abrir uma lata de comida de gato que faz Cthulhu vir voando feito um foguete. Ele pula na bancada e me ignora completamente, miando cheio de expectativa enquanto Hayden o alimenta e depois o acaricia, dando um beijo em sua cabeça.

Naquele momento, eu me esqueço de nossos fãs explodindo de felicidade e das pessoas que podem usar nosso relacionamento contra nós. Só consigo pensar no restante da noite: jantar, tomar cerveja e ficar abraçada com Hayden enquanto vemos *Arquivo X*.

CAPÍTULO 21

Há muitas coisas para se odiar na palhaçada que é o mundo corporativo, tipo eventos motivacionais de RH, chefe que dá bombom como forma de reconhecimento em vez de um aumento e o termo *mindset* no geral.

Mas é difícil não gostar dos *open bars* nas festas chiques trimestrais que o Skroll organiza para os funcionários. A festa de hoje, "Skroll em clima de primavera", vai acontecer em um bar sofisticado num *rooftop* e vai ter de tudo: desde uma cabine de fotos até a chance de ganhar "prêmios incríveis" que também não são aumentos.

Foi em uma dessas ocasiões que o meu relacionamento com Cade começou. Claramente, as festas do Skroll não levam ninguém a boas escolhas.

Já sei que esta noite vai ser diferente. Passei anos querendo ser notada, tentando agarrar qualquer foco de atenção que pudesse, mas hoje sei que tenho a chance de aproveitar isso.

Depois de nossa participação na Feira da Conspiração, tivemos um pequeno aumento de engajamento, que imaginamos que se estabilizaria, mas nossos números não param de crescer. O campo de comentários transborda minutos após a publicação de um vídeo com todo tipo de reação, desde "ai, meu deus" até "mentiraaa" e "casal de milhões!". Os fãs ainda não decidiram qual vai ser o nome do nosso *ship*, mas parece que "Haylie" está ganhando.

Se o Skroll escolhesse um vencedor agora, estaríamos feitos.

— Sei que você não perguntou, mas é *por isso* que bloqueei Zak Bagans em todas as redes sociais — conclui Hayden, passando a mão pelo cabelo, depois de divagar por um bom tempo, apesar de eu de fato não ter perguntado.

Estamos no banheiro minúsculo dele, e o ar cheira a spray de cabelo, cabelo meio queimado e um aroma cítrico mais caro e forte do perfume que ele só usa em ocasiões especiais.

— Entendi. — Abaixei a mão que está segurando o rímel para diminuir as chances de uma catástrofe no meio do discurso dele. — Espero que ele tenha aprendido a lição.

Hayden encontra meus olhos no espelho e depois olha para o meu corpo, admirando minha roupa para a noite. Adoro o fato de ele gostar de mim não importa o que eu vista, mas também gosto do olhar sedento causado pelo vestido azul que estou usando.

A única coisa que seria melhor do que aquele olhar seria ter as mãos dele em mim.

— O que foi? — provoco. — Estou bonita?

— Bonita é pouco.

Sinto sua voz em meus ombros despidos, o roçar da barba dele em minha pele e, por fim, seus lábios. Eu me inclino para ele, e o cetim do meu vestido encontra sua camisa preta de botão. Ele está com as mangas arregaçadas até o meio dos braços, deixando o Não Cervo à mostra.

— Você vai bagunçar meu cabelo e minha maquiagem — sussurro enquanto a boca de Hayden sobe para a lateral do meu pescoço.

— Acho que, como apresentadores da melhor série do momento no Skroll, temos o direito de chegar um pouquinho atrasados.

A voz dele sai quase como um rosnado, tão grave que me deixa toda arrepiada e me faz empurrá-lo em direção à porta e, então, ao quarto dele.

Caio na cama envolvida pelo gosto, pelo cheiro e pela sensação dele. Nossos beijos têm sabor de dentes recém-escovados e brilho labial de frutas. Fazemos curtos intervalos para respirar antes que eu volte a beijar Hayden, atraída pelos gemidos abafados que ele deixa escapar.

Sua mão agarra minha coxa, acariciando minha pele sob a bainha do vestido. Ele desce pelas minhas pernas, deslizando os dedos por trás do meu joelho, e depois engancha minha perna em seu corpo. Cada momento a sós com Hayden é uma descoberta por si só. Quando ele me beija, entendo que é assim que sempre deveria ser. A cada risada e gargalhada quando nos acotovelamos sem querer, sei que não preciso impressioná-lo, porque ele quer a mim e mais ninguém. E ele é quem eu quero também. É *disso* que as pessoas falam, é *isso* que todo mundo almeja.

— E, se brigarem com a gente, vou dizer que a culpa é sua — sussurra ele, encostado na curva do meu pescoço.

— Cara de pau! — acuso em meio a uma risada, desferindo um tapinha no ombro de Hayden.

— A culpa é toda sua, quem mandou estar tão linda?

— Você também não fica atrás.

Ele de fato está bonito, e acho que sabe disso. É incrível o que um pouco de spray de cabelo pode fazer por um homem. Suas ondas escuras estão mais volumosas, replicando o aspecto que o cabelo assume depois de alguma atividade sexual leve a moderada, e ele aparou a barba. Eu o beijo mais uma vez antes de me levantar, depois dou os últimos retoques na maquiagem enquanto ele coloca comida para Cthulhu e chama o Uber.

O bar da festa está decorado com plantas e globos de luz que brilham em contraste com o céu noturno. O Skroll espalhou espaços para fotos e adereços por todo o bar. Há estações de bebida por todos os cantos, e nós imediatamente vamos para a mais próxima. As batidas ressoam pela cidade, em meio ao zumbido dos carros presos no trânsito. Típico de Los Angeles.

Do outro lado do salão, Nora e Jamie estão na cabine de fotos. Nora segura um chapéu na cabeça dele, e ele coloca uma cobra rosa-neon sobre os ombros dela. Às vezes é difícil decifrar Jamie, com seus olhares serenos e palavras milimetricamente calculadas, mas, perto de Nora, ele é transparente. Feliz, radiante, como se ela tivesse aberto a caixa contendo todas as coisas que ele não mostra para mais ninguém.

Com as bebidas em mãos, Hayden e eu traçamos uma estratégia. Ele não conhece muita gente, e o Skroll nunca foi um escritório do tipo que cumpre os horários tradicionais, então vejo a maioria dos funcionários só de passagem. Mas o maior choque é que há uma fila de pessoas que querem falar conosco. Produtores com quem trabalhei ao longo dos anos elogiam a forma como fiz a transição de trás para a frente das câmeras e todos querem conhecer Hayden.

É assim que descubro que muitos dos meus colegas de trabalho são fãs de *Conspirações Cósmicas*, conhecem pessoas que já acamparam para caçar o Pé Grande ou visitaram Roswell e afirmam já ter visto um OVNI.

Não demora muito para Chloe vir até nós. Ela me abraça e dá um tapinha carinhoso na bochecha de Hayden, como se o conhecesse há anos. Claramente já passou do terceiro martíni.

— Olha só para vocês — diz ela. De repente, percebo os dedos de Hayden entrelaçados com os meus. Chloe também. — Não posso dizer que previ isso quando você trouxe a proposta do caça-fantasmas.

Não sei se ela está se referindo ao nosso sucesso ou ao relacionamento que está florescendo entre nós.

— Nós também não — concorda Hayden. — Talvez ainda não tenhamos encontrado o Pé Grande, mas... acho que encontramos algo melhor.

O semblante de Chloe é afetuoso.

— A série de vocês está indo tão bem por um motivo. É porque vocês dois... têm algo. Não sei o que é, mas há algo magnético na química de vocês. Acho que muita gente está torcendo pelo sucesso de vocês. Ah... Mandachuva!

— Você precisa chamar esse cara que está vindo de Mandachuva — sussurro, depressa, para Hayden.

Ele arregala os olhos, depois os estreita.

— Tipo o desenho animado?

— Não, *nada a ver* com o desenho animado.

Eu me enrijeço quando Chloe traz Kevin Mandachuva até nosso grupo. Ele mal chega à altura dos ombros de Hayden e está vestido como se estivesse tentando ser descolado: calça jeans skinny, camiseta branca e jaqueta de couro. Ele também tem uma lata de kombucha em mãos. Mas não importa. Vou dizer que ele está bonito de qualquer forma.

— Mandachuva, a Hallie você já conhece — diz Chloe. Kevin me dá um abraço de lado e um beijo na bochecha, dizendo que estou maravilhosa. — E seu novo parceiro, Hayden.

— Ah, o Homem de Preto em pessoa. — Eles trocam um aperto de mão desajeitado e másculo. — Também sou muito fã do trabalho do seu pai. Foi uma grande perda quando ele morreu.

Hayden se retrai ao meu lado.

— E, é claro, também sinto muito pela sua perda pessoal.

— Obrigado — diz Hayden. — Gosto de pensar que ele estaria orgulhoso do que temos feito nesses últimos meses. Fantasmas e monstros sempre foram a praia dele.

— Sabe, eu gostei da ideia quando Hallie a apresentou pela primeira vez, mas não sabia como o público ia reagir. Mas parece que as pessoas realmente gostam desse tipo de conteúdo. Me pegou de surpresa.

— Também fui pega de surpresa com o fato de gostar de caçar o Pé Grande — digo.

— Realmente não é ensaiado, então? — pergunta Kevin, voltando-se para mim. — Você não acredita mesmo em nada disso?

— Nadinha — responde Hayden, tomando um gole de uísque.

— Mandachuva, garanto que *nem de longe* eu seria uma atriz tão boa.

Ele solta algo parecido com um riso. É estranho e faz Hayden responder com uma risada nervosa, porque ele também não tem certeza de como agir. Mas um mero riso de Kevin é um bom sinal.

— E pensar que estávamos escondendo você atrás da câmera esse tempo todo. — Ele cruza os braços e arregala os olhos. — Eu sei que você estava bastante ocupada ajudando Cade esses anos todos, mas...

Kevin deveria considerar uma carreira em invocação de demônios, porque, assim que ele diz aquele nome, Cade sai do elevador com a nova gestora de redes sociais da Skroll. Ela deve ter uns vinte e três anos, ao lado dos trinta dele, mas tem lábios cheios, cintura fina e quadris incríveis. A mulher parece ter saído diretamente de uma foto patrocinada do Instagram. Alguém tão linda assim poderia ter qualquer pessoa que quisesse. Meu estômago embrulha. Sinto que deveria tê-la avisado sobre o monstro que ele é.

Imediatamente, o idiota avista Kevin e se infiltra na conversa do nosso grupo. Eu pego a mão de Hayden quando Cade se aproxima, e ele aperta a minha de uma forma que me diz que nada pode me machucar. Adoro a segurança que ele me passa, mas sei que tenho força para aguentar o tranco sozinha. Cade só é um monstro para mim se eu deixá-lo entrar no meu armário ou debaixo da minha cama.

— Graaaande Mandachuva — cumprimenta Cade. Eles se abraçam de um jeito tosco, com palmadas espalhafatosas nas costas. — Bom ver você, meu amigo.

Como se eles não se vissem várias vezes por semana no escritório.

— Você também, Chloe.

— Oi, Cade — cumprimenta Chloe, e toma um longe gole de seu gim-tônica.

Cade se volta para seu par.

— Gatinha, vá lá pegar um refrigerante com vodca pra mim, por favor.

Ela parecia pronta para dizer algo ou engajar na conversa, mas quando os olhos de Cade se estreitam com a expressão patologicamente fofa que conheço muito bem, ela se afasta e vai esperar na fila do bar.

— Você conhece a Hallie — diz Kevin.

— Bem até demais — responde Cade, dando uma cotoveladinha amigável em Kevin. — Brincadeira. Conheço o novo parceiro dela, também.

— Na verdade, estávamos falando de você.

— Ah, é mesmo? O quê?

— Bem, na verdade, sobre a Hallie. — Kevin se corrige, e o brilho nos olhos de Cade parece sumir. — Estávamos falando sobre como ela trabalhou com você por um tempão, mas nunca foi realmente a estrela do show. Aparecia de vez em quando, mas nunca foi o centro das atenções, o que é inacreditável. Tínhamos essa estrela aqui esse tempo todo e nem sabíamos!

Kevin fala de mim como se tivesse descoberto ouro em Hollywood Hills e Cade não passasse de uma pedra sem graça. Reconheço seu olhar de fúria, uma fachada de calmaria antes da tempestade. Pelo menos ele não ousaria fazer uma cena aqui, na frente de todo mundo.

— É verdade. Você lembra como foi o primeiro episódio, não é, Chloe? — diz Hayden. — Eu estava muito nervoso até a Hallie entrar em cena. *O Desconhecido* teria sido cancelado depois de dez segundos.

— Até parece — digo. — Eu sabia que você tinha algo de especial. Não escolhi você por acaso. O fato de ser incrivelmente atraente foi só setenta e cinco por cento do motivo.

— Que bom, porque você se enganou com a parte da atuação. O primeiro episódio chegou a doer.

— Ah, não é verdade — diz Chloe, mas depois reconsidera. — Tudo bem, foi complicado.

— *Complicadíssimo* — complementa Hayden. Ele se volta para Cade. — Isso explica como conseguiu a plataforma que tem, Cade. Ela é brilhante atrás e na frente das câmeras. Não consigo imaginar a sorte que você teve por contar com ela para te ajudar a alcançar o estrelato.

Meu Deus, ele chegou com tudo. Tento não rir, mas estou quase explodindo de orgulho. Hayden talvez tenha razão. Eu sou o motivo pelo qual Cade tem o que tem. Ele é só a cobertura do bolo, mas eu era todos os ingredientes.

Cade morde o lábio e se conforma com um sorriso resignado e contido.

— Claro. Tudo graças a Hallie, sem dúvida.

Eu me inclino para mais perto de Hayden, e sua mão desliza de volta para o meu quadril, bem à mostra para que Cade possa ver. Ele dá um beijo na minha têmpora, e meu medo de ser vista com ele e de expor nosso relacionamento se dissipa quando Chloe faz uma carinha apaixonada e Kevin parece feliz da vida.

— Mas é muito inspirador que você e Cade tenham mantido um relacionamento profissional tão forte e que carreiras incríveis como a de vocês tenham florescido — diz Kevin. — Esse é o espírito do Skroll!

Não, o espírito do Skroll é caçar cliques e patrocínio.

— E estou muito feliz por ver nossos dois gigantes aqui esta noite. Todas as séries estão maravilhosas, mas os números que estamos vendo com *Os Amadores* e *O Desconhecido* são extraordinários. Vai ser difícil escolher só um.

— Não queria estar no seu lugar — diz Cade. — É uma decisão difícil, mas isso prova como você é hábil em encontrar talentos excelentes, Mandachuva. Para mim é uma honra.

Fico com vontade de vomitar com toda essa puxação de saco. Ele não vai magoar Kevin como me magoou, nem intimidá-lo como provavelmente está fazendo com a pobre Madi em troca de posts extras nas redes sociais do Skroll, mas é uma droga ver outra pessoa caindo na teia dele. Não existe ninguém que Cade não veja como uma presa em potencial para alimentar o próprio ego.

— Estamos muito ansiosos pelos últimos episódios das temporadas — diz Kevin, erguendo o seu copo. — E veremos o que vai acontecer.

Fazemos um brinde, e os olhos de Cade se voltam para mim. Quero dizer que sei qual é o jogo dele e que, não importa o que ele faça, Hayden e eu vamos vencê-lo. Eu me mantenho firme e, mesmo quando ele tenta derrubar minhas defesas com seus olhares, não permito que ele vença.

E a série dele também não vai vencer.

— Mandachuva, se você tiver um minuto — interrompe Cade —, queria conversar com você sobre uma coisa.

Kevin aceita, como o cachorrinho obediente que é. Chloe é rapidamente chamada para outro lugar. Quando ficamos a sós de novo, respiro fundo enquanto Hayden massageia a parte inferior das minhas costas e toma um longo gole de sua bebida.

— Vamos fazer aquele idiota comer poeira. — É tudo o que ele diz, com o sotaque bravo de Boston vindo à tona.

Fico na ponta dos pés para beijá-lo e me apoio em seu peito.

— Isso aí.

Nós nos beijamos um pouco durante a festa e nossa popularidade não diminui. À medida que mais colegas de trabalho chegam e mais bebidas começam a circular, parece que talvez devêssemos arranjar uma mesa de autógrafos ou algo do tipo. As pessoas que ficavam com Cade nas outras festas acenam para ele a caminho de onde eu e Hayden estamos.

Tiramos algumas fotos em uma das cabines com Nora e Jamie e penso que logo estarão no mural de cortiça de Hayden.

Quando nos separamos para que ele dê um pulo no banheiro, me planto ao lado da mesa de comida, grata por poder fazer uma pausa. Estávamos tão ocupados sendo o centro das atenções que perdi todos os aperitivos.

— Eu tomaria cuidado, se fosse você.

Um calafrio sobe pelas minhas costas.

— Seu vestido já está meio apertado.

Cade toca meu quadril antes de me rodear e se apoiar na mesa. De repente, fico feliz por não ter comido ainda, do contrário eu vomitaria tudo agora. Mas, em vez de permitir que Cade vença, respiro fundo e me viro para ele.

— Quer mesmo que sua nova namorada veja você tocando em outra mulher?

Ele dá uma risadinha e seus olhos brilham com um ar malicioso.

— Acho que ela não se importaria com isso, como você não se importou anos atrás. Espero que ela continue sendo uma boa garota. Você infelizmente não foi.

— Ela é bonita. Areia demais para o seu caminhãozinho.

— Então quer dizer que eu deveria estar com uma mulher mediana, mais parecida com você? — Diante da minha falta de resposta, ele se aproxima. — Eu sei o que você está tramando, Hallie. Esse jogo de vocês dois...

— Que jogo? Aquele em que eu derroto você de forma justa? É disso que você tem medo? É por isso você se irrita toda vez que ganho?

Eu chego mais perto. Como estou de salto alto, nossos olhos estão quase na mesma altura. Agora não há grande e pequeno. Cade fica sem saber o que fazer quando não está olhando as pessoas de cima.

— Você tem medo de que o pessoal saiba que fui eu quem garantiu seu sucesso durante todos esses anos? Que você não sabe o que fazer sem mim e que seu talento está acabando?

— E você sabe fazer outra coisa que não seja abrir as pernas para qualquer um?

Cade murcha quando os braços de Hayden tocam minhas costas de novo.

— Cade — diz ele.

Sua voz é fria e cortante como uma faca.

A personalidade de anfitrião carismático e descontraído desapareceu. Este é alguém que sabe das piores coisas que Cade fez comigo e que ignora as mentiras que ele conta sobre mim com a mesma facilidade com que eu ignoro teorias malucas.

— Hallie e eu estávamos colocando o papo em dia — explica Cade, dando um passo para perto.

Antes que sua mão possa se levantar para tocar meu cabelo, Hayden agarra seu pulso.

— Hallie disse que você podia tocá-la?

Cade ergue as mãos, rindo.

— Você está sendo protetor demais com uma mulher que só está usando você para me atingir. Sabe disso, não sabe? Ela não se importa com a série e provavelmente também não se importa com você. Ela vai te esquecer em dois tempos se não ganharem.

Fico em silêncio e observo os olhos de Hayden escurecerem enquanto Cade continua falando.

— Eu avisei a você, amigo — continua ele. — A Hallie é difícil. Como colega de trabalho, como parceira. Estar com ela no geral... é cilada.

Não posso me deixar afetar agora. Dizer que estar comigo é cilada é muito pior do que dizer que não é fácil trabalhar comigo. A parte do trabalho acaba quando vou embora da empresa, mas o resto...

— Acho que eu sei muito bem o que estou fazendo, muito obrigado — diz Hayden. — Até agora, a única escolha ruim que fiz foi começar uma conversa com você.

— Só estou tentando diminuir um pouco suas expectativas. Um dia ela vai largar você, assim como fez comigo, e vai achar outra pessoa que a ajude a subir no Skroll. É sempre assim.

O corpo inteiro de Hayden irradia calor e raiva. Seus dedos apertam meu quadril.

— Se ela não conseguir vencer com você, pode acreditar, ela vai dar para o segundo maior conspiracionista que encontrar no Reddit *em um piscar de olhos.*

Hayden termina sua bebida e coloca o copo na mesa com força.

— Pode dizer o que quiser sobre mim, já ouvi de tudo e não me incomodo com as opiniões de um adolescente de trinta anos. Mas não se atreva a falar dela.

Nunca ouvi a voz dele tão grave. Não encontro o tom sonolento das noites em claro gravando ou pesquisando, ou das manhãs preguiçosas em que ficamos juntos na cama. É um tom ameaçador que faz Cade tensionar e perceber como Hayden é mais alto. Se isso acabar em briga, sei em quem eu apostaria.

— Eu poderia te dizer quanto gosto da Hallie, como ela é especial e como você foi um *imbecil* por tratá-la mal. Mas duvido que me ouviria, então não vou ficar aqui gastando minha saliva. Não acredito que já perdi tanto tempo nessa conversa. — Hayden me posiciona atrás dele, criando uma barreira entre mim e Cade. — Se eu souber que você está tentando prejudicá-la, ou, pior ainda, se encostar a mão nela...

— O quê? — Cade dá uma risadinha. — O que vai fazer? O Skroll ainda está lidando com o problema legal do Eric. Não gostaria que nenhum de nós fosse cancelado por algo bobo. Realmente quer perder sua série por causa dela? Vai por mim, ela não vale a pena.

— Hayden — interrompo. — Ele tem razão.

Estamos perto demais da vitória, *quase lá*, para estragar tudo. Não importa o quanto eu queira vê-lo dando um soco em Cade. A única coisa pior do que perder para ele seria perder por algo estúpido.

A tensão se dispersa, e Hayden dá um passo para trás. Eu o afasto, mas ele rapidamente se volta para Cade.

— Ah, e só para você saber... Madi, sua acompanhante? Já avisei a ela que, se quiser alguém que saiba como satisfazer uma mulher, talvez ela deva procurar outra pessoa. — Ele passa o braço pelas minhas costas. — Sabe como é, só para ela não criar expectativas demais. Vamos, Hallie. Tenho algumas ideias sobre a segunda temporada que gostaria de discutir com você.

Cade fica furioso, derruba o copo na mesa de aperitivos e olha em volta procurando Madi, que claramente não está mais por perto. Por um momento, acredito que Hayden realmente foi dizer que Cade é péssimo na cama.

— Se é assim que quer lidar com as coisas, então que seja — diz Cade.

Ele dá meia-volta e vai até o elevador.

Fico perto de Hayden até Cade ir embora, e nós dois soltamos um suspiro de alívio antes de ele se virar para mim.

— Você está bem?

Ele segura meu rosto com as duas mãos, examinando cada detalhe do meu semblante para descobrir o que pode fazer.

Parece que ele nunca vai entender que sua presença por si só ajuda mais do que qualquer outra coisa.

— Estou bem, sim.

— Tem certeza?

Assinto. Estou como sempre fico depois de enfrentar Cade: com adrenalina nas alturas e medo do que ele vai fazer para se vingar. Mas não há nada que ele possa fazer. Hayden e eu temos a maior série do Skroll, e todos nesta festa querem falar com a gente, como Homens-Mariposa atraídos pela luz. Por mais inédito que seja o sentimento de desfrutar de uma admiração merecida, foi bem mais fácil fazer isso com Hayden ao meu lado. E mesmo que eu tenha medo de dizer a palavra, medo de sentir o que estou sentindo, também estou me apaixonando por ele.

Estou me apaixonando cada vez mais por sua confiança e coragem, por seu apoio e cuidado inabaláveis. Estou me apaixonando por tudo relacionado a ele. Menos pela teoria da conspiração de que os pássaros não são reais, é claro (algo de que ele tentou me convencer três dias atrás com um vídeo do falecido Vine).

— Estou bem. Eu juro.

Não é mentira, de forma alguma, mas Hayden me observa por um longo e silencioso momento, acariciando minha bochecha. Ainda há raiva em seus olhos e um suave tremor em seus dedos, e isso faz com que eu me pergunte como eu poderia questionar sua lealdade ou seu carinho por mim. Ele perde completamente as estribeiras com a ideia de que alguém possa me magoar. Mudo de assunto para que ele saiba que estou bem.

— Você realmente disse para a Madi que o Cade é ruim de cama?

O semblante sério de Hayden se transforma em um sorriso orgulhoso.

— Claro que disse.

— *Jura?*

— A oportunidade estava bem ali na minha frente. — Ele passa os braços em volta da minha cintura e dá um beijo na minha testa. — Eu tinha que aproveitar.

O DESCONHECIDO
EP #8: "Kokomo do Inferno"

Não se deixem enganar pelas belas praias e pelo pôr do sol deslumbrante, pessoal. Hayden e Hallie investigam a misteriosa história do Triângulo das Bermudas, desde o desaparecimento de navios e aviões até os rumores do paradeiro da Cidade Perdida de Atlântida. Isso os Beach Boys não mostram!

HALLIE

Acho que ir para as Bermudas está fora de cogitação. Eu ia sugerir uma viagem para comemorar o fim da temporada, mas...

HAYDEN
De jeito nenhum. Quando eu era criança, meus pais quiseram me levar para a Disney. No começo, eu não queria ir porque sabia que parte do Triângulo das Bermudas incluía a Flórida.

HALLIE
Então você nunca foi à Disney?

HAYDEN
Não, eu acabei indo. Eles me mostraram no mapa que era uma parte diferente da Flórida, então aceitei. Eu me diverti muito, mas depois minha mãe gritou com meu pai por ter me contado sobre o Triângulo das Bermudas e me traumatizado. Eu tinha lido sobre isso em um livro, não foi ele. Pensando bem, acho que foi um indício do divórcio iminente deles.

HALLIE
Você ficou realmente traumatizado com o Triângulo das Bermudas?

HAYDEN
Justiça seja feita, achei que teria que lidar com isso muito mais do que lidei na vida adulta. Hoje em dia não penso nisso com tanta frequência.

HALLIE
Ah, bom. Já estava ficando preocupada.

HAYDEN
Até parece. Peraí, o que está fazendo?

HALLIE
Procurando resorts nas Bermudas.

HAYDEN
Não!

HALLIE
Olha esse aqui. É incrível. Por que não podemos ir?

HAYDEN
É assim que eles te pegam. Mostram um resort bonito, bebidas com guarda-chuvinhas, e aí você morre.

HALLIE
Caramba, eu não sabia que o Triângulo das Bermudas tinha MBA em marketing.

CAPÍTULO 22

— *E*sse cara *nunca* perde o dia de perna na academia.

Hayden e eu olhamos para a estátua do Homem-Mariposa, que poderia lavar muita roupa com o tanquinho que tem. Não sei quem projetou isso, mas imagino que as partes mais obscuras do cérebro de Hayden sejam mais ou menos assim, tipo a parte que eu acho que secretamente sonha em dar uns pegas em um criptídeo. A estátua é alta, e se assoma sobre nós como um cavaleiro usando uma armadura reluzente, com asas afiadas e olhos vermelhos brilhantes vigiando a cidade de Point Pleasant, na Virgínia Ocidental.

Essa criatura é completamente maromba, e, ao andar ao redor dela com a câmera, observo a parte de trás.

— Ele também tem uma bunda de dar inveja — informo.

Não acredito que o Skroll está nos deixando gastar dinheiro para filmar a bunda sarada do Homem-Mariposa.

Hayden também dá a volta e planta a mão com firmeza em uma das nádegas da estátua.

— Acho que você já viu coisa melhor.

— Quer um biscoito?

— Talvez.

Semanas antes, teríamos cortado essa parte do episódio final na edição em um piscar de olhos, mas agora não é mais segredo. Nossos fãs sabem que estamos juntos e, embora não tenhamos dito isso abertamente, também não estamos tentando esconder nada. Aparecemos nas redes sociais um do outro sem nos importarmos com nossa proximidade e curtimos comentários sobre como somos um casal bonito, só para aguçar a curiosidade e o interesse do nosso público.

Então, por enquanto, deixo a câmera focada em Hayden por mais um momento, capturando seu sorriso cheio de malícia, as sobrancelhas arqueadas e a risadinha sugestiva enquanto ele tira cuidadosamente a mão da bunda do Homem-Mariposa. Eu me inclino, agarro-o pela gola do casaco e o beijo.

— Quer dizer que não está brava comigo? — brinca ele.

Reprimi a maior parte das minhas lembranças da noite anterior. Enfiei minhas picadas de mosquito e a sensação das folhas grudadas em mim nos porões do meu cérebro ao lado da cena de *Pinóquio* em que todos se transformam em burros. Vou carregar o pavor de fazer xixi na floresta comigo até o dia da minha morte, mas pelo menos não precisei usar uma folha para me limpar.

Não encontramos o Homem-Mariposa, mas dessa vez não odiei tanto estar no meio do mato. Hayden é surpreendentemente habilidoso na natureza. Ele consegue cozinhar em uma pequena fogueira que ele mesmo monta, sabe deixar os sacos de dormir confortáveis e tenho quase certeza de que ele enfrentaria um urso para me defender. O sexo na barraca também não fez mal algum.

— Não, não estou brava, mas quero que você prometa, e deixe gravado, que não me fará acampar até pelo menos a metade da próxima temporada. Por favor. Estou implorando.

— Lá se vão minhas esperanças de um episódio sobre o *Skunk Ape* na primeira metade da próxima temporada.

— Sim, esses planos serão banidos para o Triângulo das Bermudas. Grata.

— Tá bom, tá bom. — Então ele continua, retomando a voz de narrador. Fixo a câmera nele. — O Homem-Mariposa é um presságio de desgraças. Sua aparição precedeu muitas catástrofes, desde o colapso da Ponte de Prata em 1967 até Chernobyl e o Onze de Setembro.

— Chernobyl? O Homem-Mariposa causou Chernobyl? O que ele fez? Apertou o botão do reator nuclear com o bundão dele?

— Não, ele *tentou avisar* e ninguém deu bola.

— Será que é perigoso estar tão perto dele?

Hayden balança a cabeça com firmeza.

— Não, isso é uma atração turística. Não é a criatura real. Acho que precisamos voltar em setembro para vir ao Festival do Homem-Mariposa. Ele tem um festival *só para ele*, Hallie.

Quase morro ao vê-lo praticamente dar pulinhos, empolgado com a perspectiva de um festival inteiro em homenagem ao Homem-Mariposa. É tipo o Coachella para os conspiracionistas.

— Não sei se tem tanta coisa para fazer aqui que justifique vir duas vezes no mesmo ano.

— Podemos caçar o Monstro de Flatwoods também.

— E o Não Cervo?

Paro de gravar e penduro a alça da câmera no ombro.

O sorriso de Hayden aumenta, e ele segura minha mão enquanto nos abraçamos, protegidos pelos abdominais e pela bunda sarada do Homem-Mariposa.

Depois de passar a noite na floresta, fizemos o check-in no hotel e tomamos um banho rápido, mas Hayden ainda tem cheirinho de ar puro e natureza, com toques de xampu de verbena com capim-limão.

— E aí, pronta para comer uma pizza com o formato do Homem-Mariposa? — pergunta ele, como se isso devesse me deixar animada.

Eu assinto.

— Sim, mas não tão pronta quanto você.

Ele me dá a mão, e atravessamos o centro da cidade em direção à pizzaria. Enquanto esperamos perto da faixa de pedestres, meu celular vibra, e eu o tiro do bolso. Uma notificação se destaca em meio aos muitos comentários e curtidas das redes sociais.

NORA (14h15): Você viu isso?
NORA (14h15): Quero que esse cara se foda muito
NORA (14h16): Ele começa a falar merda mais ou menos aos 6 min

Clico no link que ela enviou e imediatamente sei que não é coisa boa.

QUE SE FOX-SE
EP #321: Com o convidado especial Cade Browning

Versão pirata de Joe Rogan, Fox Evans é um ex-colega de quarto de Cade da faculdade. Ele construiu uma carreira surpreendentemente bem-sucedida com a ajuda de sua plateia de homens embustes. Contra todo o meu bom senso, aperto o play do podcast ainda na calçada.

FOX EVANS
E isso é uma competição, então, tipo assim... preciso que você ganhe. Atenção, ouvintes, ele precisa ganhar. Nenhum dos outros programas está no nível dele. Nenhum.

CADE BROWNING
É, tem algumas séries bem estranhas mesmo.

Hayden já se aproximou e está ouvindo também. Ele pergunta calmamente:
— Cade?
Assinto antes de continuarmos.

FOX EVANS
Não pude deixar de notar que uma ex-namorada sua em particular também está na competição.

CADE BROWNING
Pois é, cara.

FOX EVANS
Que porra é essa?

CADE BROWNING
O país é livre. Ela não servia para Os Amadores, mesmo.

FOX EVANS
É, ela destoa bastante.

Quando volto a olhar para Hayden, ele está com as mãos atrás da cabeça, furioso.

CADE BROWNING
[RISADA] E, bom... Não sei como dizer isso, porque não quero parecer um babaca...

FOX EVANS
Ninguém vem no meu programa para ser bonzinho! Hoje em dia existem tão poucos espaços onde os homens simplesmente podem ser eles mesmos.

CADE BROWNING
Beleza. Bom, ela não é a mulher fofa e engraçadinha que parece ser. Sério, pode acreditar. Eu a conheço muito bem longe das câmeras. As pessoas a adoram, mas não a conhecem. Só que não posso mais controlar como ela se comporta.

FOX EVANS
Não quero colocar lenha na fogueira, mas estava dando uma olhada nas estatísticas de engajamento e vi que, por algum motivo, o programa dela tem uma média de audiência maior do que o seu...

CADE BROWNING
Aham.

FOX EVANS
Como isso é possível? Cara, é um programa sobre caçar fantasmas.

CADE BROWNING
Não se esqueça do Monstro do Lago Ness.

[RISADAS]

CADE BROWNING
Ela encontrou esse cara por acaso...

FOX EVANS
Na deep web, provavelmente...

CADE BROWNING
Ou no porão da mãe dele.

Hayden se senta ao meu lado em um dos bancos e coloca a mão na minha perna. Penso em sua infância, no bullying e em como deve ser difícil ouvir alguém falar assim dele em público. Pauso o episódio.

— Não precisamos continuar ouvindo — digo.

Meus olhos ardem e, por mais que o que Cade esteja dizendo seja fichinha em comparação com o que ele diria em particular, muitas outras pessoas vão ouvir. Muitas pessoas vão engolir o que ele disser, como fiz durante anos.

Hayden balança a cabeça, e sua voz sai totalmente impassível:

— Você é quem sabe. Não me importo com o que ele diz sobre mim.

Aperto o play de novo.

FOX EVANS
Nem sei explicar como essa série é bizarra e constrangedora. Vou mostrar um trecho para vocês.

[TRECHO DO EPISÓDIO #6 DE *O DESCONHECIDO*]

HALLIE
E se o hambúrguer do Pé Grande que você está comendo for feito com carne do Pé Grande?

HAYDEN
Claro que não é. Isso significaria que alguém encontrou e capturou um Pé Grande para servir a carne a outras pessoas.

HALLIE

Seria uma pena enfiar o Pé Grande em um moedor de carne. Mas eu tenho uma pergunta.

HAYDEN

Diga.

HALLIE

Por que ninguém nunca encontrou um esqueleto de Pé Grande?

HAYDEN

Algumas pessoas afirmaram ter encontrado ou matado um Pé Grande, mas nenhuma delas tinha provas. São sempre uns caras suspeitos que dizem, tipo: "Não posso te contar onde está, mas é real."

HALLIE

Claro. Nada suspeito.

HAYDEN

E isso vindo de outro cara suspeito!

[RISADAS]

HALLIE

Então o Pé Grande é imortal?

HAYDEN

Tudo é possível.

HALLIE

Pois é. Isso permanece desconhecido. Como está o hambúrguer?

HAYDEN

Sinceramente? Meio seco.

[SILÊNCIO]

FOX EVANS
Você entende o que estou querendo dizer?

CADE BROWNING
Nem precisa me convencer, cara. Ela é assim mesmo, adora ser o centro das atenções e é tão insegura que precisa de alguém puxando o saco dela o tempo todo. Ela é carente, grudenta. Se não transasse com todos os colegas de trabalho, estaria desempregada.

FOX EVANS
Caramba. Isso é verdade?

CADE BROWNING
Este já é o segundo.

FOX EVANS
Esse cara?

CADE BROWNING
É. Algumas semanas atrás eles assumiram o relacionamento em público. Ela está claramente usando o coitado. É muito escroto da parte dela ir para cima de alguém que está começando.

FOX EVANS
O cupido da Bizarrolândia uniu os dois, pelo visto. Por isso não dá para confiar em mulheres que nem ela. Você quer acreditar que elas estão sendo genuinamente gentis e simpáticas, mas aí elas fazem uma merda dessas e isso acaba com a reputação de todos nós. Tem um nome para mulheres como ela. Não podemos dizer isso aqui na gravação, mas você sabe qual é.

CADE BROWNING
[RISADA] Sim. Se te censurarem, não vou mais poder voltar.

Encerro o episódio trêmula e com vontade de vomitar. Não quero olhar para Hayden e pensar que, desta vez, talvez ele acredite no que Cade está dizendo. Mas, quando finalmente olho, sei que ele não vai acreditar. Suas mãos se fecham, e sua mandíbula tensiona.

Isso deveria me reconfortar, mas não é o que acontece. Não agora. Mais notificações chegam, respostas à minha última postagem daquela manhã — uma foto minha franzindo a testa para nossa barraca meio desabada depois que tentei desmontá-la —, e começo a ler. Os comentários anteriores eram piadinhas, com um ou outro conspiracionista sério me dizendo que não encontramos o Homem-Mariposa porque não entramos tão fundo na floresta — algo que nunca vou fazer.

Agora o tom é outro.

Será que ela está saindo com ele só para chamar atenção mesmo? Para aparecer na série?

Espero mt que não :/ Hayden merece algo melhor do que ser enganado por uma vadia qualquer

Não me importo. Ficar com 2 colegas de trabalho é muito baixo, por isso ng contrata mulheres. Tô fora dessa série

Acho que tô fora também

Antes que eu continue, Hayden coloca a mão em cima da minha e me faz baixar o celular.

Eu sempre soube dos riscos de me colocar em evidência. As pessoas são muito mais cruéis com uma mulher do que com um homem, então qualquer passo fora da linha seria recebido com hostilidade e linchamento virtual. Sei que existem pessoas que não gostam de mim ou que me acham irritante, mas elas parecem ser uma pequena minoria que consigo facilmente ignorar quando tantos fãs inundam nossa caixa de comentários com amor.

    Passei meses refutando todas as teorias da conspiração que Cade espalhou sobre mim e que deixei fermentar no meu cérebro, apenas para ele jogar as provas de volta na minha cara. Ele encontrou uma maneira de sabotar meu trabalho quase na linha de chegada. A cada comentário negativo que aparece na minha tela, sei que mais uma pessoa está acreditando nele e colocando nossos fãs contra nós.

    Tudo porque acabei me apaixonando pela pessoa errada. Depois, porque me apaixonei pela pessoa certa.

    E eu sabia que isso aconteceria.

    Sabia que não deveria ser destemida e trilhar meu próprio caminho. Sabia que não deveria reivindicar nenhum espaço.

    Olho para o Homem-Mariposa, e seu corpo de titânio me encara. Quem fez essa porra de estátua? Ele tem tanquinho e uma bunda sarada. O Homem-Mariposa faz CrossFit. O Homem-Mariposa vira pneus na academia no tempo livre.

    Um péssimo presságio.

    Eu me levanto e, antes que eu comece a chorar diante de famílias simpáticas que tentam tirar fotos com o Homem-Mariposa, saio correndo. Hayden vem atrás de mim, me conduzindo de volta ao nosso carro alugado. Chegamos ao sedã prateado que cheira a cigarro e batata frita velha, e Hayden abre rapidamente a porta traseira. Então, entendo o que ele está fazendo.

    Entro no banco de trás com ele e, assim que a porta se fecha, paro de segurar as lágrimas. Hayden me envolve em seus braços e me aperta como se fosse responsabilidade sua evitar que eu desmorone. Choro em sua jaqueta, e as lágrimas escorrem pelo tecido impermeável. Os soluços não param até que eu sinta que não consigo mais respirar.

    — Está tudo bem — sussurra Hayden. — Prometo que vai ficar tudo bem.

    É difícil acreditar nele, mas não é difícil acreditar que os outros vão levar as palavras de Cade ao pé da letra. Se nossos fãs se voltarem contra mim, *O Desconhecido* já era. Passaram-se apenas algumas horas, e os fãs do Skroll já ficaram sabendo da fofoca. Estávamos confiantes demais, e Cade se vingou. Ele sabia que ia perder, então fez o que pôde para nos prejudicar. Para me magoar. Não, para me punir por ter tido a coragem de dar as costas para ele.

O que mais me assusta é que, mesmo agora, tendo alguém que se importa comigo de um jeito tão incondicional, um emprego que me inspira, fãs que adoram tudo que dizemos e publicamos, que nos dizem toda semana como a série que produzimos os deixa felizes, ainda não consigo me livrar das cicatrizes que Cade deixou, e talvez nunca consiga.

Hayden me segura firme, como se estivesse reprimindo a própria raiva. De repente, reparo que gostaria que ele tivesse dado um soco em Cade na festa do Skroll. Isso faria com que a retaliação fosse pior, mas pelo menos ele teria um nariz quebrado ou algo assim para me servir de consolo. Acompanho a respiração de Hayden, embora esteja pesada e irritada, e tento me acalmar para parar de chorar e conseguir articular o que estou sentindo.

Ele seca minhas lágrimas com o polegar.

— O que você quer que eu faça?

— Como assim? — pergunto.

— O que você quer que eu faça? Não sei — começa ele, e sua voz se perde em uma divagação desenfreada. — Eu posso... sei lá, posso processá-lo, se você quiser. Ele usou um trecho do nosso programa sem nossa permissão. Ou... eu não gosto de recorrer à violência, mas eu daria um soco nele se você quisesse.

— Hayden, não precisa fazer nada.

Essa não é a resposta que ele quer, e posso ver que ele está se segurando para não retrucar.

— De verdade. Não vai fazer diferença. Ele fez isso porque a gente o descredibilizou. Porque nós íamos ganhar.

Íamos.

Agora, se nosso engajamento diminuir porque nossos espectadores me odeiam e acham que estou usando Hayden para chamar atenção, ou que não o amo... o Skroll pode mudar de ideia. Eu seria um risco para a imagem da empresa.

— Não quero que esse babaca saia impune dessa, Hallie. Ele não pode sair por aí dizendo coisas assim sobre nós, sobre *você*. Não é verdade. Ele *não pode* fazer isso.

— Cade faz o que quer e *nunca* sofre as consequências. O que quer que a gente diga, ele vai distorcer e jogar contra nós. Foi por isso que...

Foi por isso que fiquei com ele por tanto tempo.

Porque eu tenho pavor de sair da linha e de ser vista, um medo que não existia antes de Cade. Queria que não existisse depois dele também.

— Ok — sussurra ele, recostando a cabeça no assento.

Ele fecha os olhos e esfrega o nariz antes de se voltar para mim. Hayden seca as lágrimas que sobraram e dá um beijo na lateral da minha cabeça.

— Então o que posso fazer por você?

— Eu só quero voltar para o hotel.

Voltamos para os bancos da frente e depois para o hotel. Não é um refúgio confortável; está cheio de cobertores de cores vibrantes e um carpete ainda mais desagradável, mas pelo menos não é uma barraca no meio da floresta. Os mosquitos são muito menos abundantes aqui. Como perdemos a chance de comer a pizza do Homem-Mariposa, Hayden sai para procurar comida assim que se certifica de que estou bem.

Quando ele não está mais comigo, pego meu celular de novo e continuo a ler os comentários que chegam. Cade compartilhou o episódio do podcast em sua página e citações sobre como eliminar pessoas tóxicas da própria vida. Os comentários estão cheios de fãs que o apoiam dizendo que ele deve manter a cabeça erguida, me ignorar e ignorar *minha* negatividade. *Que bom* que *ele* superou tudo isso. Pouco se fala sobre como as *mulheres* magoam os *homens*.

Vou até o perfil de Hayden e encontro uma foto de nós dois juntos. Há muitos comentários novos, como se as pessoas estivessem desesperadas para informá-lo de que ele ficaria melhor sem mim. Eu me pergunto se o celular dele também está vibrando sem parar, se está lendo tudo isso e o que está pensando.

Sei que não vai me ajudar em nada ver minha própria seção de comentários. Para cada fã gentil, tenho receio de que haja mais de dez *trolls* saindo da toca para me atacar.

Quando descobri Hayden e *O Desconhecido*, o objetivo era fazer com que tudo girasse em torno dele. Ele seria o foco do programa e eu o guiaria até o sucesso. Eu não deveria aparecer também, mas, agora que isso aconteceu, pode acabar com anos e anos de trabalho.

Deixo o celular de lado quando a porta do quarto do hotel se abre outra vez e Hayden entra segurando uma caixa de pizza e uma garrafa de vinho. Ele tira as botas e a jaqueta e coloca a pizza entre nós na cama. Não posso deixar de sorrir, porque já sei o que tem dentro.

— Esse idiota não vai nos impedir de comer a pizza do Homem-Mariposa — diz ele, servindo uma taça de vinho para cada um nos copos de plástico do hotel.

Tomo um gole, mas vinho barato em copo de hotel é sempre horrível. É ciência, não conspiração. De qualquer forma, vou beber tudo.

Hayden se inclina sobre a cama, pega meu celular na mesa de cabeceira e o coloca no modo silencioso, depois o deixa no outro canto do quarto com o próprio celular. Uma tempestade digital está se formando acima de nós dois, mas ele está tentando fazer deste quarto o abrigo mais seguro possível. Ele vai construir uma barricada nas janelas e nas portas, se for necessário. Hayden beija minha testa e pergunta se preciso de mais alguma coisa. Eu balanço a cabeça, cansada.

Ele abre a caixa de pizza. Sei que não sou a especialista no assunto, mas essa forma não tem nada a ver com o Homem-Mariposa. A criatura na pizza me encara com olhos sinistros de tomate e um corpo de pepperoni, completo com uma quantidade criminosa de cogumelos formando as asas e perninhas magras de pimentão. Não sei se prefiro esse Homem-Mariposa ou o fortão no centro da cidade.

— Vou deixar você escolher o primeiro pedaço.

— Meu herói — brinco.

Escolho uma das pernas, que parece ter uma quantidade quase proporcional de pepperoni e pimentão. Não é espetacular de forma alguma, mas acho que o que conta é a intenção. Hayden pega um pedaço com mais cogumelos, e nós comemos em silêncio por alguns minutos. Metade da garrafa de vinho e metade do corpo do Homem-Mariposa vão embora depressa.

A tela dos nossos celulares não para de se acender do outro lado do quarto, e é muito angustiante não saber o que todos estão dizendo. Mas ver nossa contagem de seguidores desabar, as notificações aumentarem e nossas caixas de entrada transbordarem porque uma pessoa detém tanto poder é pior do que essa espera.

— Hallie, tente pensar em outra coisa, por favor.
— Estão bombardeando você também?
— Sim — responde ele, assentindo.
— Estão falando o quê?
— Que diferença faz? Não importa o que a gente faça, algumas pessoas não têm nada de bom para dizer. Já estou acostumado.
— Tudo bem, mas o que acontece quando essa bobagem arruinar nossas chances de ganhar? O que acontece quando eu for um problema a mais para você?

Seus olhos se suavizam, e ele se ajeita. Nossos joelhos se tocam, e ele pega minhas mãos. Acaricio o contorno da tatuagem de OVNI em seu pulso, afastando a pulseira do relógio. Acho que isso deve ser o mais perto que cheguei de acreditar em alienígenas, mas pensei que pelo menos estivesse começando a acreditar em mim mesma de novo.

— Passei os últimos cinco anos falando sobre o Pé Grande e alienígenas e sobre a época em que o governo dos Estados Unidos organizou pesquisas sobre projeções astrais, encontrou monstros e disse: "Que se foda." As pessoas estão constantemente me xingando na internet e tenho muitos inimigos na comunidade de teorias da conspiração.

— É uma comunidade muito esquisita.
— Sim, com certeza. Mas não dou atenção a eles, não deixo que me digam o que fazer. As pessoas vivem falando que sou idiota, inclusive você. — Ele inclina meu queixo para cima com um sorriso. — Você se lembra do que eu te disse naquele primeiro dia no meu apartamento?

Eu arregalo os olhos.

— Hayden, você fez uma apresentação inteira em PowerPoint. Seja mais específico.

— Que algumas pessoas simplesmente acreditam no que dizem para elas. Outras, não.

— Já estabelecemos que eu não sou conspiracionista. Achei que você soubesse disso.

Hayden enxuga meus olhos enquanto outra enxurrada de lágrimas escorre pelo meu rosto.

— Eu sei muito bem disso, senhorita cética. Mas o que estou tentando dizer é que, neste momento, talvez você devesse ser um pouco mais como eu.

— Como assim?

— Não tem por que dar atenção ao que esse otário diz. Só porque saiu da boca dele, não significa que é verdade. Você pode escolher não acreditar nele, assim como não acredita no Pé Grande ou em alienígenas.

— Ou no Homem-Mariposa.

— Essa doeu — brinca ele. — Estamos na cidade natal dele!

— Não tenho a menor pena dele.

— Viu só? — Hayden ri.

— Não é tão fácil assim. Queria poder ignorar o que Cade diz. Vai ser mais difícil agora que ele tem mais pessoas que acreditam nele.

Meu celular continua vibrando com uma avalanche de notificações. Tenho medo do que cada uma delas diz.

Hayden me puxa de volta para perto.

— Sei que não é fácil, mas não quero que você pense nele. Não quero que ele tome um segundo sequer dos seus pensamentos, porque não merece. Ele já usou demais o seu brilhantismo. Nós criamos algo incrível juntos, e sempre vai haver quem se oponha e se ache superior, mas também sempre vai haver quem ame o que você adiciona à nossa série. Eu, por exemplo.

Quanto mais penso em aparecer na frente das câmeras, mais fico ansiosa. Quero continuar caçando monstros nos quais não acredito com alguém em quem acredito pelo máximo de tempo que puder.

Quero entrar com Hayden na floresta e reclamar o tempo todo, criticar todas as suas teorias até que ele fique tão frustrado que comece a perder a linha, quero ver nosso programa crescer e saber que nós dois somos responsáveis por esse sucesso. Juntos.

Mas, a cada vitória, fico apavorada ao pensar que Cade e os medos que ele plantou em mim estarão sempre atrás de nós, prontos para me diminuir. Para diminuir *nós dois*. Hayden merece mais do que isso.

Acho que eu também, mas parece que os únicos fantasmas em que acredito são minhas próprias dúvidas pesando sobre meus ombros. Não consigo me imaginar seguindo Hayden até a Área 51 e caçando alienígenas, fingindo que está tudo bem, como se eu fosse a mulher corajosa que finjo ser, que não leva desaforo para casa. Eu achava que era assim.

Acabei de ser lembrada de que ainda não cheguei lá e que a melhora nem sempre é linear. Na verdade, é repleta de Triângulos das Bermudas, buracos negros e portais que não consigo entender. Este é um deles. Tudo que posso esperar é que haja respostas para mim do outro lado.

Por enquanto, meu cérebro parece apenas uma série de teorias terríveis sobre mim mesma, e nem eu sei quais delas são verdadeiras.

CAPÍTULO 23

Desligo meu celular. Hayden ignora o dele.

Embora as notificações tenham parado de chegar e eu não esteja mais vendo as especulações nos comentários, sei que isso continua acontecendo, e Hayden também sabe. Antes de decolarmos de volta para Los Angeles, ele dá uma olhada e confirma que o assunto segue rendendo. Cade ainda está colocando lenha na fogueira, deixando comentários enigmáticos em posts, curtindo publicações com a hashtag #ODesconhecidoJáEra e dizendo por aí que as pessoas mudariam de ideia sobre mim se soubessem quem eu sou de verdade.

Como sempre, ele vai para cima com sete pedras na mão.

O voo de volta para Los Angeles é agradável, porque durante esse tempo nenhum de nós pode vigiar o que está acontecendo na internet. Por algumas horas, é como se tudo estivesse normal. O avião pousa e Hayden segura minha mão, entrelaçando nossos dedos e me mantendo por perto enquanto esperamos nossas malas. Algumas pessoas nos observam com uma vaga curiosidade no aeroporto. Não somos famosos, *claro que não*, mas somos mais ou menos reconhecíveis, num nível "não é aquela garota da internet que eu não me lembro do nome?". Mesmo assim, nada faz com que Hayden se afaste de mim.

Nada que eu tenha dito ou feito o levaria a dar as costas para o que construímos juntos. Então por que quero tanto fugir?

Ele faz o que pode para levantar o meu astral: compra um café no Dunkin' do aeroporto (embora isso seja mais do gosto *dele*), coloca um episódio de um podcast extremamente ridículo sobre *creepypas-*

tas da internet para tocar no carro e finge revirar os olhos nas partes mais absurdas para ver se eu me animo.

Quando chegamos ao apartamento de Hayden, Cthulhu vem correndo em direção a ele e mostra a barriguinha para pedir carinho e comida.

— Oi, gorduchinho — cumprimenta ele. — Eu sei, você quer petisco, né.

Cthulhu trota atrás dele e pega o prêmio, que mordisca por alguns segundos antes de se virar para mim com uma piscada lenta meio suspeita.

— Piscadas lentas assim mostram que ele confia em você.

— Ou mostram que ele queria me fazer de petisco.

Coloco minha mochila no sofá, e Cthulhu se aproxima e esfrega a cabeça em minhas pernas. Nós temos uma relação delicada: ele não me ataca, mas faz questão de me tirar da frente para se aconchegar em Hayden e mostrar que aquele ali é o humano *dele*, não meu.

— Viu só? — diz Hayden.

Eu me abaixo e faço carinho na parte de trás da cabeça do gato, e, pela primeira vez desde que nos conhecemos, ele ronrona. O apartamento de Hayden se tornou um lar para mim, e Cthulhu faz parte disso. Passo a maior parte das noites aqui, tenho metade de uma gaveta na cômoda dele para guardar meus pijamas, uma escova de dentes e uma muda de roupa extra para quando durmo aqui. Vivo no sofá dele com meu computador em meio a um mar de livros sobre conspirações e criptídeos. Quando chegamos de viagem e entramos agora há pouco, a sensação que tive foi a de estar me deitando na cama mais macia do mundo.

— Quer ficar e fazer alguma coisa? Podemos pedir comida e ficar juntos antes de começar a trabalhar no episódio final amanhã.

Ele já está revirando a gaveta de cardápios da cozinha, mas sinto que estou pisando em ovos de novo, prestes a desmoronar.

— O que houve? — pergunta Hayden.

— Talvez não seja uma boa ideia eu participar do episódio final.

Tenho adiado essa conversa, mas acho que é o melhor para nós dois. Não vou conseguir alcançar o sentimento de vitória e derrotar Cade como eu gostaria, não vou caçar alienígenas no meio do deserto com minha pessoa favorita. Mas conheço Cade, e sei que, enquanto tiver alcance e o apoio do Skroll, ele não vai parar de infernizar minha vida.

Passei anos cedendo porque era mais fácil e odeio ter que fazer isso de novo, mas não consigo pensar em outras opções. Não tenho coragem de fazer nada diferente.

— Por que você não participaria? Hallie, isso é tipo sugerir que a Scully parasse de aparecer em *Arquivo X*. — Ele cruza os braços.

— Para falar a verdade, isso de fato acontece em alguns episódios, e eles são *bem fraquinhos*.

— Eu sei que não é o que você quer ouvir, mas acho que com tudo isso acontecendo, o cancelamento, os comentários... Talvez seja melhor você fazer o episódio final sozinho. Quanto mais eu aparecer, pior vai ficar, e isso pode comprometer suas chances de conseguir uma segunda temporada. Eu deveria ser a pessoa fazendo a mágica acontecer, não a razão do seu fracasso.

Hayden reflete sobre o que eu disse. Seu pomo de adão oscila, e sua mandíbula parece tensa.

— Você sabe que a série não existiria se você não tivesse topado apresentar comigo. Não teríamos nem conseguido uma primeira temporada se fosse só eu. Você sabe disso. E, pode acreditar, *eu* sei disso também.

— Mas isso foi antes. As circunstâncias mudam. Hayden, muitos dos *nossos* seguidores acham que estou usando você para conseguir atenção, que não me importo com você ou com a série.

— Bom, se eles acreditam tão facilmente na palavra de um imbecil qualquer em um podcast, que seja. Não precisamos desse tipo de gente.

A parte ruim é que, na competição do Skroll que escolhemos como nosso campo de batalha, os números *importam*. Ficamos em silêncio na cozinha, de braços cruzados, um encarando o outro. O único som é o zumbido da geladeira e Cthulhu correndo atrás de um petisco na sala.

— Isso é exatamente o que ele quer — diz Hayden, por fim. — Reparou? Ele quer que você se afaste porque se sente ameaçada e sabe que não tem a menor chance. E, se você fizer isso no último episódio, ele vai vencer, porque eu, sozinho, não sou nem de longe tão bom quanto com você ao meu lado. E *não quero* fazer a série sem você. Então, por favor, não faça isso.

Eu me esforço para engolir o choro. Estou cansada de tanto chorar.

— Estou com medo. Por isso quero me afastar. Cade vai fazer tudo ao alcance dele para que todo mundo me veja como ele me vê. Nossos fãs… você…

Seus olhos encontram os meus, e ele balança a cabeça.

— Eu jamais te veria assim…

— Talvez eu pareça corajosa. Quando visitamos lugares mal-assombrados, não levo um susto a cada rajada de vento que nem você…

Hayden torce o nariz.

— Também não tenho medo de ser devorada pelo Pé Grande. Mas não sou corajosa de verdade. Permiti que alguém me manipulasse e me diminuísse por anos, porque estava apavorada demais para ir embora e sofrer as consequências.

— Mas você conseguiu…

— E ainda estou pagando por essa decisão. É muito custoso me defender como preciso, e não sei se tenho forças para isso agora. Estou tentando seguir em frente, e você não tem ideia do quanto me ajudou, mas não sei o que fazer agora. Então, me desculpa, mas isso tudo mexeu muito comigo. Preciso dar um tempo.

Hayden me observa por um segundo antes de passar as mãos no rosto e suspirar. Seco minhas lágrimas na manga da blusa e pego a mochila outra vez. Quando toco a maçaneta da porta, ele diz:

— Hallie, antes de você ir embora, posso dizer uma coisa?

Eu me viro e assinto.

— Claro.

Ele pondera as palavras com muito cuidado e eu tenho um vislumbre da pessoa nervosa e insegura que vi nele desde o nosso primeiro dia de trabalho. Penso no quanto progredimos juntos. Eu me permiti amar alguém depois de jurar que nunca mais faria isso de novo. Eu me sinto confiante quando estou com Hayden — sei que posso dizer o que quiser, quando quiser, e ele vai me ouvir, argumentar e dar corda para as minhas besteiras. Ele agora deixa que as pessoas saibam quando tem dias ruins, não esconde o organizador de remédios com antidepressivos nem inventa alguma mentira quando percebo que está perdido nos próprios pensamentos. Não quero que nenhum de nós regrida, mas já estou prestes a me retirar.

— Não sei de tudo que Cade fez com você, não consigo imaginar a dor que ele causou. Eu daria qualquer coisa para que você não precisasse mais sofrer assim, mas não tenho esse poder. Só posso fazer o que estiver ao meu alcance. Sei como é difícil deixar que as pessoas te vejam por inteiro. Vai por mim. Passei três anos totalmente isolado porque não queria que ninguém visse como eu estava mal. Por isso, posso te dizer com propriedade que ficar sozinho *é uma merda*. E sei que essa não é a resposta, mesmo que seja a saída mais fácil. Eu queria muito que você tentasse não dar ouvidos ao que ele diz. Estamos indo tão bem, temos milhares de seguidores que nos adoram e que querem temporadas e temporadas de nós dois sendo bobos na internet. E, acima de tudo, digo isso porque ele está errado em relação a *tudo* que disse sobre você.

— Nem tudo — digo, com a voz embargada. — É verdade que namorei as duas últimas pessoas com quem trabalhei.

Hayden abre um sorriso que faz com que as lágrimas em seus olhos desapareçam.

— Tudo bem, mas e o resto? O resto está completamente errado. Não é difícil trabalhar com você. Não é difícil amar você. Amar você é a coisa mais fácil que já fiz na vida.

Nós nos olhamos. Mal consigo enxergá-lo por entre as lágrimas embaçando minha visão. Só consigo perceber a tensão em seu corpo, a camiseta ridícula do Pé Grande, a camisa xadrez por cima. Mas eu o conheço bem o suficiente para preencher todas as lacunas. Conheço o medo que pesa nos tons mais claros de verde dos olhos de Hayden, vejo suas mãos trêmulas de medo, e sei que ser tão sincero o aterroriza mais do que nossos encontros com fantasmas.

Mas também reconheço o leve aceno de cabeça que ele me dá para indicar que está falando sério. E a verdade é que ele me ama.

Hayden *me ama*. Com leveza, alegria, e do fundo do coração. E eu o amo também.

— O que você falou? — pergunto, embora seja uma pergunta desnecessária, pois eu o ouvi muito bem.

— Eu amo você, senhorita cética. Amo muito. E quero que saiba que, de todas as teorias da conspiração e todos os monstros em que acredito, acredito mais ainda em você.

Sua respiração fica irregular, como se ele estivesse prestes a ceder e implorar para que eu fique.

— Não quero gravar um único segundo de *O Desconhecido* sem você. Estamos juntos nessa agora, Hal. Acredite ou não, você é o tempero que sempre faltou, e qualquer pessoa com meio neurônio sabe disso. Até Cade sabe, porque, do contrário, não estaria dando esse chilique todo. É preciso muita coragem para aguentar o que você aguentou com Cade, e mais ainda para conseguir ir embora. E você fez as duas coisas. Não se subestime nem por um segundo. E saiba que, aconteça o que acontecer, eu vou estar do seu lado. Mas nada é mais importante do que você se sentir segura e amparada. Então, se estiver com medo do que Cade pode fazer, do que nossos seguidores vão dizer, e não se sente bem terminando a temporada... Se isso só vai te magoar e por isso você acha melhor dar um tempo, quero que siga seu coração.

— Hayden...

— É sério — continua ele. E eu sei que é. — Mesmo. Não vai mudar como me sinto em relação a você.

Mas como poderia não mudar? Daqui a algumas semanas, depois que eu ficar de fora desse episódio e o Skroll escolher a série ganhadora, é provável que *O Desconhecido* deixe de existir, pelo menos neste formato. Hayden pode voltar a fazer podcasts ou começar algo novo, mas eu o procurei e fiz com que ele confiasse em mim. Parece imperdoável decepcioná-lo dessa maneira.

Tudo porque não tenho coragem para acreditar em mim mesma e ignorar os céticos.

Não ouço Hayden atravessar a sala e se aproximar de mim, mas ele segura meu rosto com as duas mãos e seca minhas lágrimas. Isso só faz com que elas caiam com mais força, e eu me aninho no peito dele. Sua camisa ainda está com um leve cheiro de avião, mas o cabelo exala perfume de verbena e capim-limão, e começo a suspeitar de que ele está levando xampus de um hotel para o outro só para provar seu argumento.

Ele me abraça apertado, com uma mão em meu cabelo e a outra me aconchegando em seu peito. Tão quente, tão seguro, tão cheio de amor. Eu gostaria que fosse o suficiente para me dar o empurrãozinho de coragem necessário para que eu escolha a felicidade acima de qualquer outra coisa.

— Está tudo bem. Quero que você faça o que for preciso para tudo melhorar. — Hayden levanta meu queixo e passa o polegar na minha boca. — Mesmo que seja tirar um tempo para respirar. Eu sempre vou estar aqui.

Eu me inclino para ele, deslizando os braços ao redor de seus ombros e encontrando-o em um beijo. Ele faz com que seja muito fácil amá-lo, muito fácil não ter medo de ser amada, mas, nesse momento e nesse beijo, parece estar implorando para que eu não vá embora. Mas é algo que não posso prometer. Hayden segura minha blusa e me aperta com força. Subo as mãos pelo seu peito, tocando as tatuagens que sei que estão sob a camisa, e mordo a boca dele, fazendo-o suspirar e me abraçar mais forte.

— Eu amo você — repete ele. — Só me diga o que precisa que eu faça.

Sei que eu também poderia dizer a ele que o amo, mas sempre quis fazer isso no momento certo. Quero que seja num contexto alegre, não de despedida, então, por enquanto, guardo isso para mim. Eu me afasto, tocando a bochecha dele.

— Por ora, preciso de tempo para pensar. Para digerir os últimos dias.

Hayden me solta e assente.

— É claro.

Recuo antes de me convencer a fazer algo para o qual não estou preparada e pego minha mochila. Faço carinho no topo da cabeça de Cthulhu antes de ir até a porta.

— Hallie — chama Hayden. Ele seca os olhos por baixo dos óculos e funga. — Não seja um criptídeo. As pessoas *precisam* ver você. Já temos muitos seres misteriosos para caçar. Mais um só dificultaria nosso trabalho.

Ele conclui o discurso com um sorriso carinhoso que faz com que eu sinta que vai ficar tudo bem. É um raio de luz que ilumina meu caminho enquanto me viro para ir embora e tentar descobrir o que devo fazer em seguida.

CAPÍTULO 24

— Balinhas de goma sem açúcar
— Laxantes na máquina de kombucha
— Substituir pó proteico por farinha de trigo

A lista foi escrita em um bloco de anotações entre mim e Nora. Sua letra deixa muito a desejar, e acho que a garrafa e meia de vinho que dividimos também não ajudou, mas estou encantada com a maldade pura do que ela está escrevendo com sua caneta de gel cor-de-rosa com glitter.

— Nora, para quem é isso?

Ela semicerra os olhos enquanto pega a taça de vinho.

— *Você sabe muito bem.*

Infelizmente, sei mesmo. Nos últimos dias, por mais que eu tenha tentado ignorar o mundo fora do meu apartamento, Cade continuou se infiltrando no meu cérebro, e os monstrinhos curiosos dentro da minha mente seguem querendo saber como anda meu cancelamento na internet. Eu me pergunto se as pessoas se esqueceram do assunto ou se os verdadeiros fãs de *O Desconhecido* estão nos defendendo e empurrando os *haters* de volta para o esgoto.

Mas estou com muito medo de olhar as redes sociais, e definitivamente assustada demais para perguntar a alguém.

Nem sequer liguei meu celular desde que saí da casa de Hayden. Tenho certeza de que vou receber um milhão de notificações e mensagens de boa-noite dele quando finalmente fizer isso. É difícil ir dormir sem suas palavras, mas ainda não consigo encarar todas as coisas de que fugi. Sei que Nora tem falado com ele para pelo menos mantê-lo informado e garantir que estou bem.

Achei que me afastar por um tempo para digerir o que aconteceu e ficar sozinha fosse a decisão certa, mas agora me sinto uma covarde.

— Não entendi as balinhas de goma.

Nora arregala os olhos.

— Dá uma olhada na Amazon. Procura as avaliações das balinhas de goma sem açúcar.

— Estou sem celular.

Ela resmunga.

— Elas fazem você cagar na calça. Tipo, diarreia explosiva.

— Os laxantes também.

— Sim.

— Então você quer se vingar do Cade fazendo com que ele cague nas calças? — pergunto. — Não que eu me oponha. Seria incrível, na verdade. Mas não *resolveria* nada.

— A farinha não é para cagar na calça. É só nojento, mesmo.

— T-tá... Vou voltar a ver o filme agora...

Além da vingança, Nora acha que a segunda melhor maneira de superar uma crise é fumar um baseado e assistir a *O Grande Mentiroso*, porque, aparentemente, é outro arraso de Frankie Muniz. Não sei se funciona ou se sequer apareceria como dica em uma revista feminina, mas, quando chegamos ao final do filme, eu certamente não estou mais pensando em Cade, Hayden ou n'*O Desconhecido*. Estou pensando na pele azul e nas sobrancelhas laranja do Paul Giamatti e me perguntando como ele foi parar nesse filme. Mas, verdade seja dita, fiz Nora esperar vários dias antes de me submeter a isso. Eu precisava de um tempo sozinha para processar minha dor e fazer atividades tristes muito particulares, tipo assistir repetidamente aos comerciais da Sarah McLachlan para a associação de combate à crueldade animal.

Mas *nem tudo* tem sido horrível. Nora consegue me distrair, propondo desde a construção de uma pista de obstáculos para Lizzie até conversas profundas sobre nossos sentimentos, que são difíceis, mas estranhamente catárticas. Uma delas me levou a pesquisar o termo "espectro de assexualidade" no Google, o que me trouxe certo conforto e fez com que eu sentisse que encontrei a última peça de um quebra-cabeça sobre mim mesma e minhas preferências.

Quando o filme termina e não consigo me distrair com mais nada, começo a chorar de novo. Culpo o vinho, a maconha e, possivelmente, a TPM.

— Ah, não! — choraminga Nora. — Estávamos indo tão bem! Quer ver um filme do Scooby-Doo?

— Não! — respondo. — Eles resolvem mistérios, e isso era o que *a gente* estava fazendo!

— Ah... é mesmo. Nunca pensei que o Scooby-Doo seria um gatilho pra alguém.

— É que o Hayden se parece com a Velma. Mas *homem*.

— Ele... Hum. Bom, é verdade. Não posso discordar.

— Estou triste. E confusa.

Afundo o rosto nas mãos. Não tem nem Cheetos nesta casa. Devo ter murmurado isso em algum momento, porque Nora dá um tapinha nas minhas costas e agita o celular na minha frente.

— Não se preocupe. Jamie está trazendo Cheetos.

— Jamie está vindo pra cá?

Ai, meu Deus, Jamie vai me ver chorando com a cara enfiada em um saco de Cheetos. Pensei que as coisas não poderiam piorar depois que ele foi obrigado a editar o episódio em que fiquei inventando danças de acasalamento para o Pé Grande.

— Sim, eu disse que a gente estava curtindo uma fossa.

— A gente? Quem está curtindo uma fossa *sou eu*.

— *Não* — retruca ela. — Eu estou triste porque *você* está triste e porque quero passar os testículos do Cade em um ralador de queijo, mas *não posso* porque infelizmente *suspeito* de que isso seja *crime*.

— Claro que é crime — digo, fungando. — Mas eu pagaria sua fiança.

— Mas eu ficaria fichada na polícia mesmo assim.

Alguém bate à porta.

— Como ele chegou tão rápido? — balbucio.

— Faz vinte minutos que você disse que queria Cheetos.

— Eu *acabei* de falar isso.

— Não foi a primeira vez.

— Ah.

Nora se levanta do sofá e abre a porta para Jamie, depois pula em cima dele e dá um gritinho. Jamie, legal como sempre, a pega nos braços e a segura firme, brevemente interrompendo o abraço para colocar um burrito na mão dela, o que provoca outro gritinho de Nora.

Ele se junta a nós no sofá, tira a mochila das costas e me passa um pacote enorme de Cheetos. Decido que, da próxima vez que estiver no Skroll, vou implorar a Chloe que dê um aumento para ele. Esse aí merece!

Mergulho de cabeça nos Cheetos como se eu fosse uma nadadora olímpica.

— Obrigada — digo. — Você não precisava ter feito isso.

Ele dá de ombros.

— Paguei com o cartão da empresa.

Enquanto Nora come seu burrito feliz da vida e beberica o vinho, observo a maneira como Jamie a encara e como ama cada coisinha boba nela. Isso me faz pensar em como me sinto quando Hayden faz algo bobo ou engraçado. Eu me apaixonei por ele nos momentos em que ele cantarolava a música-tema de *Arquivo X* ou recitava as palavras do discurso de Bill Pullman em *Independence Day*. Algumas pessoas são autênticas e espontâneas, e Hayden é uma delas. Eu adorava isso nele. Ainda adoro.

— Você veio direto do trabalho? — pergunta Nora.

Ele faz que sim, colocando os braços atrás da cabeça. Há um ar de cansaço em sua expressão, como se ele tivesse passado o dia inteiro com a cara no computador.

— O episódio do Homem-Mariposa está quase finalizado. A propósito, está bem legal. Vocês dois estão melhorando muito na frente da câmera.

Estávamos melhorando. Sinto vontade de corrigi-lo, mas não tenho tempo, porque ele completa:

— Mas o episódio da Área 51... Não sei, não...

— Qual é o problema?

Jamie esfrega as mãos no rosto.

— Não está tão bom. Passamos o dia inteiro gravando e regravando e... Hayden...

— Está uma porcaria? — sugere Nora.

Franzo a testa.

— Não — responde James, hesitante.

— Ele está se atrapalhando, não está? — pergunto.

Jamie não precisa dizer nada porque fica estampado em seu rosto que estou certa. Sabia que isso aconteceria, e não importa o quanto Hayden tenha tentado me tranquilizar, ele também sabia.

— É, é uma boa maneira de explicar o que está acontecendo — diz ele, por fim.

Tento engolir a culpa com mais um punhado de Cheetos, mas não adianta.

— O que está rolando?

— Está bem parecido com o que era no começo. Ele se apega demais ao roteiro, soa meio engessado e não para de olhar para o lado, como se você fosse dar algum pitaco. Mas...

— Mas eu não estou lá.

Ele assente de novo.

— Acho que Hayden só está insistindo para poder terminar a temporada, mas é nítido que ele não quer estar lá sem você.

— *O Desconhecido* é dele. Ele não precisa de mim.

Mas sei que não é verdade. *O Desconhecido* é algo incrível que se tornou *nosso*. Penso em temporadas futuras em que eu o seguiria pelo mundo, trazendo à tona sua personalidade cativante ao provocá-lo dizendo que fantasmas não existem ou apontando furos em suas teorias.

— Não sei se é uma questão de *precisar*. Mas ele *quer* que você esteja lá. Se não te conhecesse, diria até que você estava começando a acreditar nessas coisas.

Eu me engasgo com os Cheetos.

— De jeito nenhum.

— Será mesmo? — diz Nora.

— Claro que não. Tenho uma reputação a zelar.

Ficamos enrolando no sofá por algumas horas até passar a onda do baseado e Jamie voltar para casa. Quando me troco para ir dormir, hesito diante da minha gaveta de camisetas. Uma delas chama minha atenção: a estampada com "Eu quero acreditar" de Hayden. Eu a pego e a seguro contra o peito. Não foi lavada, então ainda está com o cheiro dele.

Se fosse qualquer outra noite, eu estaria deitada ao lado dele, indo para a cama cedo antes de partirmos para a Área 51 no dia seguinte. Já fiz várias tentativas de arrumar minha mala, como se, de repente, fosse encontrar coragem para enfrentar o que quer que esteja por vir.

Coloco a camiseta e entro no banheiro que compartilho com Nora. Ela está escovando os dentes, mas para quando entro, olhando para o que estou usando. No espelho, seus olhos se voltam para mim. Depois para a camiseta. Depois para mim de novo.

— Fala sério, mulher.

— O quê? Estava na minha gaveta.

Nora cospe na pia.

— Lembra quando você apareceu aqui pedindo um lugar para ficar? Perguntei o que tinha acontecido, e você me disse que não ia mais deixar Cade fazer o que quisesse contigo.

Foi uma das noites mais difíceis da minha vida, mas sobrevivi. E sobrevivi a ele. Decidi romper de vez quando ele me disse que não me queria em *Os Amadores*, mas que, se quiséssemos, poderíamos continuar transando. Quando eu disse não, ele colocou as asinhas de fora.

Eu sabia que não seria fácil deixar tudo aquilo para trás, mas já o impedi de vencer em outras ocasiões.

Acho que posso fazer isso de novo.

Quero fazer isso de novo.

— Você já lutou por si mesma antes — diz Nora, passando creme no rosto. — Lembra disso, tá bom? Ah, e já que você virou uma ermitã, dá uma olhada nisso aqui.

Ela me entrega seu celular, mostrando uma postagem que Hayden compartilhou. É uma foto de nós dois no norte do estado, caçando o Pé Grande. Hayden estava cansado de aparecer sozinho nas fotos, então pediu a dois pescadores que tirassem aquela da gente. Tivemos que ensiná-los a usar a câmera.

Estávamos muito felizes. Tudo parecia simples naquele momento, e nós dois vivíamos imersos na empolgação do que nosso relacionamento poderia ser. Eu não estava pensando em Cade ou em como o que eu fizesse seria percebido. Estava pensando em caçar o Pé Grande, em como fugir dos pernilongos e em como estava me apaixonando por Hayden.

Leio a legenda cheia de piadinhas sarcásticas e, o mais importante, um parágrafo inteiro sobre mim. Como sempre, ele é excepcional com as palavras. Não é nada muito diferente do que ele me disse pessoalmente, mas fico feliz mesmo assim.

Tenho observado o que estão dizendo sobre a série e sobre Hallie e eu nos últimos dias e, infelizmente, algumas coisas são preocupantes. Sei que faz parte do jogo quando se é uma figura pública, mas, quando nossa vida pessoal entra em pauta, é difícil não se manifestar.

Acredito que a forma como tratamos as pessoas diz muito sobre nós mesmos e pouquíssimo sobre os outros. É muito sintomático que alguém use o próprio alcance on-line para espalhar ódio e boatos quando poderia estar, sei lá... divulgando a própria série. Mas, claro, isso não é da minha conta.

O que é da minha conta, no entanto, é a nossa série e a pessoa que a apresenta comigo. O podcast @odesconhecido_oficial começou há cinco anos dentro do meu closet, porque eu ainda não tinha aprendido a montar uma cabine de gravação. Eu contava aos ouvintes histórias sobre todas as conspirações e todos os criptídeos que eram interessantes para mim e que eu gostaria de compartilhar com outras pessoas, tudo feito em uma única mesa. Hoje o programa me proporciona a possibilidade de viajar pelo país em busca de fantasmas e monstros, e tem um público maior do que eu já pude imaginar. Juro que mal consigo acreditar que todos vocês estão aqui, querendo ouvir nossas discussões sobre cadáveres alienígenas. Ainda preciso me beliscar quando penso nisso.

Mas tudo isso só aconteceu graças a @halliebarrett, que me encontrou na podosfera e fez com que um programa legal se tornasse espetacular. Para alguém que não cai "em historinhas para boi dormir", ela acreditou nessa série desde o começo, e sou muito grato por isso. Mas sou ainda mais grato por estar fazendo isso ao lado dela.

Hallie não só é ótima em lapidar nossa série, como também é uma das pessoas mais generosas, engraçadas e maravilhosas que já conheci. Passar todos os dias com ela faz com que eu me sinta o cara mais sortudo do mundo. Qualquer pessoa que discorde disso obviamente a) não a conhece muito bem ou b) não presta. Caso encerrado.

Sei que os fãs do nosso programa a amam tanto quanto eu, mas, se houver alguma dúvida quanto a isso, saibam que sempre serei #TeamHallie com orgulho. Minha dupla, melhor amiga e cética favorita. 👽

Obs.: Os autores de comentários maldosos serão devidamente bloqueados. Sim, eu sei fazer isso. Podem perguntar para o Zak Bagans.

Abro os comentários. O primeiro é de um usuário chamado PapitoPéGrande e diz apenas "pq diabos esse cara bloqueou o zak bagans no ig??". Parece um bom sinal. Tenho evitado a internet há dias, preocupada com a possibilidade de as pessoas terem engolido as palavras de Cade como eu sempre fiz, mas uma rápida leitura dos comentários me diz que talvez eu estivesse com medo de uma minoria pequena, embora barulhenta. E que o ódio não prevaleceu.

Pqp estou obcecada por esses dois

Se não conseguirmos uma segunda temporada eu vou fazer um escândalo, PLMDDS!

Hallie foi a melhor coisa q aconteceu nessa série

Amamos muito vocês dois <3

Fandom, votação: oq acham de chamar o CB de "Abominável Vacilão das Neves"?

Não!! Isso é desrespeito com o pobre do léti

— Acho que pelo menos alguns deles ficariam muito chateados se você não aparecesse na Área 51 amanhã — comenta Nora, arqueando as sobrancelhas. — Você pode acreditar nessas pessoas ou no Cade e no exército de idiotas que ele lidera.

Passo o celular de volta para ela e me enfurno em meu quarto. Pela primeira vez em dias, ligo meu celular. Ele trava e precisa ser reiniciado por causa de todas as notificações, mas, quando se estabiliza, começo a ler os comentários. Há muito amor e apoio e vídeos fofos compilando trechos engraçados da série. É impressionante de um jeito que eu jamais esperaria. Não sei o quanto isso tem a ver com a publicação de Hayden ou se as pessoas *realmente* se importam comigo como parece.

Quando os aplicativos carregam, algumas mensagens começam a chegar. Algumas são spam, outras são de Nora, com vídeos de gatinho que ela encontrou por aí, e o mais importante: uma mensagem de boa-noite de Hayden para cada noite que passamos separados.

Fico sentada na cama por um tempo, atônita e tentando banir meus medos para o fundo da minha mente. Decido pesquisar no Google a rota de carro até a Área 51. Depois me inscrevo em um serviço de terapia on-line, e não demora para que eu encontre uma mulher de rosto gentil na faixa dos cinquenta anos chamada Maggie. Quando ela me manda uma mensagem perguntando o que estou buscando na terapia, respondo que não sei nem por onde começar, mas ela parece estar preparada para qualquer coisa. Fico olhando para o alienígena de plástico que ganhei de Hayden e que agora vive na minha mesa de cabeceira. Até assisto a um episódio de *Conspirações Cósmicas*.

Então, ligo meu computador e ouço de novo o episódio do podcast do qual Cade participou. Eu o ouço me diminuir e me difamar. Ele passou tempo demais me dizendo que eu não era importante, que não tinha nada de especial e que me amar era difícil. Acreditei nele porque não sabia como acreditar em outra coisa.

Mas não preciso mais fazer isso.

Acredito em mim mesma, n'*O Desconhecido* e em tudo o que vier depois.

Acredito no amor que sinto por Hayden e acredito que vale a pena lutar por isso.

Então, abro um novo e-mail para Chloe, copio Kevin e o RH do Skroll e colo o link do podcast de Cade no corpo da mensagem. Começo a digitar:

Chloe e Mandachuva,
Espero que estejam bem. Gostaria de conversar com vocês sobre uma coisa.

CAPÍTULO 25

Termino de arrumar a mala para a visita à Área 51. Tomo o cuidado de levar roupas suficientes para os vários dias que planejamos ficar fora e muitas calcinhas, como sempre. Fecho o zíper e coloco a camiseta de *Arquivo X* por dentro da calça jeans. Essa, sem dúvida, é a parte mais importante.

Depois de enviar meu e-mail na noite anterior, dei uma olhada no arquivo compartilhado que usamos para planejar as viagens para ver se Hayden tinha feito alguma alteração. Não tinha.

8h (Hayden) Deixar Cthulhu no hotelzinho para pets

8h30 (Todos) Encontro no Skroll para carregar o carro

9h (Hayden, Hallie) Partir para Rachel, Nevada

Nora e eu pegamos o carro bem cedo e seguimos para os estúdios do Skroll em Hollywood conforme planejado. Ela tenta falar com Jamie, mas ele não atende as ligações nem responde as mensagens. Tento ligar para Hayden várias vezes, mas ele costuma desligar o telefone quando viaja para não atrapalhar as leituras de campos eletromagnéticos, então imagino que não vou conseguir falar com ele.

Ainda é cedo e quase ninguém chegou ao escritório, mas em meio ao mar de mesas e computadores brancos não conseguimos encontrar Hayden nem Jamie. Que merda.

— Vou dar uma olhada na cozinha — diz Nora, ainda meio ofegante.

Ainda não sei o que estou fazendo. Não sei se expor os anos de tormento de Cade e meu ultraje com o que ele disse no podcast foi uma boa ideia, mas foi a única coisa que consegui fazer. Não sei se isso vai fazer com que eu seja demitida ou que *O Desconhecido* seja ainda mais prejudicado.

Mas eu tinha que tentar.

Depois que Nora desaparece e eu fico para trás tentando recuperar o fôlego, Kevin vem caminhando pelo escritório com uma jovem ao lado. Ela é alta, tem cabelo escuro e está segurando um caderno e um lápis. Gosto de seu estilo excêntrico; faz parecer que ela está tentando fazer escolhas de estilo mais ousadas, mas ainda com um toque corporativo.

— Hallie!

Bom, esse não parece nem um pouco o tom de alguém que já leu meu e-mail...

Abro meu melhor sorriso e decido ficar na minha.

— Bom dia, Mandachuva.

— Hallie, quero que conheça minha sobrinha, Effy. Ela vai estagiar aqui no verão e disse que adora sua série. Pensei em apresentar vocês, caso você estivesse por aqui. Não sabia se já tinha saído para gravar o último episódio.

Não sei se quero xingar o caminhão de lixo que nos atrasou por cinco minutos ou suspirar de alívio por Kevin ainda querer um último episódio. É mais uma chance de provar que nossa série vale a pena e a prova de que me defender não me ferrou de vez.

— Pois é, Nora e eu vamos nos encontrar com eles lá — digo. — É um prazer conhecer você, Effy.

Há uma firmeza em Effy que eu gostaria de ter tido na idade dela. Ela tem um aperto de mão forte e um olhar determinado.

O celular de Kevin toca, e ele olha para baixo.

— Desculpem, meninas. Tenho uma reunião agora, mas fiquem à vontade para conversar entre vocês — diz ele, indo embora logo em seguida.

Preciso mostrar o escritório para ela? Ensiná-la a usar a máquina de café? Por mais simpática que ela pareça ser, estou com um pouco de pressa. Assim que Nora voltar, vamos dar o fora.

— Obrigada por assistir — digo. — Ficamos muito felizes.

— Claro! Mal posso esperar pelos últimos episódios da temporada, e estou torcendo para que consigam uma segunda.

Tenho dificuldade para encontrar as palavras certas. Muita coisa ainda está no limbo, mas odeio a ideia de decepcionar uma garota tão nova. Ela não deve ter mais de vinte anos. Felizmente, Effy preenche o silêncio.

— Tenho implorado para que o tio Kevin...

— Ele te deixa chamá-lo de Kevin? — interrompo.

— Deixa. Do que mais eu chamaria?

— Hum. Deixa pra lá.

— Posso perguntar uma coisa? — pede Effy.

— Claro.

Ela cutuca o canto do caderno para ocupar as mãos.

— O que você faz para se destacar tanto em meio a todos esses homens?

Levanto as sobrancelhas.

— Para... me destacar?

— Sim. Vejo os vídeos do Skroll há anos. Sempre foram divertidos, mas todo mundo era... homem. Quase todos eram homens brancos, todos iguais. Mas aí veio a série de vocês.

O Skroll sempre foi um clube do bolinha. Nora e algumas de nossas outras roteiristas e colaboradoras aparecem de passagem nos vídeos, mas há pouquíssimas mulheres em destaque. Eu estava tão ocupada tentando agradar Cade que não me dei conta de como o que estava fazendo era importante.

— Não sei — continua ela, suas palavras ganhando velocidade. — Parece que você encontrou uma maneira de ser você mesma e ter sucesso. Acho que para mim é difícil imaginar que ser autêntico basta. Você sempre diz o que quer e não se importa se Hayden discorda. E ele respeita você por isso. Vocês não ligam nem um pouco para o que as pessoas pensam, e eu adoro isso.

As palavras ficam presas em minha garganta, e não tenho certeza do que dizer. A moça que eu interpretava n'*O Desconhecido* era alegre, cheia de vontade para argumentar e se defender. Com Hayden, eu sempre soube que podia ser assim. Eu era divertida e estava pronta para as câmeras, mas nem sempre foi o caso.

Por anos, fiz o que acreditava ser necessário para ter sucesso, para agradar Cade. Sinto muita raiva da jovem que fez isso por tanto tempo. Como é que pude acreditar que ele queria o melhor para mim?

Mas, se aprendi algo nos últimos meses, é que as coisas em que acreditamos podem mudar.

— Este é meu primeiro emprego *de verdade*. Acho que estou com medo de não dar conta. — O brilho nos olhos dela me diz que Effy quer ser *incrível*, e eu respeito isso. Queria ter tido essa coragem quando era mais nova também. — Quero que me levem a sério.

Penso no que eu queria ter ouvido anos antes. O que teria me dado a confiança da qual eu precisava? A coragem? Não posso repreender a Hallie do passado, posso apenas seguir em frente. Posso ajudar quem eu puder.

— Acho que... meu conselho é encontrar pessoas que acreditem em você por quem você é, e que se danem as outras.

Ela ri.

— Você faz parecer fácil.

— Não é — digo. — Nem sempre. Mas garanto que vale a pena.

— Entendi. — Ela pigarreia. — Muito obrigada. Mesmo. Você vai achar besteira, mas comprei a tinta de cabelo que você mencionou no Instagram, só que cor-de-rosa. Acho que posso dizer que você me influenciou. Nem sei se vai ficar bom.

— Caramba — digo. — Eles realmente deveriam me patrocinar.

Meu celular vibra no bolso, e ouço gritos vindos da sala de reuniões temática do Pikachu Chocado. Effy e eu olhamos para a porta. Imediatamente ouço a voz de Kevin... e depois a de Cade.

A porta se abre, e Cade vem direto na minha direção. Houve uma época em que seu cabelo loiro e seus grandes olhos azuis pareciam ser a chave do meu sucesso. Ele me ouvia falar por horas, dizia que eu era brilhante e inteligente e que não havia ninguém como eu. Ele me dizia que chegaríamos longe juntos, que me amava. Tudo calculado. Ele podou tanto de mim que eu nem sabia mais quem eu era quando terminamos. Mas agora sei.

O cabelo dele está despenteado, as bochechas vermelhas de raiva. Já vi esse lado de Cade muitas vezes. Se eu não guardava a louça, se eu demorava demais no banho ou para me arrumar, se eu não queria seguir os planos dele... Ele gritava, me diminuía e nunca cedia até que eu pedisse desculpas. Eu achava que merecia tudo isso. Achava que tinha que aguentar aquilo para ser importante para ele um dia.

Agora sei que não é bem assim.

Sou corajosa (passei muitas noites em casas mal-assombradas e até fui acampar uma vez), inteligente, sou ótima para encontrar talentos e sou digna de cuidado e carinho. Sou digna de amor e sou amada por alguém muito melhor do que Cade.

— O que você quer?

— O que foi que você fez? — vocifera ele, furioso.

Então Kevin leu meu e-mail, afinal.

Não sei o que pensar. Não sei se o Skroll vai dar uma palmadinha nas costas de Cade e me punir ou se eles vão tomar providências pela primeira vez na vida.

— Preciso que diga a eles que não é verdade que...

— Cade. — Eu estreito os olhos. — Você mesmo disse tudo aquilo, e ainda repetiu várias vezes. Todo mundo ouviu. Achei que era exatamente o que você queria, não era?

— Vou perder tudo porque você é uma vagabunda mentirosa. Fala para eles que não é verdade...

Ele agarra meu pulso. Está com raiva, mas desesperado. Cade nunca *pede* por nada, ele toma o que quer e sempre vence. Sempre. Pela primeira vez na vida, estou ouvindo-o implorar por algo.

Mas eu não recuo. Ele pode me chamar do que quiser. Puxo minha mão, me afastando dele como se fosse contagioso.

— Por que eu deveria me importar? Depois de tudo que você fez comigo, por que eu deveria me importar?

— Hallie, eles *me demitiram*, porra.
— *Oi?*
— Eles me *demitiram*! — repete ele, como se precisasse desenhar para mim.

E, na verdade, talvez precise. Meu cérebro se agarra a uma palavra. *Demitido.* Cade foi *demitido.*

Talvez seja a primeira vez que ele não se safa depois de agir como um babaca com as pessoas. É claro que isso me deixa feliz. Ele não trabalha mais aqui.

Os Amadores já era.

E, com *Os Amadores* fora da disputa...

Em vez de responder, começo a rir.

— Você está rindo? Estou sendo demitido e você *está rindo?* Não tem graça nenhuma!

Eu balanço a cabeça.

— Beleza, mas por que eu me importaria?

— Porque você não pode deixar que eles façam isso. O Skroll é *tudo* pra mim. Se eu perder minha série, meu emprego... O que eu vou fazer? Eu não sou nada sem meu emprego.

— Que pena.

O mundo não precisa de mais gente como ele.

— Hallie — implora ele, segurando meu rosto.

Seu olhar se suaviza. Reconheço esse tom de súplica de alguns dos momentos mais cruéis que já vivi com ele.

Não leve para o lado pessoal.

Eu só quero o melhor para você.

Ninguém mais vai te amar como eu. Você sabe muito bem disso.

Com Effy atrás de mim, provavelmente se perguntando que tipo de local de trabalho é o Skroll, preciso ser forte. Que se danem as outras pessoas.

Afasto a mão dele, e ele recua como se tivesse levado um tapa. E talvez leve mesmo.

— Nunca mais encoste em mim. Nunca mais.

— Não faça isso, por...

— Já fiz.

— Por favor, Hal, estou *implorando*.
— Implorando?

Eu sorrio. Essa palavra nunca soou tão bem.

Ele faz cara de coitado.

— Sim. Por favor, *por favor*. Fala com eles.

Passei três anos da minha vida cedendo aos desejos de Cade e colocando-os acima dos meus. Três anos inteiros escolhendo outra pessoa em vez de mim mesma. Por que eu deveria deixá-lo vencer mais uma vez?

— Não.
— Não? — repete ele.

Conheço aquele olhar de raiva. Ele geralmente vem acompanhado de palavras como "O que você falou?", ou "Você vai ter coragem de repetir isso?" e "Espero ter entendido mal". Mas não hoje.

— Não. Acho que você vai para o olho da rua.

Ele arregala os olhos, surpreso demais para revidar.

— E não vou retirar o que disse. Você mesmo deu motivos mais do que suficientes para acreditarem em mim.

Eu me viro para Effy. Talvez não seja de bom-tom repreender meu ex abusivo na frente de uma estagiária, mas, a julgar pelo modo como ela cobre a boca com o caderno para esconder um sorriso, acho que não vai me dedurar. Pouso a mão em seu ombro.

— Acho que seu cabelo vai ficar lindo cor-de-rosa. Me desculpa, mas preciso ir.

No momento em que digo isso, Nora entra correndo no escritório, quase deslizando pelo chão.

— Eles não estão mais aqui! — avisa ela.
— Eu sei, temos que ir.

Nora olha para Cade e faz uma careta. Aceno para que ela venha comigo depressa.

— Vamos. Cade está ocupado juntando as coisas dele.
— Peraí, você foi demitido? — pergunta ela. Nora dá um pulinho quando o semblante de Cade se deforma em ira. — Caraca, que *engraçado*.
— Nora!

Já estou correndo até a porta quando ela volta a me acompanhar.
— Tá bom, o que a gente vai fazer?
— Precisamos ir para a Área 51.

CAPÍTULO 26

Só me dou conta de que a Área 51 realmente fica no meio do nada quando atravessamos a Extraterrestrial Highway em direção a Rachel, Nevada.

O lugar mais próximo que podemos chegar da Área 51 é, tecnicamente, uma montanha que só conseguiríamos acessar após uns quarenta quilômetros de estrada de terra, sem contar a trilha para subir depois. Eu tinha vetado a trilha semanas atrás, e, no fim das contas, Hayden acabou cedendo, aceitando ficar em Rachel e chegar o mais perto possível *sem ter que subir uma montanha*.

— Hayden, sou eu — repito no celular. — De novo. Sei que você não quer atrapalhar os campos eletromagnéticos, mas a Área 51 supostamente tem alienígenas, não fantasmas, então seria ótimo se você ligasse o celular. Estou a uns cinco minutos de distância e gostaria de saber onde você está. Me liga.

Deixei mais cinco mensagens parecidas e todas foram para a caixa postal. Se fosse qualquer outra pessoa, eu consideraria isso um sinal de alerta, e talvez seja mesmo, mas sei que o problema não tem nada a ver *comigo* e tudo a ver com a confiança inabalável de Hayden no equipamento caça-fantasmas que ele comprou de um desconhecido na internet.

Quando chegamos, percebo que não deve ser tão difícil assim encontrá-lo. Rachel tem menos de cem habitantes e é composta de uma única rua de quase um quilômetro de extensão com poucos estabelecimentos comerciais.

— Bom, talvez não seja tão complicado — diz Nora, diminuindo a velocidade do carro. Ela olha para mim. — Você está bem?

— Estou.

— Tem certeza?

Não tenho nada a dizer a ela que já não tenhamos discutido no carro durante as últimas seis horas e meia na estrada. Ela é uma guerreira por ter topado me trazer até aqui, já que meu carro estava caindo aos pedaços. Prometi muitas bebidas alcoólicas em troca quando passarmos por Las Vegas na volta. Nora também quer fazer uma parada na represa Hoover porque quer ver onde esconderam o Megatron.

— Estou orgulhosa de você.

Eu olho para ela.

— Por quê?

Ela dá de ombros.

— Você me procurou meses atrás quando estava no fundo do poço, porque não sabia mais o que fazer ou para onde ir. Você estava com medo de ir para o escritório, de ver Cade. Pensou que não ia durar muito tempo no Skroll e agora apresenta um dos programas mais populares deles. Mandou Cade pra casa do caralho e neste instante ele está na rua da amargura.

Tento absorver aquelas palavras.

— E você recuperou seu brilho — continua Nora. — Você teve mil e uma ideias e não ficou com medo de compartilhá-las, trabalhar e criar. Isso me deixa feliz. Nunca mais perca seu tempo com alguém que te apague daquele jeito.

A última coisa que eu esperava era me sentir tão feliz falando sobre monstros e alienígenas. Eu não imaginava que alguém fosse me fazer correr pelo deserto até a Área 51, muito menos usando uma camiseta de *Arquivo X*.

Passo as mãos sobre o tecido de mescla cinza e engulo em seco. Isso me faz lembrar daquela manhã sonolenta no chalé, com cheiro de bacon, ar puro e chuva, em que deixamos as panquecas queimarem porque estávamos distraídos demais um com o outro. Meses atrás, eu queria me destacar e ser importante. Mas agora sei que já sou — para as pessoas que são importantes para mim também. E o que eu quero é uma vida inteira daquelas manhãs, alguém que me dê boa noite todas as noites, alguém que cuide de mim quando eu estiver doente e alguém que me deixe retribuir.

Os fãs, a atenção, o sucesso e o fato de sabermos que vencemos Cade em seu próprio jogo... tudo isso é a cereja do bolo.

Paramos na pousada Little A'Le, onde passaremos a noite e onde Hayden e Jamie estão montando um tripé e uma câmera em frente a um OVNI pendurado em um suporte minúsculo ao lado da placa de entrada. Nora entra no estacionamento com tudo, gritando "*TOKYO DRIFT!*" pela janela. Começo a suspeitar de que vamos ser os primeiros a ser banidos de uma cidade de cem habitantes.

Sinto um frio na barriga e aperto o alienígena de plástico que trouxe comigo na palma da mão. Meus sapatos de repente parecem cheios de cimento e todas as minhas roupas parecem muito apertadas. Não sei dizer se é a ansiedade ou o calor desértico escaldante que faz com que eu me sinta como se estivesse em outro planeta.

Deixo o medo de lado e saio do carro. A manobra no melhor estilo *Velozes e Furiosos* chama a atenção deles, e os dois estreitam os olhos para tentar ver quem interrompeu a gravação. Está um calor infernal, mas Hayden está de calça jeans mesmo assim, porque acha que fica meio bobo com short que não seja de academia. Ele já está suando na camisa que diz "Propriedade da Área 51", e Nora está prestes a nos atacar com o pó translúcido para não parecermos *oleosos* na filmagem.

— Ei! — grito. — É melhor você não ter encontrado nenhum alienígena sem mim.

Hayden sorri. Seu olhar diz: "Eu sabia que você viria."

— Não. Só este aqui.

Ele aponta para o alienígena grafitado na placa atrás dele. Quando me aproximo, ele vê minha camiseta. Eu me pergunto se ele está se lembrando do que disse certa manhã, porque eu estou.

Você deve me amar mesmo *para usar uma camiseta que diz "Eu quero acreditar".*

De repente, me esqueço de tudo que queria dizer, mas não preciso dizer nada, porque Hayden estende o braço e toca a camisa.

— Tem uma câmera ligada ali — diz ele.

Sua voz nunca soou tão gostosa, nem na noite em que o descobri na TV e percebi que ele era meu bilhete de ouro para manter meu emprego. Não sabia que assistir ao programa de conspiração mais cafona do mundo seria a chave para toda a minha felicidade.

— Sim, eu sei.

— Alguém vai ver você usando isso.

— Pois é. Talvez. Mas você se lembra do que me disse? Que eu devo te amar muito para usar uma camiseta que diz "Eu quero acreditar". E devo amar ainda mais por estar disposta a ser filmada com uma do *Arquivo X*.

O calor é opressivo e as palavras pairam entre nós que nem a umidade do ar. É a primeira vez que digo isso, e ele está esperando há dias. Este parece ser o momento perfeito pelo qual eu estava esperando.

— E é engraçado, porque você sabe o que eu penso disso tudo. Acho que estão fazendo aquelas coisas suspeitas de sempre para o governo atrás daquela montanha na Área 51, não acho que tenha a ver com alienígenas. — Ele fica inquieto, prestes a argumentar. — *Eu sei*, eu sei. Você não concorda.

Mas não consigo esconder minha ternura diante do fato de que a maneira mais garantida de quebrar o gelo e encontrar o Hayden real é... insultando alienígenas. Ou o Pé Grande. Ou o Homem-Mariposa. É infalível.

— Nunca imaginei que iria adorar fazer algo assim. Parte de mim tinha desistido de encontrar beleza nas coisas. Mas aí conheci você. Somos totalmente diferentes e vivemos discordando, mas sempre fomos uma equipe. Sempre nos respeitamos e cuidamos um do outro. Isso fez com que a série fosse mais forte, mas nós também nos tornamos mais fortes. Sou uma pessoa melhor e mais feliz graças ao que conquistamos juntos e uma pessoa melhor e mais feliz graças ao amor que sinto por você.

"Eu contei tudo para o pessoal do Skroll. Mandei o episódio do podcast do Fox Evans, contei sobre a forma como Cade me tratava. Eu não sabia se isso faria diferença ou se prejudicaria nossas chances de conseguir outra temporada, mas você tinha razão. Não posso deixar que Cade me controle. E não vou. Nunca mais.

"Quero continuar seguindo você pelo país inteiro, caçando coisas e seres nos quais não acredito, porque acredito em nós e no que estamos fazendo. E em nossos fãs, que querem nos ver fazendo isso juntos. Porque somos nós. Parceiros. Eu sou a Mulder, e você é o Scully."

Ele franze a testa e se aproxima. Apesar de estar quente demais, o toque de Hayden é exatamente o calor que eu quero. É perfeito. Ele toca minha bochecha e chega mais perto.

— É o contrário — diz ele.

Não tenho tempo de responder. Hayden me puxa para si com um beijo lento e tão ansiado, cheio de barba áspera e língua. Inspiro seu cheiro enquanto meu corpo se molda ao dele. Seus braços me envolvem, e eu aperto o tecido de sua camiseta suada, jurando para mim mesma que nunca mais vou me afastar dele. Eu o amo demais para sequer considerar a possibilidade.

— Tudo bem — digo, me afastando. — Eu sou a Scully, e você é o Mulder. Foi o que eu quis dizer.

— Melhorou — elogia ele, com um sorriso. — Gostei da roupa.

— Esta camiseta não altera *em nada* a minha convicção!

— Claro, claro.

Dou um tapinha no ombro dele e o empurro para longe, mas ele me agarra em um abraço tão apertado que quase dói. Nossa respiração está ofegante e afoita. Há dias só penso no toque de Hayden e no conforto que sinto quando estou com ele. Talvez, mesmo sem saber, eu tenha desejado isso durante toda a minha vida. Eu poderia beijá-lo até meus lábios caírem, claro, mas um abraço... um abraço é exatamente o que eu queria neste momento.

Ele puxa meu queixo e inclina minha cabeça para cima.

— Também amo você, senhorita cética.

Ele me beija de novo para compensar os dias que passamos longe um do outro. A armação dos óculos dele bate no meu nariz, e nós rimos juntos, mas Hayden não a ajeita. Em vez disso, ele passa a mão pelo tecido da camiseta de novo, me puxando para mais perto ainda.

— Você nunca esteve tão linda — diz ele, contra minha boca.

— Não pense que isso vai se repetir. É só para este episódio, nada mais. Vamos falar que eu derrubei alguma coisa na única camiseta limpa que eu tinha, e...

— Entendi — interrompe ele, balançando a cabeça. — Temos que manter a farsa.

— Não é uma farsa. Eu não acredito em alienígenas.

— Então por que veio correndo para a Área 51?

— Porque eu te amo. E não consigo suportar a ideia de você tocando essa série sem mim.

Ele reflete por um segundo, passando a língua nos lábios para sentir meu gosto de novo.

— Você veio caçar alienígenas.

— Eu vim *atrás de você*.

— Para me ver caçando alienígenas — sussurra Hayden. — Está tudo bem, pode confessar. Não vou contar para ninguém. Eu sabia que você viria.

— Como? — pergunto.

— Eu tinha uma teoria — diz ele, mordendo o lábio.

— Parece conspiração.

Acaricio o cabelo de Hayden na altura da nuca. Então, ele pergunta:

— E aí, Hallie? O que me diz?

— Vamos encontrar esses alienígenas.

Ele sorri de novo, inclinando-se para outro beijo.

— Essa é a coisa mais sexy que já ouvi você dizer.

EPÍLOGO

Seis meses depois

— Conforme estabelecido na última temporada, dormir com o Monstro do Lago Ness é *altamente desaconselhável*.

Hayden esfrega as mãos enluvadas. O ar frio da Escócia deixa suas bochechas vermelhas por trás dos óculos. Ele parece confuso, tentando entender aonde estou querendo chegar. A essa altura, ele já deveria saber que estou só mexendo com ele.

— Hum, é. Realmente. Não parece ser o encaixe ideal.

— Pode discorrer um pouco mais?

— Deixa pra lá. Além do mais, já estou comprometido, não estou?

— É, mas se a Nessie saísse da água neste momento, não sei se lutaria contra ela por você. Eu certamente perderia.

— Essa doeu — diz Hayden, franzindo a testa.

— Você não me protegeria do Monstro do Lago Ness?

— Eu também perderia.

Ele se aproxima enquanto coloco a câmera no chão. Nossos fãs foram à loucura quando anunciamos formalmente nosso relacionamento no fim da primeira temporada, então não há segredo, mas algumas coisas ainda ficam só entre nós.

— Nós dois teríamos uma morte triste e congelante — continua ele.

— Exatamente como eu sonho em morrer.

Ele sorri e beija minha testa. À nossa frente, Jamie e Nora montam o equipamento, posicionando um guarda-chuva sobre as câmeras.

Eles avaliam a iluminação e testam nossos microfones para garantir que não estamos captando ruídos em excesso. Com um orçamento mais alto, eles passaram a viajar com a gente também, porque agora tudo sai do bolso do Skroll.

— Nenhuma gaita de fole ao fundo? — pergunta Nora.

Jamie suspira, cansado.

— Não, Nor. Sem gaitas de fole ao fundo.

— Você deveria ter usado um kilt. Ficaria ótimo em você.

— Não — rebate ele. — Não ficaria.

— Fala sério, Jamie — intervenho, entrando na brincadeira.

Para a segunda temporada, também decidimos incluir mais clipes de Nora e Jamie em frente às câmeras. Grande parte do nosso sucesso é graças às habilidades e ao apoio deles. Esses dois também merecem um pouco dos holofotes.

— É sua terra natal. Você deveria estar mais empolgado.

— Eu não sou escocês.

Hayden gesticula em círculos com as mãos, e me ocorre que ele talvez não saiba o formato do Reino Unido.

— A Escócia faz parte do Reino Unido, meu chapa.

— Não fale assim. Seu sotaque britânico é deplorável.

— Isso é porque você ainda não ouviu o escocês.

Coloco a mão no ombro de Hayden.

— Por favor, não. Adoraria manter o respeito por você.

A Escócia é um dos lugares mais bonitos em que já estive, repleto de colinas verdes e pântanos. Tudo é pitoresco, e há ovelhas por toda parte. O dia está bem úmido, e o vento do lago faz com que pareça estar muito mais frio do que os termômetros indicam. A pousada em que estamos é pequena, e há um pub no térreo. Hayden e Jamie já zeraram toda a carta de cervejas em duas noites, e eu estou com um sério medo de nenhum deles querer voltar para a Califórnia.

O Skroll confirmou oficialmente a renovação da série no dia em que o episódio da Área 51 foi ao ar. Além de ter estreado com o maior engajamento até então, o Skroll também removeu *Os Amadores* de seu site quase que imediatamente.

Quando começamos a pensar nos novos episódios considerando um orçamento maior, na mesma hora Hayden sugeriu algo grandioso. Grandioso mesmo.

— Acho que deveríamos procurar Atlântida.
— Como faríamos isso exatamente?
— Você tem medo de mergulhar?

Acabamos decidindo vir para a Escócia. Não existe nada mais grandioso do que procurar o maior monstro de todos. Nosso cronograma de produção está mais flexível porque não precisamos fazer tudo por conta própria, o que vai nos permitir tirar *férias de verdade*. Podemos viajar pelo mundo caçando criptídeos e fantasmas, e eu posso fazer isso ao lado das minhas pessoas favoritas.

Depois do Monstro do Lago Ness, queremos tirar alguns dias de folga para conhecer os castelos e explorar a Escócia juntos. Para minha tristeza, ainda não temos planos de ir para as Bermudas.

Enquanto Nora e Jamie tagarelam sem parar sobre iluminação e o melhor enquadramento para não perder o lago de vista caso nosso alvo resolva aparecer, Hayden segura minha mão e nos viramos para a água. Seus olhos se estreitam à procura de sinais do dinossauro marinho que se esconde sob a superfície. Seu polegar acaricia o dorso da minha mão, e nos acomodamos em uma pedra perto da margem.

Hayden beija minha cabeça, um calor bem-vindo em meio ao ar gelado.

— Será que existe algum criptídeo que vive em climas quentes? — pergunto.

Ele faz cara de surpresa e começa a cantarolar a música-tema do *Arquivo X*.

— Tem o chupa-cabra...
— Eu iria para Porto Rico.

Ele sorri ao perceber que eu sei de onde vem o chupa-cabra.

— O *Skunk Ape*.
— *Não vou* caçar um homem peludo e fedorento em um pântano da Flórida.

Ele ri.

— É verdade. Você não precisa ir à Flórida ou a um pântano para encontrar homens peludos e fedorentos, mas acho que vale a pena investigar. Não que tenhamos nos saído muito bem na caça ao Pé Grande, mas, um dia desses, vamos conseguir. Vamos encontrar algo tão irrefutável que até *você*, minha cética favorita, vai ter que acreditar.

— Veremos.

Esse é o tipo de conversa que temos com frequência. Durante o jantar, no carro, no supermercado enquanto fazemos compras.

Alguns meses depois da conclusão da primeira temporada, quando o contrato de aluguel de Nora terminou, ela me disse que estava querendo se mudar. Mais especificamente, que ela e Jamie queriam morar juntos, então fez sentido que eu fosse morar com Hayden. Três meses depois, ainda não tentei mandá-lo para o Triângulo das Bermudas. Mas ainda não está claro se vamos conseguir concluir a viagem sem que eu o atire no lago Ness.

Ele segura meu rosto e me beija. Sinto o gosto da cerveja que Hayden tomou no almoço e o cheiro de verbena e capim-limão do xampu dele (mais um ponto a favor da conspiração do xampu, mesmo em outro país), me aconchegando no calor do nosso abraço.

— Você me ama mesmo assim, né? — pergunto, entre beijos.

Ele finge que está pensando e diz:

— Veremos.

Então, de canto de olho, vejo algo romper a superfície da água ao longe, com um respingo suave. Hayden vem me dar um beijo de desculpas, mas meus olhos ainda estão no lago. Uma ondulação perturba a água e, bem na hora, dou um soco no braço de Hayden.

— *Olha!*

Ele grita para que Jamie comece a filmar. Sem querer, Hayden escorrega da rocha e cai na grama lamacenta. Com um grunhido de dor, ele se levanta. Não tiro os olhos da água. Uma nadadeira lustrosa — ou algo muito semelhante — ergue-se da água, cortando o ar. Não sei o que pensar. Faço uma lista mental de possibilidades. Golfinho? Definitivamente, não. Um peixe grande? É possível. Enguia? Acho que não. Mas algo me diz que eu vi *outra coisa*.

O que me deixa fascinada. É a mesma sensação que tive naquela noite em que vi o episódio de Hayden de *Conspirações Cósmicas*.

— Viram isso? — grito.

— Jamie, você gravou? — Hayden está reproduzindo a filmagem na câmera, porque a criatura já sumiu. Toda a gritaria provavelmente também não ajudou. — Não consegui ver direito.

Sua voz soa frenética, e ele está tremendo. Vou até ele e agarro sua mão enquanto ele me puxa pela lama. Ficar toda suja nunca foi tão revigorante. Ver um monstro também não.

— Como assim? *Você não viu?*

— Não!

— Não acredito! — exclamo, batendo a mão na testa.

Que tipo de caçador de monstros ele é?

Jamie volta a filmagem. Está distante, mas, depois de alguns segundos de calmaria e Hayden e eu nos beijando em primeiro plano, a água se rompe e uma massa emerge. Estou mais atenta à reação de Hayden. Ele coça o queixo com curiosidade, examinando cada quadro.

— Volte ao começo.

Jamie obedece.

— Pode ser qualquer coisa — admite ele, por fim. — É uma filmagem boa, mas não dá para *saber* se de fato é a Nessie.

— Seu cético — provoco, dando uma cotoveladinha na costela de Hayden. — Quem diria que eu veria um criptídeo antes de você?

Isso também me surpreende. Torço para que *de fato* encontremos algo um dia, em parte porque isso deixaria Hayden feliz e nos daria uma boa grana. Com esse dinheiro, poderíamos complementar nossas viagens cheias de natureza com férias em lugares bem luxuosos e distantes de criptídeos no nosso tempo livre.

— *Você* acha que foi a Nessie, Hallie?

Há um ano, eu não teria imaginado ver o Monstro do Lago Ness. Eu teria considerado aquilo um pato estranho se debatendo na água e nada mais.

O Monstro do Lago Ness é uma incógnita. Essa coisa claramente é um dinossauro, mas se foi o *único* dinossauro que o asteroide não pegou...

Um ano atrás, eu não teria dito que quero acreditar.

— Acho que é legal acreditar que é a Nessie. É bom para o engajamento, também. Bom para a série, bom para a alma. — Dou de ombros. — Vamos ganhar uma grana legal se acharmos provas. Dá para usar isso?

Hayden sorri, todo bobo e carinhoso, e descansa a cabeça em meu ombro.

— Não vou contar para ninguém.

— Contar o quê?

— Que você acredita no Monstro do Lago Ness.

Eu o encaro.

— Eu não disse isso.

— Disse, sim.

— Eu só disse que estou disposta a suspender minha descrença pelo bem do nosso engajamento, Hayden.

— Não sei, não — diz ele. — Acho que você está dizendo isso agora, mas estava muito convencida de ter visto alguma coisa. Como eu disse, não tem problema. Minha boca é um túmulo, e sei que temos uma operação meticulosa em andamento. Você é a Scully, e eu sou o Mulder. Mas, um dia, você vai confessar, e vai ser o melhor dia da minha vida.

Bom, agora tenho certeza: vou ser obrigada a atirar Hayden no lago.

CASO ENCERRADO

AGRADECIMENTOS

Amor e outras conspirações é um livro muito especial que, em toda a sua estranheza e todo o seu encanto, veio do fundo do meu coração. Mas nada disso seria possível sem a ajuda das pessoas que me acompanharam nesta jornada.

Este livro não existiria sem minha agente incrível, Jill Marr. Seria impossível encontrar uma líder de torcida e parceira de estrada melhor. Serei eternamente grata pelo seu apoio, que me permite contar minhas histórias peculiares.

Mary Baker, que é uma editora inigualável. Não sei como, mas você tem um jeito mágico de elevar minhas ideias e palavras e sempre sabe como transformá-las em algo ainda melhor. Sua orientação, gentileza e seu entusiasmo durante todo esse processo foram essenciais.

Obrigada à maravilhosa equipe da Berkley, incluindo Hannah Engler, Kristin Cipolla, Christine Legon, Jennifer Lynes, Jennifer Sale, Lindsey Tulloch e Sasha Grossman. Obrigada a Vikki Chu pela capa lindíssima, que capturou perfeitamente a vibe de *Amor e outras conspirações*.

À minha família: vocês tiveram muitas oportunidades de me mandar estudar administração e arranjar um emprego corporativo, mas nunca fizeram isso. Eu não seria nada sem o apoio e o incentivo de vocês para seguir meus sonhos e fazer o que me faz mais feliz. Mãe, pai, Nick e Stephen (e Lilly, Bear e Cali), amo muito vocês. Amarei vocês ainda mais se nunca falarmos sobre os capítulos 17 e 18.

Maria, você realmente seria a Scully se eu fosse o Mulder. Você ouviu todas as minhas ideias, boas e ruins, esteve presente durante cada crise de pânico e papo sem sentido por mais de dez anos. Você merece todos os prêmios, mas ainda mais por ser a melhor amiga que se poderia querer. É muita sorte e muito raro encontrar alguém com quem a gente nunca se cansa de estar e que te conhece e aceita como você realmente é. Que bom que percebeu que não sou tão antipática quanto minhas fotos velhas do Facebook fazem parecer. (E um obrigada especial ao Grubby, que sempre me lembrou de fazer pausas no trabalho, mesmo que involuntárias, toda vez que tentava morder minha mão enquanto eu digitava.)

Laura e Nicole: há três anos não odeio mais os domingos graças a vocês. Nossas reuniões de feedback são o ponto alto das minhas semanas. Sou eternamente grata por um grupo aleatório de leitura e crítica ter apresentado vocês a Maria e a mim. Sei que posso ser vulnerável, compartilhar minhas confusões e "talvezes" e, de alguma forma, nosso grupo sempre encontra a solução. Amo vocês.

Dallas, Julie e Nikki: entre minhas amigas escritoras mais próximas, vocês três também estão entre *as amigas para toda a vida*. Vocês são algumas das minhas leitoras críticas mais confiáveis e sempre topam uma boa sessão de brainstorming, reclamações ou fofocas. Sou muito grata por ter conhecido vocês.

Amor e outras conspirações seria um livro muito diferente (e bem mais confuso) se não fosse pela ajuda da minha mentora do Kiss Pitch, Kat Turner. O conhecimento da Kat fez com que todas as pontas soltas nas primeiras versões deste livro fossem amarradas, criando algo que estava pronto para ser lançado ao mundo. Muito obrigada também a todos os mentorados, organizadores e outros mentores do Kiss Pitch que ficaram empolgados com este livro.

Escrever é uma paixão bastante solitária, mas comunidades como a Romance Friends e a SF 2.0 fazem com que não seja tanto assim, além de tornarem a trajetória muito mais divertida. Sou muito grata por todos os Berkletes e por terem me recebido de braços abertos. Vocês são muito mais legais do que eu, mas nunca deixaram de ser profundamente gentis e solidários. Tenho sorte de estar rodeada de estrelas como vocês.

Obrigada aos autores incríveis que dedicaram tempo não só para ler *Amor e outras conspirações*, mas também para deixar comentários e palavras de incentivo; aos primeiros leitores que ajudaram a transformar esse livro no que ele se tornou, incluindo Ashley Hawthorne, Alona Stark, Sarah Slusher e Vienna Veltman; a Mary Jo, por ter inventado o título "O Desconhecido", que é a única coisa neste livro que permaneceu consistente e irretocável em todos os rascunhos.

Querido Zak Bagans, sinto muito por toda a calúnia deste livro, mas juro que *eu* não odeio você que nem o Hayden.

Por último, mas definitivamente não menos importante, agradeço aos meus leitores. A qualquer pessoa que tenha pegado este livro, recomendado aos amigos ou o escolhido na biblioteca. Graças a vocês, meus sonhos estão se tornando realidade, e eu espero que tenha conseguido transmitir pelo menos um pouquinho de felicidade com minhas palavras. Vocês são incríveis.

intrinseca.com.br

@intrinseca

editoraintrinseca

@intrinseca

@editoraintrinseca

intrinsecaeditora

1ª edição	AGOSTO DE 2025
impressão	BARTIRA
papel de miolo	HYLTE 60 G/M^2
papel de capa	CARTÃO SUPREMO ALTA ALVURA 250 G/M^2
tipografia	KEPLER STD